Cromwell hat sieben Hausärzte am Start, die nichts voneinander wissen und ihm reichlich Aufputsch- und Beruhigungsmittel verschreiben. Das geht natürlich nicht ewig gut, und so beschließen seine Freunde, den Tablettensüchtigen zur Entgiftung in die Klinik einzuweisen. Simon Borowiak gelingt das Meisterstück, über das Innenleben einer psychiatrischen Notaufnahme, über die Abgründe von Süchtigen und die Schmerzen der Depression so zu schreiben, dass jede Zeile Spaß macht. Denn Borowiak erzählt von eigenen leidvollen Erfahrungen, weiß aber sehr genau: Die schlimmsten Dinge im Leben kann man nur als Komödie erzählen.

SIMON BOROWIAK, geboren 1964, war sieben Jahre Redakteur bei dem Satireblatt »Titanic« und ist Autor des Bestsellers »Frau Rettich, die Czerni und ich«. 2007 erschien »ALK – fast ein medizinisches Sachbuch«, laut Spiegel »ein Wunder an Komik, Recherche und Weisheit«, danach die Romane »Schade um den schönen Sex« und »Du sollst eventuell nicht töten«. Simon Borowiak lebt und arbeitet in Hamburg.

SIMON BOROWIAK

SUCHT

Roman

btb

Alle Personen sind selbstverständlich frei erfunden und sämtliche Situationen an den Haaren herbeigezogen.

Verlagsgruppe Random House FSC® N001967
Das für dieses Buch verwendete FSC®-zertifizierte
Papier *Lux Cream* liefert Stora Enso, Finnland.

1. Auflage
Genehmigte Taschenbuchausgabe Februar 2016,
btb Verlag in der Verlagsgruppe Random House GmbH, München
Copyright © der Originalausgabe 2014 beim
Albrecht Knaus Verlag, München, in der
Verlagsgruppe Random House GmbH
Umschlaggestaltung: semper smile, München
Umschlagmotiv: © jumpingsack/Shutterstock
Druck und Einband: GGP Media GmbH, Pößneck
LW · Herstellung: sc
Printed in Germany
ISBN 978-3-442-71319-6

www.btb-verlag.de
www.facebook.com/btbverlag
Besuchen Sie auch unseren LiteraturBlog www.transatlantik.de

Meinen geplagten, geliebten Eltern

Kapitel 1

Cromwell Jordan war ein weiches Kind, das viel träumte, nie krank war und weder Gott noch Keuchhusten fürchtete. Damit hätte seine Entwicklung zu einem ebenso prachtvollen wie angstlosen Menschen gebongt sein können. Weil aber so dies und das dazwischenkam, entwickelte Cromwell sich letztlich zu einem brüchig-besonnenen Erwachsenen, der zwar noch manchmal träumte, aber ansonsten mit Kinderkrankheiten beschäftigt war. Und seine Besonnenheit war brüchig, weil sie eine chemische war. Denn eines Tages beschloss er, wann immer ihn Gott, Keuchhusten oder Angst zu zerreißen drohten, Tabletten en gros zu sich zu nehmen. Und schon wurde aus dem Aufgeriebenen ein friedfertiger Phlegmat, der es liebte, sich so weit wie möglich aus der Realität zu entfernen und im Schlaf selbst loszuwerden. Doch auch die Methode mit den Tabletten half nur etwa ein Jahr. Zwar ging Cromwell nicht der Stoff aus, denn er hatte inzwischen sage und schreibe sieben Hausärzte am Start, die nichts voneinander wussten und von denen ihm jeder einmal im Monat reinen Gewissens eine Monatspackung verschrieb.

»Das geht schief«, warnte ich. Aber ein angstfreier, gelöster Cromwell gab chemisch-besonnen zu bedenken, dass es sich bei ihm schließlich nicht um einen charakterschwachen Alkoholiker handle, er kenne da so manche. Immerhin fügte er, bevor ich betroffen aufjaulen konnte, hinzu: »Ich habe nichts gegen charakterschwache Alkoholiker. Mein bester Freund ist einer.«

»Danke. Aber das geht trotzdem schief.«

Ich behielt recht, und bald zirpte in Cromwell die alte biochemische Leier: Mehr nehmen, mehr vertragen, noch mehr einwerfen, nichts mehr spüren und den achten Hausarzt ins Rennen schicken. Schließlich kam der Moment, da Cromwell nach siebzig Stunden der Schlaflosigkeit bereit gewesen wäre, für ein Nickerchen zu töten. Trotz verschärfter Einnahme seiner hochpotenten Mittelchen wollten sich seine Lider nicht in die Ruheposition drücken lassen – er blieb glockenwach. Und als die achtzigste Stunde der Wachheit nahte und noch immer weit und breit kein Hahn krähen wollte, beorderte Cromwell aus Sorge um seinen Geisteszustand unseren Freundeskreis zu sich.

Wir sind das, was eine Marketing-Nutte mit dem Begriff »praktischer Dreierpack« bewerben würde. Cromwell und ich sind alte Kriegskameraden; wir haben uns im Krankenhaus kennengelernt und gemeinsam im Schützengraben der Psychiatrie gelegen. Auf derselben Station unter therapeutischem Beschuss, stellten wir aneinander überraschende Ähnlichkeiten fest, was Humor, Geschmack und Vollmeise angeht. Und so wurden wir einander zu Stütze, Beichtvater, Gouvernante und Consigliere. Eine im Vollsuff vollzogene Blutsbrüderschaft bescherte uns nicht nur den Rauswurf aus besagtem Institut (Therapeuten mögen es gar nicht, wenn sich ihre Klientel mit anderen Drogen als den verordneten andröhnt – und wenn dabei auch noch kichernd mit Rasierklingen hantiert wird), sondern besiegelte eherne Freundschaft und Treue. Später, während eines Urlaubs, stieß Mendelssohn zu uns; er hat zwar keinerlei psychiatrischen Schaden, dafür ist er blind und teilt unsere beinahe pathologische Neugierde an Menschen und den Szenen, die Menschen so fabrizieren. Dieser uns dreien gemeinsame Voyeurismus führte auch zu dem Plan, eine Privatdetektei zu gründen. Denn Mendelssohn ist der geborene Spitzel mit seinem hochempfindlichen Gehör und dem harmlosen Aussehen; nicht nur, dass er in der Lage ist, in einer überfüllten U-Bahn Gespräche aus der letzten Reihe herauszufiltern, auch benehmen sich wildfremde Menschen ihm gegenüber extrem aufgeschlossen, wenn nicht schamlos: Die Gewissheit, dass er sie niemals auf der Straße wiedererkennen könnte, löst ihre Zungen, und ehe er es sich versieht, hat ihm jemand zwischen zwei roten Fußgängerampeln seine ganze Lebensgeschichte erzählt, inklusive intimer Details. Sein gerne zitiertes Paradebeispiel für die Offenherzigkeit des Normalbürgers gegenüber einem Blinden ist das Lebensresümee einer alten Dame, die ihm zwischen zwei Verkehrsinseln anvertraute: »Ich hatte es ja auch nicht leicht: Zweimal ausgebombt und der Mann impotent.« Außerdem besitzt Mendelssohn eine Villa in bester Gegend, die als Headquarter eine Menge hermacht. In unserem Trio nehme ich die Rolle des Pragmatikers ein, oder wie Cromwell sagt: »Du bist der geborene Grobmotoriker.« Cromwell hingegen soll eigentlich als unser Zentralrechner, als koordinierendes Superhirn fungieren. Aber dafür sollte das Superhirn klar sein. Unbenebelt. Einen tablettenabhängigen Chef mit Zuckerwatte im Oberstübchen kann sich kein Geheimdienst leisten.

Ich radelte durch die feuchte Dunkelheit bis zur Kieler Straße, die einem etwa mississippibreiten Strom gleich Eimsbüttel von Altona trennt. Schwerlaster zogen asphaltbetäubend vorbei, nach Stunden wurde die Ampel grün, und ich überquerte diese dröhnende Grenze, fuhr die Große Bahnstraße entlang, vorbei an deplatzierten Einfamilienhäusern, die da rumstehen, als hätte sie jemand aus einem Dorf gestohlen und hier zwischen Stadt und Restindustrie abgesetzt. Städtische Industrie in nasser Herbstnacht ist mir das Größte: Gerade noch ein Vorgarten, eine Mülltonne, ein verprügelter Bungalow mit Imbiss-Schild, dann plötzlich eine schwarze Halle mit Leitungen und Gestänge von innen nach außen. Ein riesiger Organismus, den jemand angeschlossen hat an Kabel, Infusionen, Schrittmacher und Sirenen; mit einem bösartig aufgerissenen Eingangstor, vor dem bei Tag Azubis rauchen und von Montag bis Freitag über Wochenenden schwatzen. Dann mit Anlauf auf die Überführung, unter mir eine Brache mit Wasserstellen – es sieht aus, als ob es in Hamburg Büffel gäbe; alles gesäumt von aufsässigen Birken und schmutzigem Schilf. Vom Zenit der Überführung mit Schwung hinunter in einen Tunnel, wo es immer und zu jeder Jahreszeit aus dem Mauerwerk tropft und wo sich Pfützen und Pisse und Schall so sammeln, dass man jedes Mal überrascht aus ihm auftaucht: Überrascht, dass er überhaupt ein Ende hat und dass es an seinem Ende plötzlich normale Luft gibt mit normalem Sauerstoff. So strampelte ich durch Zeit und Raum in die Schleswiger Straße und klingelte Sturm. Es war vier Uhr am Morgen.

Zur gleichen Zeit hielt dort ein Taxi, dem Mendelssohn entkletterte. Gemeinsam traten wir zur Nachtwache bei unserem inzwischen extrem launischen Kompagnon an: Cromwell öffnete aufgekratzt die Tür, gleich darauf fühlte er sich »wie ein durchgesessenes Sofa«. Gegen fünf Uhr bereitete er laut pfeifend und mit energischen Handgriffen ein überwürztes Gyros zu, doch gleich nachdem er Mendelssohn und mir die Riesenportionen aufgenötigt hatte, versank er in dumpfen Groll. Gegen sich selbst grollte er, gegen die Natur des Hirnstoffwechsels, gegen die aktuelle politische Lage, und gleich darauf lag er den Tränen nahe im Bett. »Ich kann nicht mehr. Ich will nicht mehr. Ich will schlafen. Ich will sterben.«

Mendelssohn, der in der Lage ist, zu jeder Tages- und Nachtzeit mit großem Appetit ein überwürztes Tellergericht zu sich zu nehmen, legte passend zum Wort »sterben« mitfühlend Messer und Gabel beiseite. Ich beobachtete unseren gefräßigen Freund mit wissenschaftlichem Interesse: »Wie kann sich ein Mensch im Morgengrauen und innerhalb von acht Minuten etwa drei Kilo Geschnetzeltes reindrehen? Hat das mit deinem fehlenden Hell-Dunkel-Rhythmus zu tun? Könnt ihr Blinden eigentlich immer essen?«

»Mumpitz! Ich habe einen Tag-Nacht-Rhythmus wie jeder normale Mensch auch! Bloß dass ich nun mal seit Kindertagen sehr gesegneten Appetits bin«, sagte Mendelssohn und versuchte, seinen leeren Teller auf einem Bücherstapel neben Cromwells Bett zu justieren. Ich nahm ihm den Teller weg: »Scheunendrescher. Aber euch über die Straße helfen lassen, das könnt ihr.« Mendelssohn weiß zwar immer, wann Tag oder Nacht ist, aber nicht immer, wann ich ihn hochnehme. »Wir können uns jetzt gerne über den kalorischen Grundumsatz eines Blinden unterhalten!«, hob er empört an. Doch Cromwells Winseln stoppte ihn: »Willst du es nicht noch mal mit Tabletten versuchen? Ich denke, dein Arzt hat dir solche Extrakracher verschrieben.«

»Das ist es ja!«, wütete Cromwell aus seinen Kissen. »Die wirken nicht mehr! Mein Körper ist schon völlig abgestumpft! Genauso gut könnte ich – Schokomandeln einwerfen! Das hätte denselben Effekt!«

»Auf wie viel pro Tag bist du denn jetzt?«, fragte ich professioneller Suchtberater.

»Hm, auf, etwa, bis zu – sechs oder sieben.«

Ich nahm eine leere Tablettenschachtel: »Von denen hier? Sechs bis sieben à zehn Milligramm?«

»Hm, ja, so circa. Können auch zehn bis zwölf sein.«

»Mein Lieber...«
»Ich weiß.«

Inzwischen lagerte Cromwell nur noch und sah aus wie frisch gekreuzigt.

»Du musst davon los. Du musst entgiften.«
»Ich weiß. Aber ich will nicht.«
»Wir begleiten dich. Du bist nicht allein.«
»Das hab' ich befürchtet.«
»Willst du in diesem Leben noch mal schlafen? Willst du in diesem Leben noch mal Ruhe haben? Dann sprich mir nach: Ja, ich will.«
»Ich hab' Angst.«
»Hätte ich an deiner Stelle auch. Aber es nutzt ja nix: Du musst da runter.«
»Okay.«

Auch Cromwells Wohnung sah aus, als hätte sie seit Wochen kein Auge mehr zugetan: Von der üblichen Cromwell'schen Grundordnung war nichts mehr übrig. Auf dem Schreibtisch, dem Esstisch, in der Spüle hatten sich die Sedimente vieler unsortierter Alltage abgelagert. Teller mit angetrockneten Essensresten wackelten auf Aktenordnern, schmutzige Tassen lungerten unter dem Bett, dreckige Wäsche stapelte sich im Bad. Ungeöffnete Post hatte Cromwell direkt neben der Eingangstür auf den Boden geworfen; unter dem Stromzähler lagen Fensterbriefe von amtlich-gewichtigem Aussehen, auf dem Sicherungskasten hockten mehrere Streifbandzeitungen sowie ein halbleeres Gurkenglas. In quasi jeder Wohnungsecke stand ein voller Aschenbecher parat. Und aus unerfindlichen Gründen ruhte eine sich mählich wölbende Pizza auf einer Fensterbank. Überall lag Kleingeld. Es sah beinahe so aus wie in meiner Einraumbutze kurz nach einem Rückfall. Fehlten nur die Batterien von leeren Flaschen. Und dieser trostlose Wodkadunst.

»Aufräumen, packen, anmelden«, schlug ich vor. »Wir bringen ein bisschen Grund rein, packen dir ein Köfferchen, und sobald deine Hausärztin öffnet, holen wir eine Einweisung.«

Cromwell schnorchelte in seine Kissen. Es klang nach einem »Okay« sowie einem »LecktmichamArsch«.

Mendelssohn begann mit einer Predigt über das Leben und die Lebensfreude unter besonderer Berücksichtigung von Depression und Liederlichkeit, und ich knöpfte mir Cromwells Wohnzimmer vor. Auf Grund eigener leidvoller Erfahrungen bin ich inzwischen sehr geschult in der zügigen Beseitigung von Verwahrlosung. Nach zehn Minuten waren Ess- und Schreibtisch wieder zugänglich und in der Küche weichte das Geschirr ein. Post und Geld drapierte ich sorgsam auf Cromwells Schreibtisch. Dort fand ich auch sein Telefon, eine runzlige Bockwurst, einige Haribo-Tütchen sowie zwei Fotos.

Das eine zeigte Heike und versetzte mir gleich zwei Stiche auf Herzhöhe: Erstens versetzt Heike mir grundsätzlich einen Stich auf Herzhöhe, und zweitens wusste ich gar nicht, dass wir ein Foto von Heike besaßen! Scharfes Nachdenken ergab, dass Cromwell damals, bei unserem Ausflug ins Hochgebirge, tatsächlich eine Kamera dabeigehabt hatte. Und mir offensichtlich einen Abzug vorenthielt! Im Hintergrund türmten und dräuten Massive, weiße Endlosigkeit, finsterste Tannen, im Vordergrund saß Heike an einem wurzeligen Holztisch und schien gerade das zu machen, was wir so an ihr lieben: Gesprächspartner filetieren. Von den heikeschen Opfern sah man nur verschattete Hinterköpfe, Heike davor in voller Pracht und Aktion, sprechend, leichte Gestik, und dann ihr spezieller Blick. Heikes Blick ist eine scharfe Waffe. Alles pulverisierend; ein Blick wie ein Laserstrahl. Einmal hat sie – und da bin ich Zeuge! Das habe ich miterlebt! – einen Menschen am anderen Ende eines Saales, also einmal quer durch eine große, mit lauten Partygästen gefüllte Halle hindurch, allein durch zielgerichtetes Anschauen zum Schweigen gebracht. Wenn ich mich recht entsinne, zuckte der derart Angeblickte sogar zusammen, als hätte ihm Heike gerade eine geschallert. Ebenfalls zu ihrem Handwerkszeug gehört eine so präzise wie aufrichtige verbale Deutlichkeit, dass es schon manchmal an Tourette grenzt. Ihre Auffassungsgabe plus das dazugehörige bordeigene Verwertungssystem ist von nicht minderer Schärfe als die Skalpelle, mit denen sie in ihrer Chirurgie Tag für Tag beherzt in Menschen reinschneidet.

Seltsamerweise hatte dieses menschliche Geschoss Cromwell und mich damals ins Herz geschlossen – obwohl wir beide uns während dieser Bergsause nicht gerade von unseren psychisch attraktivsten Seiten gezeigt hatten: Cromwell im Begriff, hartherzig eine seiner zahlreichen Teilzeitverlobten abzustoßen, ich mal wieder schlingernd in depressiver Verdunklung, als würde ein heulendes Kind in einer schwarzen Seifenkiste gen Abgrund rollern ... Seitdem telefonierten wir regelmäßig, und immer sprang mich dabei der Moment von Heikes Abreise an – ich saß einsam, schief und verkrümelt im erwachenden Tag, und bevor Heike ihr Auto bestieg, küsste sie mich, dass die verdammten Alpen glühten ...

Zur Strafe für etwaige Heimlichkeiten zwischen Cromwell und Heike stahl ich das Foto und steckte es in die Hosentasche.

Zur Rechenschaft würde ich ihn zu einem späteren Zeitpunkt ziehen.

Das zweite Foto zeigte Cromwells Exgattin Mick. Ich ging damit ins Schlafzimmer und hielt es anklagend hoch: »Sag mal, du elendes Rapunzel! Warum umgibst du Masochist dich mit solchen Fotos? Da ist es ja kein Wunder, dass du kein Auge zumachst!«

»Was für Fotos?«, fragte Mendelssohn. Seine Stimme bekam dabei ein durchaus sensationslüsternes Timbre.

»Aktfotos«, sagte ich. »Sehr, sehr nackige junge Männer in eindeutig nackigen Positionen.«

Ich weiß doch, wie man einen Mendelssohn entflammt.

»Nein! Wirklich?!«, rief Mendelssohn angetan.

»Blödsinn!«, ächzte Cromwell. »Ich hab' aus Versehen noch ein altes Foto von Mick gefunden. Du kannst es wegwerfen.«

Ich betrachtete das Foto. Mick sah so harmlos aus. Wie ein etwas verunsicherter und etwas trotziger Teenager sah sie in Cromwells Kamera. Nichts ließ ihre destruktiven Kräfte erahnen. Ihre soziale Stellung als dominant-gestörte Ehefrau mit der Lizenz zum Terror sah man ihr nicht an. Ich steckte Mick zu Heike in die Tasche und ging zurück zum eingeweichten Geschirr.

Vor dem Fenster kam Bewegung in die Finsternis. Die Dunkelheit schien zu Boden zu gleiten, während von oben etwas Dunkelgraues nachfloss. Dann kam Hellgrau, und im Haus gab es Geräusche. Eine Wasserleitung, ein Stapfen auf der Treppe, eine Tür. Auch die plattfüßige Mieterin über uns erwachte. Mein Gott! Dieses dumpfe Wummern durch alle Räume! Konnte dieser blöden Kuh nicht endlich jemand Einlagen schenken! In der langen Reihe ihrer Galane, mit denen sie oft einen so ohrenbetäubenden Geschlechtsverkehr ausübte, dass Cromwell behauptete, sie übe wahrscheinlich nur für die Wahl zur »Miss Vorgetäuscht« – also unter all diesen Stechern musste sich doch auch ein Orthopäde finden!

Die Küche war wieder reinlich, vor dem Haus starteten Autos. »Und jetzt wollen wir dem Onkelchen mal eine schöne Reisetasche packen! Ja, wo hat der Onkel denn seine Reisetasche?«
Cromwell zeigte auf seinen Kleiderschrank.

Auf Grund eigener leidvoller Erfahrung bin ich inzwischen sehr geschult im Packen eines Notkoffers, zumal eines Entgiftungskoffers: Das Wichtigste sind Zigaretten. Viele Zigaretten. Es gibt nichts Schlimmeres, als während einer mehrtägigen Ausgangssperre bei den Mitpatienten Zigaretten schnorren zu müssen. Man fühlt sich doch sowieso wie ein Penner. Aber sich dann auch noch sagen zu hören: »Kannst du mir eine Zigarette geben?« – das verleiht dem Selbsthass Flügel.
Sodann braucht man ein Lieblingsbuch, um sich aus der elendigen Situation wegbeamen zu können. Zu empfehlen ist hier ein Kinderbuch. Zum Beispiel »Das Pferd ohne Kopf«. Denn der ganze Ramsch für Erwachsene ist ja meist zu ernst und abstrakt, als dass man sich damit in eine andere Umlaufbahn schießen könnte. Oder hat man schon je davon gehört, dass sich jemand durch ernsthafte Lektüre aus einer ernsten Situation gerettet hätte? Oder dass jemand durch schwerblütigen Singsang aus seiner Schwermut erlöst wurde? Genauso wichtig wie ein das Gemüt erhellendes Buch ist ein gutes Deo. Wegen der zu erwartenden Schweißausbrüche. Was der Mensch auf Entzug so wegtranspirieren kann, ist schier übermenschlich. Auch nicht fehlen sollte ein Stofftier. Letzteres klein und unauffällig, so dass man es ohne größeren Gesichtsverlust in einer tränenreichen Minute kneten kann, bis

dass sich wieder so etwas wie Lebensmut einstellt. Ein passables Stofftier ist sogar noch wichtiger als eine Zahnbürste oder Socken. Oder hat man schon je davon gehört, dass jemand Trost fand im Kneten von Socken?

In Cromwells Wohnung war kein Stofftier zu finden. »Sag mal: Du hast wirklich kein Stofftier? Auch kein kleines?«

Cromwell starrte mich an, als hätte ich sie nicht mehr alle. Dann wendete er sich resigniert ab: »Tut es auch so was?« Und zog hinter seinem Bett einen melancholisch blickenden Hasen hervor. Kurzer Rumpf, kleiner Kopf, aber Riesenohren über den waidwunden Knopfaugen. Angenehm kurzer Plüsch; in etwa wie der abgeschabte Vorkriegspersianermantel einer Trümmerfrau.

»Name?«

»Sieveking. Frag mich jetzt nicht, warum. Aber er heißt nun mal Sieveking.«

Ich hielt Cromwell das Telefon hin: »Und nachher hole ich die Einweisung ab. Sag schon mal deinem Hausarzt Bescheid.«

»Welchem denn?«, gackerte Cromwell.

»Dem nettesten. Dem sympathischsten. Dem, der möglichst hier um die Ecke wohnt. Nicht dem Bergedorfer, nicht dem Wandsbeker – sag einfach deinem Altonaer Arzt Bescheid.«

Danach rief ich auf der Entgiftungsstation meines Vertrauens an. Ja, ich hätte Glück und könnte noch heute Morgen vorbeikommen. Nein, nein, erwiderte ich stolz, es handle sich um einen Freund. Ich selbst sei so clean und trocken, dass es eine wahre Freude sei! Trocken und rissig wie das schlimmste Brachland, quasi!

Als ich mich auf den Weg zu Cromwells Arzt Nummer fünf machte, startete Mendelssohn eine Predigt zum Thema Berufsunfähigkeit: »Wir zählen auf dich! Wenn unsere Detektei richtig laufen soll, dann müssen alle Mitarbeiter im wahrsten Sinne des Wortes AUSGESCHLAFEN sein!«

»Guter Gott. Ich kann nicht mehr!«, sagte Cromwell.

Wir fuhren mit einem Taxi ins Krankenhaus. Cromwell stöhnte vor sich hin. Mendelssohn drückte seine linke Hand, ich seine rechte.

»Ich will künstliches Koma!«, sagte Cromwell. »Ich will Totenstarre, bis alles vorbei ist.«

Wir nickten wissend.

Kapitel 2

Wenn man auf einer Entgiftungsstation per Handschlag begrüßt wird, ist dies doch eine eher zweifelhafte Referenz. Aber leider verhält es sich so: Ich kenne sie alle, sie alle kennen mich; da ist kaum eine oder einer, der mir noch nie den Blutdruck gemessen oder den Tropf ausgewechselt hätte. Und sie alle sind – ungelogen und ohne Verklärung – prima Menschen. Geduldig, humorvoll, und ich wundere mich immer wieder darüber, dass es auch bei mehrmaligem Scheitern und solchen Beinahe-Drehtürpatienten wie mir niemals zu einer spitzen Bemerkung gekommen ist oder einem Vorwurf oder einem Verdruss. Im Gegenteil: Sie machen Mut. Wenn du auf die Schnauze gefallen bist – steh auf. Jeder Rückfall könnte der letzte sein. Sei achtsam. Kümmere dich um dich.

Unser Verhältnis hat – betrachten wir dieses Miteinander von verzweifeltem, zitterndem Schlomo und einem Pulk helfender, freundlicher Profis – eine bizarre Note: Entweder päppeln sie mich auf, von der Schnabeltasse hoch zum aufrechten Gang, oder ich bringe ihnen in meinen abstinenten Phasen Blumen aus meinem Garten oder backe ihnen Kuchen, weil ich das Bedürfnis habe, sie auch mal ohne Flattermann zu sprechen und ihnen immer wieder mal zu danken. Ich vermute, dass ich sie als eine Art Verwandtschaft adoptiert habe, und fühle mich hin und wieder wie eine Graugans, die den grünen Stiefeln von Konrad Lorenz hinterhereilt.

Wenn das mal gesund ist.

Wir übergaben Frau Gärtner und Herrn Wegner unseren geknickten Cromo wie ein gefleddertes Paket: »Können Sie ihn wieder heil machen?«, fragte ich. Herr Wegner antwortete launig: »Was für eine Frage! Wir haben ja sogar schon *Sie* wieder heil gemacht!«

»Apropos«, sagte Frau Gärtner, »ich habe bei Ihnen noch so viel gut – dafür dürfen Sie uns etwas Arbeit abnehmen und Ihrem Freund schon mal die Station erklären.«

Also setzte ich meinen Mister-Wichtig-Blick auf und begann mit der Führung.

Auf der Station war es still: Die Patienten befanden sich in ihren Gruppentherapiesitzungen, die Putzfrau schob ihren OP-Wagen voller Sprühflaschen, Lappen und Feudel von Raum zu Raum.

Die gesamte Entgiftung war letztes Jahr umgezogen. Vorher fanden die biochemischen Tragödien in einer Art Jugendherberge statt, im fünften Stock des großen Psychiatriegebäudes. Die Station bestand aus einem langen Schlauch; auf Höhe der Mitte war das Schwesternzimmer, dieser Glaskasten mit dauerhaft geöffneter Tür. Die Pflegerei musste nur den Kopf aus der Tür stecken, den Gang einmal hoch und runter schauen und war sofort im Bilde. Die Türen zu den Patientenzimmern standen – ganz anders als in der Somatik – fast überall offen. Man strolchte also über den Gang, sah Mitpatienten schlafen, lesen oder in ihren Siebensachen wühlen, grüßte hier, schnackte da, und am Glaskasten konnten wir jederzeit mit den Diensthabenden klönen, jammern oder auf sie einweinen. Es gab dann noch eine Küche und einen Speise-Aufenthalts-Fernseh-Raum mit Blick über Hamburg. Grindelberg, Dammtorbahnhof, Michel, Hafenkräne. Wie kommt es wohl, dass ein wunderbares Panorama die eigene schlechte Lage zusätzlich verschlechtert?

Ganze fünf ranzige, vollverpilzte Duschen sowie genau vier Toiletten des Teufels standen den vierundzwanzig Patienten seinerzeit zur Verfügung. Es war unhaltbar. Aber: eine Spitzenatmo.

Im Neubau nun kam Cromwell in eine Art Präsidentensuite: Großes Zimmer mit einem eigenen Bad! Mit Toilette! Und Dusche! Und Waschbecken inkl. Spiegel! Wow! Und überall Haltegriffe, und sogar ein Schemel für zum Hinsetzen unter der Brause plus (als Bonus quasi) ein diese Oase ständig wohltemperierender brummender Motor!

Mendelssohn und ich waren begeistert. Hier ging's ja zu wie im Ritz! Von Cromos Fenster aus hatte man einen Logenplatz mit bestem Blick auf den Psychiatrievorplatz. Man konnte haarscharf verfolgen, wer gerade da unten rauchte oder taumelte oder psychiatrisch relevant tanzte. (In einer Psychiatrie gibt es ja mehr Eintänzer, als der gesunde Bürger glaubt.) Auch konnte man von Cromwells Residenz aus einwandfrei beobachten, wie der frische Nachschub von Krankentransporten angeliefert wurde, und man konnte Mutmaßungen über Diagnose und die dafür in Frage kommende Station anstellen: »Das ist was für die Geronto. Aber der da hinten: Der kommt auf die Geschlossene.«

»Woran willst du das erkennen?«, fragte Mendelssohn.

»An den beiden Bullen, die ihn begleiten.«

Dann erklärte ich den Freunden Speiseraum und die dahinter liegende kleine Küche. Dann den Aufenthaltsraum, in dem ab 18 Uhr TV geguckt werden durfte. Hier befand sich auch eine aus Spenden zusammengewürfelte Bibliothek. Vier Regalböden mit sämtlichen Schätzen des Abendlandes: Ludwig Ganghofer, Heinrich Böll, Konsaliks »Arzt von Stalingrad«, Frauenkrimis, schwedische Krimis, schwedische Frauenkrimis und die Memoiren von Fides Krause-Brewer. Mendelssohn ließ sich alle Titel vorlesen und war begeistert, denn Fides Krause-Brewer hatte er noch zu seinen sehenden Zeiten erlebt und geriet retrospektiv in erfreute Rage wegen der »riesigen Holzperlenketten«, die jedes ihrer Interviews klappernd begleitet hatten.

»Okay, okay!«, sagte Cromwell genervt. »Und wo ist das Raucherzimmer?«

»Raucherzimmer – gibt es nicht mehr. Sind abgeschafft.«

»Ja, und jetzt?!«

»Jetzt darfst du zum Rauchen für maximal fünfzehn Minuten nach unten auf den Marktplatz. Aber während der Sperre immer nur in Begleitung eines Mitpatienten! Falls du auf die Idee kommen solltest, umzukippen, zu krampfen oder zu delirieren. Dann weiß deine Begleitung, wohin man deinen Sarkophag bringen muss. Und du musst dich an der Tafel am Glaskasten namentlich und mit Uhrzeit AUSTRAGEN.«

»Dann machen wir das doch bitte sofort!«

Ich schrieb mit dem abwaschbaren Filzer Cromwells Namen und die akute Uhrzeit an.

»Ein guter Tipp: Wenn du um sagen wir mal 16 Uhr 30 nach unten gehst, dann schreibst du eine klare 16 und dann als Minutenangabe so eine Art Brezel. Oder so was wie ein @. Weil das lässt Raum zur Interpretation. Und so kannst du ungestraft auch mal zehn bis zwanzig Minuten länger unten bleiben.«

Wir nahmen den Fahrstuhl. In seiner Rundumbespiegelung sah ich, dass der hinter mir stehende Cromwell im Begriff stand, die erste Möglichkeit zum Ausbüxen zu sondieren.

Wir standen auf dem Platz vor der Psychiatrie, zündeten unsere Zigaretten an, Cromwell blickte so hastig um sich, als nähme er Maß: Da hinten der kleine Durchgang zur Martinistraße; zwei Minuten sind das nur bis zur Bushaltestelle Löwenstraße ... direkter Bus zurück nach Altona.

»Was willst du denn jetzt zu Hause?«, fragte ich drohend.

Cromwell brummte und nahm weiter Maß: Nur dreihundert Meter und ein Ticket zu 2 Euro 80 – keine Entfernung zur Großen Freiheit!

Mendelssohn wurde böse: »Du setzt dich ja doch nur in dein Zimmer, schluckst weiter deine Tabletten – und wie lang soll das noch so gehen? Zieh einen Schlussstrich! Werde vernünftig! Ihr Suchtmenschen könnt einen in den Wahnsinn treiben! Dass ihr euch vor der Entgiftung immer so lange bitten lasst!«

Das war eindeutig an meine Adresse gerichtet: Als ich nach sechsstündiger Wartezeit in der Notaufnahme meinen zitternden Corpus wieder nach Hause tragen wollte, um ihn dort weiterhin beruhigend abzufüllen, hatte Mendelssohn sogar erbost mit seinem Blindenstock auf mich eingeschlagen, bis ich wieder zur Vernunft kam.

Cromwell brummte nicht mehr. Er stöhnte nur herzzerreißend.

»In ein paar Tagen bist du wieder im Lot«, sagte Mendelssohn milde.

Ich sah, wie Cromwell kapitulierte. Sein Blick brach. Er kam mir vor wie ein gestürztes Schlachtross.

»Du wolltest doch schon immer mal den ›Arzt von Stalingrad‹ lesen! Heitert dich das nicht auf?«

Wir brachten Cromwell ordnungsgemäß wieder zurück auf Station. Noch immer herrschte dort therapeutische Stille. Jemand musste Cromwell ablenken: »Schau mal!« Ich kramte in meinem Portemonnaie nach den Visitenkarten, die ich für die

Detektei entworfen hatte; den Drucker hatte ich mit feinstem Karton gefüttert. Das Ergebnis sah hochseriös aus:

»Detektivbüro Mendel & Partner« – und dann nur vielversprechend-geheimnisvoll Straße und Telefonnummer. »Damit du immer weißt, wofür du das alles hier machst, gell!«

Ich legte ihm die Kärtchen auf den Nachtschrank. Mendelssohn ließ sich die Karten beschreiben und wurde bockig: »Über die grafische Gestaltung ist aber noch nicht das letzte Wort gesprochen!«

»So? Willst du vielleicht ein paar putzige Delfine drauf haben? Oder rosa Girlanden?«

Wir verabschiedeten uns zankend von Cromwell, und er sah uns aus der Tür seiner Präsidentensuite hinterher wie ein todunglücklicher Fünfjähriger, den man zur Entfernung seiner Mandeln in einem Buschkrankenhaus ausgesetzt hat.

Cromwell auf der Station zurückzulassen erzeugte bei mir einen merkwürdigen Emotionsbrei. Beruhigung, den Freund in guten Händen zu wissen. Mitleid wegen der kommenden Qualen. Erleichterung, diesmal ausnahmsweise nicht selbst das Wrack zu sein, das aufs Trockendock gehoben werden musste – und eine fast religiöse Dankbarkeit für die eigene schöne Nüchternheit und Abstinenz. Denn sogar ich stelle bei mir bisweilen eine gewisse Gläubigkeit fest. Ehrlich gesagt, rufe ich recht oft die Götter an – allerdings nur bei Kleinigkeiten. Man will ja nicht lästig fallen. Auch bedanke ich mich recht herzlich und artig bei den Göttern, wenn es mal wieder einen Glücksmoment gab, wobei ich zugegebenermaßen dabei etwas im Hinterkopf habe, was der Geschäftsmann und Lobbyist umreißen würde mit: »Wer gut schmiert, der gut fährt.« Auch so ein Gott will schließlich mal gelobt werden. Und technischer Fortschritt hin, Modernisierung der

Welt her: Ich bin davon überzeugt, dass die Götter noch immer auf Opfer stehen. Diesbezüglich ist die Aufklärung gewiss an ihnen vorbeigegangen.

Ansonsten habe ich in guten Zeiten die Götter tatsächlich lieb. Und sie existieren in meiner Seele im Plural, weil ich nicht nur Pantheist und Pankreationist bin und daran glaube, dass *alles* letztlich beseelt oder befühlt ist (selbstverständlich alles außer zum Beispiel einem Analogkäse oder einem Mettbrötchen oder dem Vatikan), nein, ich habe so viele Götter, weil ich mir dabei bessere Chancen ausrechne, dass mir einer aus diesem großen himmlischen Sauhaufen mal hilft. Um ganz auf Nummer sicher zu gehen, habe ich neben diesen Göttern auch noch den alttestamentarischen Gott. Denn erstens steht nach dem mosaischen Glauben der Messias noch aus – ganz meine Meinung. Und zweitens ist er ein Gott, mit dem man sich auch mal anlegen kann, einen Disput und Diskurs führen kann. Und drittens: Er ist genauso rachsüchtig wie ich. Auge um Auge. Und meine Rachsucht lasset nimmer nach; ich habe da noch ein paar Rechnungen offen, und jeder, der mir jemals etwas angetan hat, sollte mit offenen Augen schlafen! Irgendwann ist er da, mein Tag! Dann werden Köpfe rollen! Ich vergesse nichts! Ich bin ein Elefant, Madame!

Kapitel 3

Mendelssohn und ich wanderten untergehakt zur Bushaltestelle. »Er soll nicht meckern«, sagte Mendelssohn, »bald wird er wieder richtig schlafen.«

»Apropos!«, sagte ich, als wir uns in den 25er Bus hievten. »Ich muss mich vor heute Nacht dringend noch mal langmachen.«

»Gehst du wieder anschaffen?«, fragte Mendelssohn so deutlich und klar, dass die Fahrgäste einen diskreten hanseatischen Seitenblick auf mich warfen.

Wie fast jeder ehrliche Bürger des Prekariates kann ich von meinem eigentlichen Beruf nicht leben und muss daher einen Zweitjob bedienen, der zumindest die Miete einbringt. So dullere ich als 400-Euro-Mann durch die Nächte und schaffe in einem Hotel als Nachtportier an. Genauer gesagt: Als Aushilfsnachtportier; zum offiziellen Portier mit Wanst und Weste hat es bei mir noch nicht gereicht. Also binde ich mir an sechs Abenden im Monat meine gepunktete Krawatte um, säubere meine Fingernägel, setze mich in eine Portiersloge und gucke wie ein Generalschlüssel.

Unser Hotel »Sylter Gärtchen« liegt an einer dauerhaft donnernden Ausfallstraße, ist ein Haus der gepflegten Gastlichkeit und mittleren Preisklasse und lebt hauptsächlich von trübsinnigen Vertretern und Rudeln an Landbevölkerung, die einmal im Leben in der großen verruchten Hansestadt einen Lloyd-Webber-Schmarrn hören oder eine echte Nutte sehen wollen. Diese Menschen sind mir inzwischen ans Herz gewachsen. Ich nenne sie auch nie »Gäste« oder »Kunden«, sondern immer »Patienten«. Vermutlich spielt da meine pathologisch enge Beziehung zu Krankenhäusern ein freudsches Wörtchen mit.

Allein das Mienenspiel meiner Patienten beim Einchecken erzeugt bei mir eine Art von fürsorglichem Gluckeninstinkt fast äskulapscher Größe. Sie sind verschüchtert ob des auf »gediegen« getrimmten Foyers, gleichzeitig sind sie sich ihrer Rolle und Würde als zahlender König Kunde bewusst. Wie jetzt so selbstverständlich wie möglich mit dem Lakaien hinter dem Tresen reden? So selbstverständlich, als hätte man es dahaam im fernen Offenbach jeden Tag mit Untergebenen zu tun? Die Frauen überlassen grundsätzlich den Männern die Verhandlungen, während sie ihrem Blick etwas Offensiv-Hausfrauliches aufsetzen: »Na, ist hier denn auch alles, wie es sich gehört? Keine Ecke vergessen? Mir kann man da nix vormachen; ich kenne die Tricks! Der Portier hat immerhin saubere Fingernägel. Nur sein Blick über der getupften Krawatte ist etwas – aufsässig? Soll nur nicht so großstädtisch gucken! Man kommt ja nicht aus der Provinz! Unterschleißheim ist schließlich kein Dorf!«

Sobald alles eingecheckt und auch wieder ausgegangen ist (»König der Löwen«, »Cats«, Nuttengucken), kontrolliere ich alle Eingänge, schließe alle möglichen Hintertüren ab, stelle den Plasmabildschirm im Foyer auf »Kaminfeuer« und komme zu meinem Drittjob: Als flankierende finanzielle Maßnahme nehme ich nämlich an allen Preisrätseln teil, die das Internet zu bieten hat. Extra zu diesem Behufe habe ich eine Phantasieadresse eingerichtet und erhoffe mir, bei meinen wahllos gestreuten, ein paar wilden Schüssen aus einer Schrotflinte gleichenden Teilnahmen Unmengen von Sachpreisen zu gewinnen, die ich dann zu Wuchersummen zu veräußern gedenke. Dieses Geschäft lässt sich allerdings sehr langsam an: Bisher habe ich nur ein extrem marode gearbeitetes Quarzührchen gewonnen, dessen Batterie anderthalb Stunden funktioniert hat und das in einem so groben Pink gehalten ist, dass es auch die pinkeste Nutte der Reeperbahn nicht geschenkt nehmen würde. Dann gab es da noch eine extrem sinistre Reise: Ich hätte supergratis und kostenlos für nur circa 200 Euro »Kerosinzuschlag, Stand vom 10.1.2010« eine Woche in ein Doppelzimmer nach Antalya fliegen können; deutschsprechender Reiseleiter inbegriffen. Aber erstens will ich mir kein Doppelzimmer mit einem deutschsprechenden Reiseleiter teilen, zweitens wollte ich noch nie nach Antalya, und schon gar nicht für 200 Euro Brezel Kerosinzuschlag zum Stand vom 10.1.2010.

Mendelssohn oder Cromwell wollten auch nicht mitkommen, denn obwohl sie sonst für praktisch jedes Gratisangebot zu haben sind, befürchteten sie dahinter eine »Butterfahrt«, während der man uns von früh bis spät deutschsprechend unter Druck setzen würde, bis wir ein paar Kühlkissen oder eine Beteiligung an einem Apartment-Rohbau erstanden hätten. Also ließ ich dieses Schnäppchen verfallen und warte nun auf einen iPod, einen Tankgutschein über 100 Euro oder wenigstens eine Sofortrente.

Wenn ich an mindestens zweihundert Ausschreiben teilgenommen und auch auf die Bestätigungslinks geklickt habe, ist es an der Zeit, die Bar zu eröffnen. Jetzt kommen die trübsinnigen Vertreter ins Spiel: Gegen 22 Uhr stellen sie die ersten Berechnungen an, bis zu welcher Uhrzeit sie wie viel tanken können, ohne am nächsten Tag noch eine Restfahne zu haben. Und wie viele Schoppen ihr Tankgutschein heute noch hergibt. Dazu reiche ich gesalzene Nüsschen aufs Haus; dies vor allem gegen mein schlechtes Gewissen wegen der gesalzenen Getränkepreise, die zu verlangen mich ein durch und durch skrupelloses Hotel-Schweinesystem zwingt. Wer kann sich denn heute noch 4 Euro 50 für eine 0,1-Pfütze Rotwein leisten? Und ich spreche hier von einem gesundheitsgefährdend lieblichen Rotwein! Ich spreche hier von der »Hausmarke«! Die eigentlich solche Namen tragen müsste wie »Niendorfer Nierenkrebs« oder »Eimsbüttler Hämaturie« oder »Hagenbecks Pavianpisse Cuvée«.

Deswegen trinken Vertreter meist auch nur Weizenbiere. Und kurz bevor sie auf ihren Handys ihre Wecker stellen, kommt noch Wodka hinzu, weil man den ja bekanntlich nicht riecht, höhö. Nebenher daddln sie an unserem kostenfreien Patienten-PC oder seufzen einfach so vor sich hin.

Wenn die Brüder weg sind, muss ich alles Haltbare für das Frühstück aufdecken: Die Müslidosen, die Körbchen mit Süßstoff und Würfelzucker, die künstliche Blume pro Tisch, die Serviette pro Person, in der Küche werden die Thermoskannen parat gestellt, die Büchsenmilch wird aus dem Keller geholt, ich braue mir einen starken Kaffee, und dann kommen meine Patienten von der Nachtschwärmerei zurück. Manche haben Schlagseite, die Frauen schauen nicht mehr, ob auch in den Ecken gewischt ist, alle bekommen ihre Tabletten bzw. Schlüssel und ein nettes Wort – und dann ist es Zeit für die letzten, die verzweifelten Patienten, die bis jetzt noch keine Bettstatt gefunden haben. Meistens handelt es sich hierbei um ein junges deutsches Pärchen und einen volltrunkenen Briten. Der junge deutsche Mann, dem meist eine etwa 24-stündige

Autofahrt anzusehen ist, akzeptiert erschlagen das letzte Zimmer, während unsereins anmerkt, es handle sich allerdings nicht um ein Doppelbett, sondern nur um zwei Einzelbetten, was den genervten jungen Mann nie stört, während seine Begleiterin immer ein enttäuschtes »Och!« ausstößt, was wiederum den genervten jungen Mann etwas nervt. Den darauffolgenden volltrunkenen Briten könnte niemand verstehen, mit oder ohne Reiseleiter. Im Zweifelsfall ziehe ich den Pappkarton mit den Euro-Universal-Steckdosen-Adaptern hervor und er sucht sich dann einen aus, dankt in einer mir unbekannten Sprache und segelt wie von Geisterhand geleitet und völlig irrtumsfrei auf sein Zimmer. Offenbar haben Briten Radar.

Dann kommt bei mir der tote Punkt. Ich zupfe noch halbherzig an Servietten und Tischläufern, räume die Bar ab, saufe Kaffee und warte auf die Frühschicht. Falls ich Trinkgeld bekommen habe, lege ich es korrekt und sorgsam in die kollektive Trinkgeldkasse. Manchmal juckt es mich zwar in den Fingern, aber ich habe zu viel Angst, dass auf unterschlagenem Geld kein Segen liegt und mein rachsüchtiger Gott nicht lange zögern, sondern mich bereits auf dem Heimweg strafen wird. Umgekehrt könnte er ja auf den Gedanken kommen: »Dieser Schlomo aber auch! Seine Krawatte ist zwar gar grauselig, aber er selbst: so eine ehrliche Haut! Wir sollten ihm vielleicht mal eine Sofortrente zukommen lassen. Oder wenigstens einen Tankgutschein.«

Manchmal leistet mir Mendelssohn während des Dienstes Gesellschaft. Er verhindert, dass ich ein Nickerchen mache, und labt sich mit unverhohlener Sensationslust an den Gesprächen meiner Patienten.

Kapitel 4

Cromwell sitzt auf einem Bett und denkt vorsichtshalber erst einmal gar nichts. Es ist ja nicht sein erster Kontakt mit der Psychiatrie. Aber damals, nachdem seine Exgattin mit ihm fertig war, hatte man ihn auf eine irgendwie allgemeine Rundumstation gelegt; Entgiftung kennt er nur aus Schlomos Erzählungen. Um dem Denken weiterhin aus dem Weg zu gehen, beginnt er damit, seine Mitbringsel aus der Tasche säuberlichst in einen der beiden Schränke zu sortieren. Sein Portemonnaie legt er in das kleine Schließfach, die Wäsche stapelt er gründlich, wie beim Bund. Ganz langsam, Kante auf Kante. Cromwell fällt ein, dass er nie beim Bund war. Warum eigentlich nicht? Vielleicht wäre er heute anders dran und besser zu Fuß – rein seelisch betrachtet –, wenn er in seiner Jugend die Gelegenheit gehabt hätte, ein bisschen zu schießen. Bisschen rumrobben, bisschen »Oh du schöner Westerwald« grölen. Es muss doch bei einem Menschen in der Spätadoleszenz zu einer ganz anderen Prägung kommen, wenn er wochenlang aus einem Leopard ballert. Anstatt in einem KZ die Wege zu harken. Ja, vielleicht wäre er dadurch – irgendwie belastbarer geworden. Strapazierfähiger. Gestählt und trinkfest. Zotig und durchgepupt. Kurz: nicht so lebensmüde wie heute. Außerdem hätte er dann ja vielleicht sogar Führerscheinklasse Z. Und könnte Skat.

Schlomo muss vorhin auf dem Weg zum Arzt eine Stange Zigaretten gekauft haben. Und zwar keine Stange der billigen braunen Schlomo-Zigarillos, die so stinken, als würde im

Nebenzimmer ein Wäschekorb voll alter Bundeswehrsocken brennen, nein, es handelt sich um richtige teure. Sogar mit Filter. Schlomo hat sich in für seine Finanzen geradezu schwindelerregende Unkosten gestürzt. Cromwell ist gerührt. Das muss er ihm unbedingt heimzahlen. Den Hasen Sieveking will er zunächst in der Schublade des eisernen Nachtschränkchens verschwinden lassen, legt ihn dann aber trotzig neben das Kopfkissen. Ein Erwachsener, der in seinem Leben schon so einiges an Erwachsenenhölle durchlebt hat, muss sich seines Stofftierchens nicht schämen!

Das Bett seines abwesenden Zimmernachbarn ist penibel glattgezogen, auf dem fremden Nachttisch liegt eine Autozeitung, aber kein Hase. Daneben ordentlich ausgerichtet: ein Pinkelbecher und ein Mundstück fürs Alkohol-Pustegerät. Der Zimmernachbar war sicher beim Bund. Ein Einzelzimmer wäre fein. Aber Schlomo hat erzählt, dass es in Entgiftungen durchaus noch mitten in der Nacht zu neuen Zimmergenossen kommen kann: Die entsetzliche Notaufnahme hat keinen Biorhythmus. Der Einsame im Zweierzimmer einer Entgiftung kann sich nie sicher sein. Jederzeit könnten sie ihm einen stattlichen 10-Promiller ins Revier schieben …

Da klopft es und ein circa vierzehnjähriger Arzt bittet ihn zum Gespräch. Cromwell wundert sich, wie alt er selbst geworden ist. Er schätzt sich auf etwa fünfundvierzig. Könnten auch ein paar Jahre weniger sein. Verwundert und besorgt stellt er fest, dass er sein Geburtsjahr nicht mehr weiß. Guter Gott, bin ich krankenhausreif. Und dann derart junge Ärzte – er muss da was verpasst haben. Zumal große Brocken des eigenen Lebens. Der Typ hier könnte einer seiner ehemaligen Schüler sein.

»Herr Dr. Jordan, ich möchte mit Ihnen gerne das Aufnahmegespräch führen. Können wir?«

Sicher, sicher. Sie gehen in eine kleine Kammer. Eigentlich geht es nur darum, seit wann er wie viel wovon konsumiert hat. Also lässt er vor dem Vierzehnjährigen die Hosen runter: Dieses Schlafmittel seit einem Jahr und diese Angstlöser und Entspanner seit einem Jahr. Da käme ja einiges zusammen – sagt der Zwölfjährige so dahin. Cromwell verspürt den Wunsch, diesem gesunden Halbstarken seine geradezu ekelerregende Gesundheit aus dem Körper zu reißen und dem Kerlchen dafür das eigene Leid in den Leib zu stopfen.

Bei dem »Wie viel?« möge er bitte nichts beschönigen, denn danach würde die Einstiegsdosis seiner Ausstiegstabletten berechnet. Und es habe schon Fälle gegeben, da hätten Patienten sehr viel weniger angegeben, als tatsächlich den Weg in ihr System gefunden hätte. Man sei also mit kleiner Dosis eingestiegen, und rummsti! – sei es zu Krampfanfällen oder Delir gekommen. Also bitte keine falsche Scham.

Scham? Cromwell überlegt, ob er sich schämt. Jein. Es hat einerseits schon etwas Erniedrigendes, einem pumperlgesunden Jugendlichen zu schildern, wie man sich selbst allmählich in den Zustand eines Wracks geschluckt hat. Andererseits: Was weiß denn *der* von einem Leben wie dem, das Cromwell zu dem gemacht hat, was er jetzt gerade ist? Einem Menschen, der von sich sagt, dass er sein eigenes Leben nicht mit der Kneifzange anfassen würde? Einem Menschen, der, wenn er nicht schlafen kann, gerne mal sagt: »Frage: Was würdest du in deinem nächsten Leben anders machen? Antwort: Ich würde bei der Geburt sterben.«

Allmählich fühlt Cromwell Schwäche. Wie Makkaroni fühlen sich die Beine an, das Hirn in etwa wie Mett. Er beantwortet wahrheitsgemäß die Frage nach der Dosis.

»Wie sind Sie an diese Mengen eigentlich gekommen?«, fragt der Junge.

Cromwell antwortet nicht wahrheitsgemäß: Sowohl der Hausarzt als auch der Neurologe hätten eben verschrieben.

Dass Cromwell bei der halben Ärztekammer zu Gast war: Nein, das mag er nicht sagen. Das klingt irgendwie abgebrüht und abgefuckt. Seltsame Sache: Diese Frage macht ihn tatsächlich verlegen. Dagegen die Frage: »Und wie steht es mit dem Interesse an Sexualität?« – die berührt ihn kaum. Als Antwort Numero eins schießt ihm durch den Kopf: »Ich war nie ein großer Stecher.« Numero zwei: »Ich hatte immer mehr Gelegenheiten als Lust.« Numero drei spricht er laut aus: »Früher normal, in letzter Zeit geht meine Libido selbstverständlich gen null.« Der Junge verzieht keine Miene. Überhaupt hat er bisher keine Miene verzogen. Vielleicht hat er nur die eine? Sein Pokerface irritiert Cromwell. Wenn er schon mit einem lebendigen Wesen spricht, dann will er auch eine Reaktion, verdammt noch mal. Sonst könnte er ja gleich mit einer Schranktür reden!

»Und wie geht's jetzt weiter mit mir?«

Der Junge wird noch eine Spur amtlicher und mienenloser: »Wir beginnen bei Ihnen mit der halben Dosis ihres Konsums. Die rechnen wir um auf ein Mittel namens Oxazepam. Und das wiederum reduzieren wir dann ganz langsam.«

»Wie lange wird das etwa dauern?«

»Da müssen Sie sich schon auf ein paar Wochen einstellen. Ein Alkoholentzug dauert im Schnitt eine Woche. Ein Benzodiazepin-Entzug: Minimum drei Wochen. Deshalb werden Sie auch länger in der Sperre sein als Ihre Mitpatienten.«

Cromwell weiß von Schlomo, was Sperre bedeutet: Immer in Griffnähe bleiben, maximal fünfzehn Minuten zum Rauchen vor die Tür.

Er wird also sofort nach einem Rauchkumpan suchen müssen. Und keinen Kaffee mehr trinken – das verfälscht den Blutdruck.

Cromwell gibt Blut ab und Urin. Der Fachmann nennt das »Abpinkeln«. Dann sitzt Cromwell wieder auf einem Bett und denkt vorsichtshalber gar nichts.

Er schaut auf seine Papiere: Einen »Entgiftungsvertrag« muss er unterschreiben, und dann hat er noch einen gelben Hefter bekommen, der auch einen Stundenplan enthält. Damit kennt er sich aus, das beruhigt ihn. Immer wenn sein Leben einen Stundenplan hatte, bewegte es sich im Rahmen; wie bei einem normalen Menschen. Sobald der Stundenplan fortfiel, riss es Cromwell aus der Verankerung. Sein neuer Stundenplan ist stramm: Um 7 Uhr muss er zum ersten Mal zur Blutdruckmessung, um 22 Uhr zum letzten Mal. Dazwischen drei Mahlzeiten, Bewegungstherapie, Gruppenstunde, Infostunden, Blutdruckmessen, Gruppenstunden und Blutdruckmessen. Sprechen, essen, messen. Ab 23 Uhr Nachtruhe. Sonn- und feiertags ab 24 Uhr. Besuche: ab abends. Sonn- und feiertags ganztägig. Besuche sind beim Essen nicht erwünscht. Beim Messen ist es wohl egal. Mittwoch und Donnerstag heißt es ab 19 Uhr 30: »Vertreter von Selbsthilfegruppen stellen sich vor«. Das ist verpflichtend für »Patienten in der Sperre«. Patienten ohne Sperre müssen auch nicht mehr zum Messen. Aber zum Essen. Akupunktur gibt es jeden Tag und Entspannungsübungen. Und jeden Mittwoch eine Oberarztvisite. Und eine medizinische Info. Und »Vertreter von Langzeittherapien stellen sich vor«. Cromwell dagegen stellt sich vor, dass Schlomo genau jetzt auch auf Station wäre.

Das wäre schön. Das wäre die halbe Miete. Sie könnten – beide in der Sperre – stundenlang flanieren; die Station ist ein Quadrat, in dessen Mitte man einen Innenhof ausgestanzt hat. So kann man, ohne abzustoppen und wenden zu müssen, stundenlang seine quadratischen Kreise ziehen. Sie wären Naphta und Settembrini. Nur ohne die Schweizer Berge.

Cromwell geht langsam über die Station, an der Wand entlang, immer zwei Finger auf dem hölzernen Handlauf, der dem strauchelnden Patienten Halt geben soll. Cromwell wartet, weiß aber nicht, worauf. Auf Entzugserscheinungen, den Weltuntergang oder einen Mitpatienten, der ihn gnädig mitnimmt, zum Rauchen. Da fällt ihm seine erste Zigarette ein. Überhaupt fallen ihm seit seiner Aufnahme ständig und blitzschnell längst entfallene Begebenheiten ein. Als würde ihm jemand immer wieder mal ein anderes verwackeltes Foto unter die Nase halten. Jetzt also die erste Zigarette: Cromwell war zwölf und im Wald, saß dort auf einem Stein und zündete sich umständlich mit Streichhölzern eine Zigarette an, die er an einer Bushaltestelle gefunden hatte. Er saugte den Rauch ein und behielt ihn – vorsichtshalber und weil er noch nicht wusste, was er sonst mit dem Rauch anstellen sollte – in der Mundhöhle. Aha. Na prima. Was für ein sinnloser Vorgang. Aber die Zigarette in der Hand – irgendwie voll volljährig! Vom Gang nach Hause fühlte sich Cromwell hinreichend ausgelüftet. Seine Mutter guckte erschrocken, doch bevor sie ihn beiseitenehmen und den Qualm unter den Teppich kehren konnte, hatte der Vater schon Witterung aufgenommen. Es setzte was. Auch dies: ein sinnloser Vorgang...

Die Station bevölkert sich; die Mitpatienten kehren aus ihren Gruppensitzungen zurück. Es wird erregt geplaudert, gesperrte

Patienten tragen sich an der Tafel aus, und tatsächlich fragt jemand Cromwell, ob er neu sei und auch rauchen wolle. Aber ja doch! So ändern sich die Zeiten: Früher gab es Kloppe, heute wird man dazu gebeten. Cromwell schreibt »11 Uhr Brezel« an die Tafel und taucht in einem Pulk unter. Im Aufzug stellt sich ihm jeder vor. Es wimmelt nur so von Uwes, Udos und Ulfs, denn Cromwell hat sämtliche Namen sofort wieder vergessen. Er nennt seinen Namen und einer der Ulfs fragt: »Alkohol?«

»Nee, Tabletten.«

»Aha. Dann bleibst du wohl ein bisschen länger bei uns.« Und ein anderer Ulf sagt zu einem Udo: »Hier, Chief! Da hast du deinen Nachfolger!« Sie grinsen ihn freundlich an. Man erläutert: »Die Station hat einen Patientensprecher. Und das sollte jemand sein, der länger auf der Station ist. Du hast also die besten Chancen. Weil unser Chief hier bald geht.«

Der Chief fletscht die Zähne: »Dann geht mein Terror-Regime zu Ende. Leider. Dabei hab' ich mich damals so mühevoll hochgeputscht!«

»Von wegen hochgeputscht! Hochgeschlafen hat er sich!«

»Fragt sich bloß, bei wem.«

»Na, bei der Klinikleitung.«

»Oder direkt bei seiner DAK.«

Cromwell wundert sich über die gute Laune der Mitpatienten. Er hat sich eine typische Entgiftungsstimmung etwas bedrückter vorgestellt. Und etwas gebückter. Und langsamer. Aber hier geht es zack, zack, schnelle Wortwechsel, ein übermütiges Flachsen und Flapsen. Cromwell steht mit ihnen auf dem Marktplatz der Psychiatrie, raucht schweigend und kann kaum folgen.

Er will nach Hause. Dann fällt ihm der Hase Sieveking ein. Ob seine Mitpatienten auch so etwas wie einen Sieveking dabeihaben? Sie sehen nicht so aus. Da gibt es sehr große, wuchtige Ulfs wie den Chief und ganz kleine, deren dürre Körperchen so über und über tätowiert sind, dass sie aussehen, als hätten sie bunte Blusen an. Mittelgroße Ulfs rauchen schweigend, und ein ganz besonders langer, etwa zwei Meter hoher steht in einem weißen Seiden-Polyester-Anzug abseits und trägt einen blinkenden Knopf im Ohr. Ein Hörgerät, denkt Cromwell. Und sagt müde: »Gott, ist der Typ groß.«

»Du meinst den da??«

»Den mit dem Hörgerät.«

Sie kichern friedfertig: »Das ist XXL.«

Und der habe kein Hörgerät, sondern ständig, Tag und Nacht, so ein Verbindungsteil zu seinem Handy am Ohr. Damit er auch ja keinen wichtigen *Call* verpasst. Und in fünf Tagen hatte er sage und schreibe tatsächlich auch schon *einen* Anruf.

Wieder friedliches Kichern.

XXL scheint nicht sehr beliebt.

Nicht nur die Entgiftlinge rauchen hier, auch die anderen Stationen drängt es an die Herbstsonne. Kurzfristig wird es richtig heiß unter dem wolkenlosen, leergefegten Himmel. Jacken fallen zu Boden. Auf den Bänken Sitzende drehen ihre Gesichter wie Sonnenblumen in dieselbe Richtung. Cromwell glaubt, dank seiner alten Psychiatrieerfahrungen einige Diagnosen wiederzuerkennen: Typische Roboterbewegungen der Psychotiker, die immerzu von einem Bein aufs andere treten; wie Kinder, die mal dringend müssen. Am Arm bandagierte Borderliner. Und typisch depressiver Trübsinn, der, sobald er auf einem Bänkchen zum Sitzen kommt, quasi minütlich immer weiter in sich zusammensackt.

Ganz anders der Mädchentross, der sich jetzt zu Cromwells Gruppe gesellt: Drei für eine Entgiftung viel zu frisch aussehende Frauen, die offenbar körperlich so intakt sind, dass sie nach dem Mittagessen zu dritt in die Stadt wandern wollen. »Auf den ganz eigenen Schusters Rappen«, sagt die eine, und dann stellen auch sie sich der Reihe nach flott bei Cromwell vor. Cromwell vergisst sofort alle Namen. Er beschließt, dass fürs Erste alle Männer Ulf und alle Frauen Silvia heißen. Sein Hirn scheint in der Tat auf Stand-by. Silvia 1 sagt zu Silvia 2: »Wenn man bedenkt, wie du hier angekommen bist...« Alle nicken wissend. Silvia 2, eine klitzekleine Person in froschgrüner Kleidung, die ihr etwas von einer Erbse verleiht, klärt Cromwell auf: »Auf dem Zahnfleisch war ich. Ich konnte keine Tasse mehr halten.« Wieder nicken alle, nun noch wissender. »Oh ja«, ächzt der Chief und schaut in eine Ferne, vielleicht in Richtung eines imaginären Büdchens, eines Kioskes, an dem er vielleicht wackelig hinter einem Schlomo steht und wartet, dass er endlich an die Reihe kommt und seine Bestellung aufgeben kann: »Eine Flasche Wodka bitte.« – »Welche Marke?« – »Völlig egal.«

Erbse fährt vertrauensvoll fort: »Aus dem Haus habe ich es nicht mehr geschafft. Am Schluss habe ich dann den Pizzadienst kommen lassen. Aber wirklich nicht wegen der Pizza. Ich hasse Pizza. Seitdem.«

»Aber wir wollen doch am Wochenende eine machen!«, sagt streng ein Ulf.

»Na ja, vielleicht söhnen wir uns bis dahin ja wieder aus, die Pizza und ich«, sagt Erbse fröhlich.

Cromwell versucht sein Hirn in Bewegung zu bringen und will sich als Denkaufgabe vorstellen, wie eine flatternde Erbse in einem verrümpelten, durcheinandrigen Zuhause das Telefon sucht, sich dreimal verwählt, um dann schließlich – sich logopädisch schwerst am Riemen reißend – drei Flaschen Barolo plus eine Alibi-Pizza namens »quaddro stadschoni« zu bestellen. Aber Cromwells Phantasie scheitert: Erbse sieht heute zu gesund und energiegeladen aus. Diese Frau hat doch nie und nimmer mal geflattert.

»Hast du auch Alkohol?«, fragt Silvia 1 lächelnd.
»Nein, ich hab' Tablette.«
»Shit, bei so was hilft dir ja auch kein Pizzadienst.«
»Ich hab' übrigens auch RÜCKEN!«, sagt der Chief.
»Und ich Blutdruck!«
»Der Pizzadienst war bei mir auch gern gesehener Gast«, sagt ein Ulf. »Hatte überhaupt irgend jemand hier noch nie den Pizzadienst?«

Diesmal geht das Kichern in ein leicht bitteres Stöhnen über.

»Scheiß der Hund drauf!«, sagt der Chief entschlossen.
»Genau!«, sagt Erbse. »Was war, das war!« Und zu Cromwell: »Brauchst du irgendwas aus der Stadt? Oder hast du alles?«
»Danke«, sagt Cromwell, »ein Freund hat mir eine Riesentasche gepackt.«

Er nimmt Maß: Da hinten der Durchgang, dann Bushaltestelle Löwenstraße. Ein Ticket, und dann ab dafür. In spätestens vierzig Minuten kann er zu Hause sein. Eine Tablette einwerfen, den Fernseher einschalten und sich dusselig gucken beziehungsweise tot stellen.

Und dann? Vier bis fünf Stunden später? Weiter tot stellen? Und morgen wieder? Bis wann? Bis zum Rentenalter? Bis zum Finale? Bis er sich zum Totstellen nicht mehr tot stellen muss?

Er muss dringend einen Menschen seines Vertrauens sprechen. Sonst knallt er durch.

Sie stehen um einen der pilzförmigen Raucherschirme, die den rauchenden Patienten vor starken Regengüssen und Schneefällen schützen sollen. Der metallene Stiel des Pilzes trägt ein quadratisches Dach und auf Armhöhe einen runden Tresen aus glattem Stein, in dessen Mitte eine Öffnung für abgerauchte Kippen klafft. Die rüstigeren Patienten stellen auf diesem Tresen, um das Kippenloch herum, ihre Kaffeetassen ab, die schwächeren Patienten Ellenbogen und Köpfe. Auch Cromwell hält sich mit zwei Fingern fest, denn vom Rauchen schwindelt ihm enorm. Er atmet scharf aus. Seinen Mitpatienten scheint rein gar nichts zu entgehen. So viel Aufmerksamkeit aber auch; schon fragt ihn jemand:

»Ist alles okay?«

»Jein«, schnappt Cromwell nach Luft, »mir ist so ... irgendwie ... irgendwie ist mir.«

»Soll ich dich hochbringen?«, fragt die Erbse und hakt ihn besorgt unter.

»Das wäre wohl gut.« Und er entschuldigt sich bei ihr für seinen Irgendwie-Zustand.

»Das musst du nicht. Uns geht es doch allen scheiße.«

Und die kleine Erbse führt ihn stracks zum Fahrstuhl.

»Ich glaube, ich sollte mal telefonieren«, sagt Cromwell sinnlos.

»Ah ja. Hast du ein Handy? Wir haben aber auch inzwischen ein Patiententelefon. Flatrate sogar. Im Fernsehzimmer.«

»Das wäre klasse.«

Und Erbse führt ihn am Glaskasten vorbei. Herr Wegner schaut auf und tritt vor die Tür. Das hat was von einem Gemüsehändler, der bei gutem Wetter mal auf seinem Bürgersteig nach dem Rechten sieht. Er fragt nach dem werten Befinden.

»Alles klar. Nur ein bisschen ermattet«, sagt Erbse fröhlich und setzt den widerstandsfreien Cromwell neben das Patiententelefon.

»Bis später!«

Cromwell muss lange nachdenken, bis er auf Schlomos Nummer kommt. Was ist nur mit seinem Schädel los! Da läuft ja nichts mehr!

Kapitel 5

Ich schloss meine dunkle Höhlenwohnung auf und wollte sofort wieder weg. Meine Übermieterin war offenbar die Zwillingsschwester der Cromwell'schen. Auch sie brauchte dringend Einlagen. Wahrscheinlich muss man, will man in einem sehr hellhörigen Haus Übermieter werden, eine Art Wohnberechtigungsschein von seinem Orthopäden vorlegen. Oder direkt seine Einlagen: »Ich sehe, Sie brauchen Gehhilfen? Da habe ich ein echtes Idyll für Sie: letzter Stock in einem Papphaus, kein Aufzug. Haustiere nicht erlaubt, nur ganz laute. Und: Haben Sie regelmäßig GV?«

Ich musste endlich irgendwie zu Geld kommen. Um in eine echte Wohnung ziehen zu können. Es musste ja nicht gerade die Villengegend von Mendelssohn sein. Ich bin bescheiden. Eine kleine, ruhige Fabriketage mit eigenem Bootsanleger und bester U-Bahn-Anbindung würde mir ja schon reichen.

Ich überlegte, ob ich vor meinem »Dienst« (und dem Holzschuhtanz droben zum Trotz) wirklich noch eine Mütze voll Schlaf nehmen oder die ganz harte Nummer durchziehen sollte: Jetzt wach bleiben, den Nachtdienst klarmachen, den Tag danach ebenfalls mitnehmen – solch' radikaler Schlafentzug wird ja gerne gegen Depressionen angewendet.

Also setzte ich mich an meinen PC und suchte im Internet nach Detektei-Lehrgängen, dann bei eBay nach Waffen. Aber bei Deutschlands angeblich größtem Flohmarktportal herrscht ein empörender Mangel an Wummen. Bei Amazon war es nicht besser. Und das wollten Amis sein.

Dann rief Heike an. Quasi passend zur Waffensuche.

Diesmal war sie von übermütigem, euphorischem Tonfall und erklärte mir innerhalb von zwei Minuten, dass sie gerade wieder zurück nach Hamburg gezogen sei, einen Mann unter die Erde und einen auf den Mond bzw. in den Pfeffer geschossen habe, und ihr neuer Arbeitsplatz sei eine Wucht und obendrein – befände sich ihre Chirurgie jetzt in dem Krankenhaus unseres Vertrauens! Ich wurde ob ihres Redeschwalls inkontinent und plapperte inflammiert, dass wir uns dann ja endlich ohne Telefon dazwischen, also richtig leiblich wiedersehen könnten! Und sie dann ja jederzeit Cromwell auf Station besuchen könne! Erst dann kam mir die Frage, ob diese Info Cromwell gegenüber nicht arg indiskret war. Andererseits hatten wir drei ja damals auf der Berghütte quasi Blutsbrüderschaft getrunken. Und Blutsbrüder muss man bekanntlich über jede Intimität ins Benehmen setzen. Über jede. Vom Kolostomiebeutel über den imperativen Stuhldrang bis zur Erektionsstörung. Und im Vergleich zu diesen Spezereien nahm sich so eine Entgiftung ja nachgerade spießig und baby aus.

»Was macht er im Krankenhaus?«

»Je nun. Ich sag' mal so: entgiften.«

»Wovon?«, fragte Heike verblüfft.

»Je nun. Von Benzos.«

»So ein Depp! Benzos! Ihr seid mir ein paar Vögel!«

Und ich petzte ihr – jetzt, wo doch eh schon alles offenlag – noch rasch die medizinischen Details.

»Gleich morgen kann er was erleben!«, freute sich Heike. »Der Arme!«, seufzte sie hinterher, und es war nicht klar, ob sie Cromwells anstehende Entzugsqualen meinte oder die Tatsache, dass sie morgen über ihn kommen würde.

»Und ansonsten?«, fragte Heike.

Ich erzählte ihr von unserer Vision einer Detektei; von Mendelssohns Prachtvilla aus würden sich »Mendel & Partner« bald aller untreuen Ehemänner und Ehefrauen der Hautevolee annehmen, Meisterdiebe jagen und Serienmörder zur Schnecke machen, noch bevor die Polizei »Ausweis, Führerschein und Fahrzeugschein« sagen konnte.

Heike war entzückt: »Ihr! Ausgerechnet ihr am Puls des harten Alltags! Wenn man euch eine Sendung im Nachtprogramm geben würde, hätte sie doch den Namen ›Die philosophischen Kissenpuper‹. Und was die Fitness angeht: Läuft einer von euch die hundert Meter unter einer halben Stunde?« Sie lachte so herzlich, dass jede Fangschaltung zusammengebrochen wäre.

Sicher: Wir sind beileibe nicht von durchtrainierter Kämpferstatur. Die blinde Bohnenstange, der filigrane Cromwell und meine werte Pummeligkeit – wir gemahnen nicht unbedingt an eine schlagkräftige Truppe. Eher an Tick, Trick und Track.

Ich ließ mich nicht entmutigen, sondern stellte ihr sogar ein Zubrot, ein zweites berufliches Standbein in Aussicht: Wenn es denn dazu käme, dass wir etwas Arbeit mit nach Hause brächten – z. B. eine ganze Leiche oder einen verdächtigen Körperteil –, ob sie uns dann nicht für eine kleine Heimautopsie zur Verfügung stehen könne? Und es solle ihr Schaden auch nicht sein!

Ich sah vor mir, wie Heike sich an die Stirn tippte bei der Vorstellung, in Mendelssohns guter Stube auf dem langen Teaktisch einen Erschlagenen oder Ertrunkenen zu eröffnen. Dann längere Pause. Dann: »Irgendwie hat das was. Detektiv wäre ich als Kind auch gerne geworden. Eine Autopsie kann ich euch nun wirklich nicht versprechen – aber wenn ihr forensische Fragen habt: Immer her damit!«

Mir war nicht wohl bei dem Gedanken, dass unsere Heike schon morgen bei Cromwell auftauchen könnte. Abgesehen von einer mittelschweren Eifersucht – ich hatte ihn ja quasi verraten. Also musste ich ihn vorwarnen.

Aus Gründen unserer funktionierenden Telepathie klingelte das Telefon, und Cromwell bat mich mit schwacher Stimme, in seiner Wohnung nach dem Rechten zu sehen und ihm aus dem Schreibtisch Briefmarken, Papier, Kuverts und ein paar schwarze Filzer der Feinlinie A mitzubringen.

»Ich muss unbedingt meiner Mutter schreiben. Artig und säuberlich – damit sie sich keine Sorgen macht.«

»Okay. Und: Ich muss dir etwas gestehen.«

»Was Schlimmes?«

»Jein. Aber ich sag' es dir lieber gleich. Dann hast du dich bis nachher wieder beruhigt. Und tötest mich nicht sofort.«

»Raus damit.«

»Ich habe Heike erzählt, dass du jetzt da auf Station bist und weshalb.«

»Hm. Na ja, was soll der Geiz. Warum nicht.«

»Und sie ist wieder in Hamburg.«

»Oh, schön.«

»Und sie arbeitet jetzt bei dir um die Ecke.«

»Ah!«

»Und sie wird dich nach Feierabend besuchen. Heute. Oder morgen. Auf jeden Fall: Sie wird dich besuchen.«

Cromwell seufzte. Ob es sich um ein genervtes, ein ablehnendes oder vielleicht sogar erfreutes Seufzen handelte, konnte ich aber nicht erkennen.

»Ja, das war's auch schon. Tötest du mich jetzt? Oder küsst du mir die Füße?«

Cromwell seufzte wieder, diesmal eindeutig gottergeben: »Im Augenblick könnte ich wohl beides machen. Ich weiß gar nichts mehr. Gerade mal noch, wie ich heiße.«

»Heike wird dir sicher den Kopf etwas zurechtrücken«, sagte ich so harmlos wie möglich. »Aber das macht sie ja nur aus Liebe. Und vielleicht ist das sogar ganz gut? Eventuell?«

»Wir werden sehen.«

»Hast du schon eine Tablette bekommen? Eine Oxazepam? So eine kleine weiße?«

»Nee. Nicht dass ich wüsste. Aber ich war eben rauchen.«

Stille. Dann:

»Himmelarsch! Schlomo! Ich bin so durch! Ich bin so um! Ist das normal?«

»Ja, das ist normal.«

»Und ich bin so – allein. Ist das normal, so allein zu sein?«

»Das ist auch normal. Ich wünschte, ich könnte dir was anderes sagen, aber: Richtig zum Heulen allein – das ist völlig normal. Mutterseelenallein, das ist normal. Quasi mutterseelennormal.«

»Apropos! Ich muss es Mama schonend beibringen. Ich hasse es, wenn sie sich meinetwegen Sorgen macht. Wie ich das hasse!«

»Schreib ihr doch, du hättest einen winzigen, einen ganz klitzekleinen Burnout. Oder meinst du, sie riecht den Braten sowieso?«

»Mütter riechen immer den Braten. Inklusive Soße und Knödel«, Cromwell lachte leise.

»Na also, geht doch noch.«

»Wir tragen den Kopf oben.«

»Auch wenn uns schon mal reingeschossen wurde.«

»Und vielleicht findest du im Schreibtisch auch meine Patientenverfügung. Die müsste in der Hauptschublade sein.«
»Nu' übertreib mal nicht.«
»Nur für alle Fälle. Mir ist dann wohler.«

Im Zuge einer längeren Nacht hatten wir im vergangenen Jahr alle drei unsere Patientenverfügung vorbereitet und sie gegenseitig reihum als Zeugen unterschrieben, denn wir drei haben Angst vor einem System-Crash mit finalem Wackelkontakt in der Rübe. Wer will schon mit Wackelkontakt im Oberstübchen und künstlichem Ausgang am Unterstübchen in einem Klinikbett eisern an einem Leben gehalten werden, mit dem wir alle drei sowieso immer wieder im Clinch liegen?

Und weil die Nacht eh so lang war, haben wir damals auch gleich unsere Testamente hinterhergeschoben. Obwohl nur Mendelssohn etwas von Belang zu vererben hat: »Mein Haus geht dann aufs Haus!«, hatte er launig verfügt. »Ihr müsst beide darin wohnen und mein Lebenswerk zu Ende führen. Egal, was mein Lebenswerk auch sein mag!«
»Geht klar!«, hatten wir gelobt.
Cromwell hatte uns seine Bücher vermacht, und ich den beiden meinen Schrebergarten und den gepunkteten Schlips.
»Sonst noch was? Ich kann's dir aber erst morgen bringen, heute Nacht muss ich anschaffen. Reicht das dann noch?«

Cromwell schien zu überlegen oder ohnmächtig zu werden, sagte dann aber doch: »Klar reicht morgen noch. Und: Falls du irgendwas finden solltest, was eine Mutter nie in den Papieren ihres geliebten Sohnes finden sollte, dann bring auch das mit.«
»Ah ja!«

»Ich vertraue dir.«

»Sowieso. Isses viel?«

»Geht so. Aber immerhin.«

»Darf ich mir das Zeug vielleicht – kopieren? Nur so der Ordnung halber?«

»Wer ist hier das Ferkel! Aber mach, was du willst. Hauptsache, mein Nachlass ist ethnisch und sexuell gesäubert.«

»Geht es dir wirklich so dreckig?«

»So dreckig allemal.«

»Dann bis morgen!«

»Ja.«

»Und: Soo alleine bist du gar nicht.« Ich drehte auf: »Ich bin nämlich auch noch da! Und zähle ich denn gar nicht?? Ja, hat mich denn niemand lieb? Verdammt noch eins!«

»Du hast recht. Danke. Auch für Sieveking. Und die Zigaretten. Und: Entschuldige. Und: Natürlich hat dich jemand lieb.«

»Hör auf, hier so entwürdigend rumzuschwuchteln!«

Kapitel 6

Die dräuende Müdigkeit schoss ich mir mit drei Espressi aus dem Arbeitnehmerleib, verließ meinen Verhau und radelte zurück über den Kieler Mississippi nach Altona.

Cromwells Briefkasten war leer, seine leere Wohnung so unheimlich wie die Wohnung eines Frischverstorbenen. Zum Glück begann die Nymphomanin aus dem zweiten Stock wieder ihr orthopädisches Schuhplatteln. Vielleicht war sie deswegen ja sogar in Behandlung:

»Herr Doktor, ist es schlimm?«

»Frau Nympho, Sie müssen jetzt sehr tapfer sein: Sie haben chronisches Nordic Walking.«

In Cromwells Küche machte ich mir noch einen Espresso aufs Haus und öffnete dann die Schublade; mit bebenden Händen.

Hätte Albrecht Dürer seinerzeit schon den Espresso gekannt – der alte Langweiler hätte mit den »Bebenden Händen« garantiert eine Mio. mehr Tantiemen eingefahren!

Ich kicherte blöde und schnüffelte los. Cromwells Schreibtisch war eine Wuchtbrumme der Gründerjahre. Die Chef-Schublade war ein Büro für sich. Man konnte fast hineinkriechen.

Ein paar Vitaminpräparate. Kontoauszüge, Post von Krankenkasse und Rentenanstalt. Schnell hatte ich Briefblock und Umschläge parat. In einer alten Blechdose Briefmarken. Im hinteren Flügel der weitläufigen Schublade stieß ich auf sauber beschriftete Kuverts: Patientenverfügung, die handbeglaubigten Kopien unserer Testamente. Und tatsächlich einen Umschlag mit einer Wette:

»Wettgegenstand: Bis wann macht es der neue Papst? Ich, Cromo, wette bei vollem Bewusstsein, dass es Ratzinger nur bis 2008 macht. Danach übernimmt Kardinal Martini, damit wieder der römische Filz regiert. Wetteinsatz: Eine dem Anlass entsprechend erbärmliche Flasche Doppelkorn bzw. Kleiner Feigling. Hamburg, den 8.11.2005«
  Unterschrieben hatten
  1. Cromo Jordan (krakelig)
  2. Schlomo Krakowiak (extrem krakelig)

Es musste insgesamt eine sehr krakelige Nacht gewesen sein, denn ich erinnerte mich ums Verrecken nicht mehr daran, je um das Verrecken eines Papstes gewettet zu haben. Außerdem heißt niemand in unserer Familie Krakowiak. Da bin ich mir ziemlich sicher. Mit einer historischen Abdankung hatte freilich niemand von uns Vatikan-Kennern gerechnet. Immerhin schuldete mir Cromo also seit Jahren eine Flasche. Lang lebe der Papst.

Im abgelegensten Teil der Lade fanden meine bebenden Hände einen Stapel Fotos seiner alten Schule, Fotos von uns drei Männern im Schnee (bei einem weihnachtlichen Grillabend in meinem Garten), Fotos von Mutter und Schwester, offenbar bei einem Indoor-Weichnachtsfest. Und in einem Extraumschlag tatsächlich ein paar Nackedeifotos. Mick nackig schlafend, Mick – selbstverständlich nackig – duschend. Und dann eine kleine Fotoserie: Ein mir unbekannter Teenager mit nichts als einem mir bekannten alten Norwegerpulli bekleidet, auf einem mir bekannten Sofa; direkt in die Kamera grinsend, die Beine sorglos gespreizt, und dort, wo Bildausschnitt und der nicht jugendfreie Teil des Teenies endeten, lag eine mir bekannte Hand. So dass streng genommen nix zu sehen war. Beziehungsweise mal mehr, mal weniger, weil die Hand seriell bedingt ihre Position änderte. Und ihre Tätigkeit. Also: nicht gerade die betenden Hände. Diese Fotos würden Frau Jordan sicher nicht gefallen. Ich steckte sie zum Briefpapier.

Passend zum Sujet begann es in der Wohnung der Walkerin rhythmisch zu quietschen. Herrje, war heute offizieller Welt-Libido-Tag? Ich rief Mendelssohn an und bat ihn, mir während der Nachtwache Gesellschaft zu leisten. Dann wusch ich meine Kaffeetasse aus und verließ dieses hormonell überschwappende Haus.

Kapitel 7

Cromwell kriecht in sein Zimmer zurück. Was soll er seiner Mutter schreiben?
»Reg Dich jetzt nicht auf, aber ich bin im Krankenhaus.«
Geht's ein bisschen einfühlsamer? Und: tiefer hängen, das Ganze:
»Bin zum Entgiften in einer Klinik. Aber keine Sorge: Es geht nicht um Heroin. Immer Dein
Sohn«
Am besten en passant:
»Wir haben herrlichstes Herbstwetter. Tagsüber ein Licht von hellblauem Stahl, Mutter Natur ist knallbunt, Dein Sohn knallvoll – und deswegen mal eben auf Entgiftung…«

Cromwell öffnet die Tür zu seiner Suite, da sitzt schon jemand. Und zwar XXL mit blinkendem Ohr auf seinem penibel geglätteten Bett.
»Oh, guten Tag«, sagt Cromwell erschrocken.
»Tag.« XXL steht auf, tritt mit seinen 2 Meter 90 an den kleinen Cromwell heran, presst ihm die Hand und nennt seinen Namen: irgendwas zwischen Uwe und Ulf. Diesmal ist nicht Cromwells Gedächtnis schuld, XXL nuschelt. Cromwell mag seinen Blick nicht.
XXL hat harte blaue Augen. Blauhärter als der leergefegte Herbsthimmel. Böseblau. Eingebettet in ein Gesicht voll Faltensäcke, mit einem Bundesligatrainer-Schnauz am unteren Ende. Die Nase ist grobporig und hat sicher schon so manchen Schnaps gerochen. Der aus unmittelbarer Nähe circa

4 Meter 89 lange Leib steckt im weißen Plaste-Anzug. Sogar weiße Schuhe trägt XXL! Sehr spitzig zulaufend an der Spitze! Den Kontrapunkt in diesem Ensemble aus Weiß, Schnauz und Blinkeohr bildet ein um die Hüfte gezurrtes schwarzes Herrentäschchen. Schlomo nennt solche Täschchen abfällig »Detlef«. XXL klopft auf seinen Detlef: »Alles immer am Mann!«, nuschelt er und tut so, als würde er lächeln. Was nach hinten losgeht, denn solche Gesichter wie die von XXL sind von der Natur einfach nicht für ein Lächeln ausgerüstet. Cromwell trifft nicht oft auf Menschen, deren Anblick bei ihm ein sofortiges und ganzkörperliches Unwohlsein auslösen. XXL aber ist ein solcher.

Ausgerechnet. Warum kann er nicht zum Beispiel mit diesem Chief auf einem Zimmer sein?
XXL schießt seinen blauen Blick auf den Hasen Sieveking. Die Anwesenheit von Plüsch scheint ihn zu irritieren.
»Hmpfff.«
»Bitte?«, fragt Cromwell höflich nach.
»Du bist wegen Alkohol hier?«
»Nein, wegen Tabletten.«
»Ach so!«, sagt XXL, als würden Tabletten nicht zählen. Jedenfalls nicht so viel wie Alkohol. Aber XXL gehört ja weder zur einen noch zur anderen Spezies. Denn er trinkt kaum Alkohol. »Nur abends zum Essen ein Gläschen Wein, zusammen mit meiner Frau«, nuschelt es durch die Schnapsnase. Also im Klartext: XXL hat kein wirkliches Alkoholproblem und obendrein ein funktionierendes, nicht zerrüttetes Familienleben, das sich in seiner EIGENTUMSWOHNUNG abspielt. Jaja, seine EIGENTUMSWOHNUNG – da ist er ständig am Basteln, denn in einer Eigentumswohnung darf man das ja. Jedenfalls als EIGENTÜMER. Eigentlich gehört er gar nicht hierher, zu all

diesen abhängigen Kreaturen auf Hartz IV. Er bekommt auch keine Tabletten mehr gegen den Entzug. Er ist nur hier, weil er in letzter Zeit (in seiner Eigentumswohnung) abends dann doch drei oder vier Gläschen mehr getrunken hat. Und danach hat er – weil es ihm dabei so schlecht ging – mit seiner Frau gezankt. Und bloß deswegen hat die Kuh einen Schrieb erwirkt, dass er keine vierhundert Meter an sie heran darf. Beziehungsweise nicht in seine Eigentumswohnung. XXL knittert den Schrieb sogar aus seiner Hosentasche und hält ihn Cromwell hin. Ein amtlich-graues Recycling-Papier, auf dem steht, dass XXL vierzehn Tage lang auf Grund Paragraph 201a seine Frau und seine Eigentumswohnung in Ruhe zu lassen hat.

Cromwell wettet, dass noch nicht mal in der Marx-Engels-Gesamtausgabe so oft das Wort EIGENTUM fällt.

»Das ist eine sogenannte *Wegweisung*!«, sagt XXL fast stolz.

Er muss also nach dem zweiten oder dritten Gläschen Wein beim geselligen Beisammensein und im Zuge seiner intakten Ehe die Frau Gemahlin bedroht und/oder geschlagen haben. War bestimmt ein launiger Abend. In meiner Eigentumswohnung nachts um halb eins, bei lecker Erd- und Kopfnüssen. Jetzt darf XXL ihr noch nicht mal mehr eine SMS schicken.

Cromwell kennt sich ein wenig aus mit solchen Vorgängen. Mick hatte unter Umgehung der Polizei direkt bei ihrer Anwältin etwas Ähnliches bestellt, das allerdings auf anderem Papier daherkam und etwas pompöser klang, nämlich:

Gerichtliche Schutzanordnung nach § 1 GewSchG (Gewaltschutzgesetz): Bannmeile, Kontaktverbot. Und *das* einem Lamm Gottes wie *ihm*, das da trägt die Schuld der Welt. Und das noch nie jemanden geschlagen hat.

Na ja.

Außer in seiner Jugend.

Und nur Leute, die es auch verdienten.

Und doppelt so groß waren wie XXL.

Zur Anhörung vor dem Familiengericht ist Cromwell gar nicht mehr gegangen. Er ist direkt nach dem Lesen des Kleingedruckten zusammengeklappt. Beziehungsweise hat er seine Seele einem tröstlichen Koma anempfohlen. Intrusion bis zur Körpergerinnung.

XXL steckt sein Hausverbot wieder weg: »Dann gehen wir mal was spachteln!«

»Hm.«

»Aber erst messen. Warst du schon messen?«

»Nein.«

»Nimm dein Glas mit!«

»Bitte?«

»Du sollst dein Glas mitnehmen. Mit Wasser für die Tabletten.«

XXL intoniert fast alles wie einen Befehl. Der war bestimmt beim Bund.

Oder aber er war schon beim Vorstellungsgespräch so scharf aufs Schießen, Befehlen und Töten, dass sie ihn vorsichtshalber nicht genommen haben. Und XXL wirft noch einen Blick auf den Hasen. Vielleicht überlegt er, was Sieveking zu einer Portion Schrot sagen würde...

Cromwell trottet hinter seinem neuen Freund zu einem Kämmerchen neben dem Glaskasten. Hier sitzt bereits, aufgereiht an der Flurwand, eine wartende Quadriga. Alles hält ein Wasserglas in Händen.

»Wartet ihr auf den Bus?«, fragt XXL und wartet seinerseits auf beifälliges Lachen, auf die Quittung für seinen Megascherz. Niemand rührt sich. Man starrt zu Boden oder in die Luft. XXL scheint wirklich nicht sehr beliebt. Cromwell lehnt sich an die Wand, umklammert sein Wasserglas und schließt die Augen. 2 Euro 80 nach Altona. Im Kämmerchen klettet Frau Gärtner einem Patienten nach dem anderen die Blutdruckmanschette um den Arm und drückt Pillen aus der Packung. Sie erklärt und ermuntert und kommentiert. Und scheint von blendender Laune.

»Der Nächste kann schon!«

Eine ältere Dame verlässt die Kammer, das graue Haar fällt über ihre Lesebrille, sie dreht sich unentschlossen, geht in Richtung Ausgang, da springt ihr eine Silvia zur Seite: »Hier musst du längs, Judith! Da vorne ist dein Zimmer!«

»Ach ja«, sagt Judith.

XXL richtet sich auf, zieht seinen Detlef gerade, stolziert ins Kämmerchen und deklamiert – wie frisch auswendig geübt, und zwar speziell für Frau Gärtner: »Beim Zoll hätten wir gesagt: Der nächste Herr, dieselbe Dame!«

Die Wartenden stöhnen leise. Frau Gärtner sagt freundlich: »Wie oft ich diesen Spruch hier schon gehört habe.«

Nein, XXL scheint überhaupt nicht beliebt. Und Cromwells Instinkt scheint noch intakt.

XXL wird gemessen, bekommt eine Tablette, spült sie umständlich runter und verlässt die Kammer – scheinbar unbeeindruckt von seinem Scheitern als Stations-*Comedian*. Cromwell rückt nach.

»Na?«, begrüßt ihn Frau Gärtner mit unverschämt frischem Blick und nicht nachlassend guter Laune. »Wie geht es denn bis jetzt?«

»Sagen wir mal so: Ich weiß es nicht.«

»Okay. Haben Sie immer so einen eher niedrigen Blutdruck?«

»Ehrlich gesagt: Das weiß ich auch nicht«, sagt Cromwell

hilflos. Frau Gärtner muss ihn ja für etwas blöde halten! Für etwas schlicht in der Steckrübe! Also für eine Art XXL.

Entschuldigend setzt er hinzu: »Ich scheine im Moment rein gar nichts zu wissen.«

Frau Gärtner lacht: »Das wird sich wieder geben. Apropos geben.« Sie wühlt in einem Setzkasten voller kleiner Tütchen: »Was gebe ich Ihnen denn? Kriegen Sie jetzt schon was? Jawoll. Hier. Eine Oxazepam. Das ging ja flott! Und das, obwohl wir auf Computer umgestellt haben!« Cromwell bekommt eine kleine weiße Tablette. Frau Gärtner notiert auf Cromwells Blatt den Blutdruck und fragt: »Schwitzen? Zittern? Nein? Machen Sie mal so.« Sie schließt die Augen und streckt die Arme nach vorn. Cromwell macht nach. Erst jetzt merkt er, dass seine Hände ja doch zittern. »Na ja, auch das wird sich geben!« Er merkt, dass er gerne noch ein bisschen bei ihr sitzen und sich von ihr aufmuntern lassen würde. Sie ist eine gute Aufmunterin. Irgendwie – aufmunternd und tröstend in einem.

»Wenn irgendwas ist: Melden Sie sich. Auch wenn Sie nicht wissen, was es ist, ja? Dann wünsch' ich Ihnen einen guten Appetit!«

Drei Meter weiter ist der Speiseraum. Ein sehr langer Tisch für mindestens zehn Personen steht längs, zwei weitere Tische à sechs Personen quer dazu. In der Sackgasse zur Küche stauen sich Patienten. Zwei Ulfs machen Küchendienst: Schauen auf eine Liste, sagen eine Speise an und streichen einen Namen aus. Ein Mann in merkwürdiger Livree und blauen Einweghandschuhen befüllt nach Ansage und im Akkord sieben Mikrowellen, verlagert das Erhitzte vom Plastik auf vorgeheizte Teller, die sich in einem heizbaren Schrank stapeln; er reicht den drapierten Teller dem Küchendienst, der reicht ihn weiter an den Patienten und wünscht guten Appetit. Der Patient balanciert seinen Teller zu seinem Platz.

Manche sitzen in plaudernder Gruppe, manche schweigen alleine im Pulk so vor sich hin. Cromwell bekommt eine Portion Königsberger Klopse überreicht: »Ab morgen kannst du auswählen – da vorne liegt eine Liste!« Und er steht unschlüssig mit seinem Teller im Weg – wie ein Kellner mit Demenz. Die des Weges kommende Erbse platziert ihn an der langen Tafel: »Setz dich doch zu uns.«

Cromwell hat jetzt also seinen Platz: beim Chief, bei Erbse, den beiden Silvias, einem Ulf namens Willi und einem Uwe namens Tobi. Erleichtert sieht er, dass XXL nicht in der Nähe sitzt. An einem der kleinen Tische führt der Wort. Er versucht es jedenfalls. Aber seine Weisheiten verhallen:

»Der Teufel hat den Schnaps gemacht!«

Aha.

So so.

Na denn.

Ein Radio dudelt Plastikmusik.

Cromwell sieht plötzlich den schönen Speisesaal seines Internats. Ein hoher, erfreulicher Saal voller Raunen und Lachen und Klappern. Er an einem Tisch mit seinen Schülern. Da war er erwachsen und es ging ihm gut. Sogar, wenn es ihm nicht gut ging. Eine schöne Arbeit war das. Und: Er war frei, damals. Bildete er sich jedenfalls ein.

»Bitte?«

Der Chief hat ihn etwas gefragt. »Tschuldigung, ich bin noch etwas ...«

»Macht nix«, sagt der Chief. »Hat dir schon jemand die Station erklärt? Wenn du Fragen hast: Frag mich. Weißt du schon, in welcher Gruppe du bist?«

»Äh...«

»Welche Farbe hat denn dein Hefter? Der mit dem Stundenplan.«

»Ich glaube: gelb.«

»Prima. Dann bist du bei uns in der gelben Gruppe. Wir haben nachher gleich Sitzung. Nennt sich: *Selbstorganisierte Gruppe*. Das heißt: *Gruppe ohne Therapeut*.«

Erbse: »Mein Traum ist: *Therapeut ohne Gruppe*.«

Tobi: »Und meiner: *Selbstorganisierte Medikamentenausgabe*.«

Sie lachen.

»Oxa, bis ich Stopp sage!«

Woher nehmen diese Menschen nur ihre gute Laune. Cromwell kann nicht mehr essen. Er spürt Tränen auf Halshöhe; einen dicken Kloß neben den Königsberger Klopsen. Er legt das Besteck nieder und versucht, sämtliche Klöße und Klopse möglichst unauffällig runterzuschlucken.

Chief: »Mit wem bist du auf dem Zimmer?«

Cromwell: »Der weiße Riese. XXL.«

»XXL. Beileid.«

Schnell beugt sich der Chief über den Tisch und stupst Cromwell am Arm: »Wird alles wieder!«

Vollgestopft mit Klops und Sauce und Königsberg rollt Cromwell sich auf dem Bett zusammen, liegt mit dem Rücken zu XXL und Aug' in Auge mit dem Hasen Sieveking. Ein Klopfen an der Tür, die Tür wird geöffnet, Cromwell schließt die Augen und denkt: »Ich bin nicht da!« Der Besuch gilt zum Glück nicht ihm. Der Besuch tritt ein, XXL sagt nur: »Oh.«

Eine leise Frauenstimme: »Hallo.«

Eine feste Frauenstimme, böse: »Ich hoffe, es passt gerade.«

XXL: »Ja. Ja.«

Die Besucherstühle werden gerückt, dann schweigen die drei sich an. Und dann erfolgt eine verbale Abreibung, eine Schmährede; die feste Frauenstimme sticht auf XXL ein, nach drei Minuten wird es sogar Cromwell mulmig und er kneift die Augen fester zusammen. Offenbar spricht hier gerade XXLs Schwiegermutter. Die leise Frauenstimme sagt nichts mehr. Komisch, dass XXL eine so leise Frau hat. Dafür holt die Schwiegermutter aus. Sie diktiert: Das ist seine letzte Chance. Wenn er weiter säuft, fliegt er endgültig raus. Gott sei Dank gehört die Wohnung der Frau. Noch einmal so eine Szene, dann ist er fällig. Sie weiß nicht, warum ihre Tochter so weich ist und sich noch mal darauf einlässt. Aber noch EIN MAL, dann bekommt er es mit IHR zu tun. Er soll nicht denken, dass sie wegen ihrer Herzkrankheit ein leichter Gegner wäre. Sie hat es sogar schriftlich festgelegt: Wenn er die Therapie vorzeitig abbricht, ist er sofort weg vom Fenster. Dann kann er mit seinen Siebensachen direkt in die Gosse ziehen. Zu seinen saufenden Freunden.

XXL sülzt um Vergebung. So viel zum Thema Eigentumswohnung, harhar. Seine Frau schweigt. Cromwell vermutet, dass sie weint. Er würde sie gerne ansehen. Wie sieht eine Frau von XXL aus? Er dreht sich mit geschlossenen Augen um. Abruptes Schweigen, und er fühlt Blicke. Dann sprechen sie weiter. XXL nuschelt Entschuldigungen und steigert sich zu einer Selbstbeschimpfung: Dass er sich selbst nicht mehr kenne. Wie er nur habe so blind sein können. Und dass man ihm hier die Augen geöffnet habe. Ein anderes Leben müsse her. Und an ihm solle es nicht liegen! Man möchte meinen, dass er jede Sekunde in Tränen ausbricht. Cromwell blinzelt. Verblüffend! Wie ist XXL denn an SIE geraten! Eine wirklich schöne Frau. Mit einem – lieben Gesicht. So weit entfernt von der XXL'schen Dummheit und Garstigkeit. Herr, wie groß ist

Dein Tiergarten. Und wie unerfindlich seine Paarungen. Auch die Schwiegermutter passt nicht in ein XXL-Panorama. Eine Dame. Eine handfeste, bestimmte Dame, mit vernichtender Rede, ohne das kleinste Kraftwort verteilt sie Ohrfeige um Ohrfeige, inzwischen dürfte XXL auf einen Meter zwanzig zusammengeschrumpft sein.

Aber als die Frauen gehen wollen, hat er tatsächlich die Stirn, sie um etwas zu bitten: Ob sie ihm trotz allem zwei, drei Sachen vorbeibringen könnten? Er sei ja nur mit dem Nötigsten hier angekommen, und …

»Was?«, fragt die Mutter.

»Warte, ich schreib es dir auf!«, sagt eilfertig XXL, sucht auf seinem Nachttisch herum, greift nach einem Kuli, sieht hinüber zu Cromwell: »Kann ich eine davon?« Er nimmt eine von Cromwells Visitenkarten und beschreibt die Rückseite. Die Mutter nimmt die Karte und sagt: »Das alles gefällt mir gar nicht.«

Sie geht voran, die Tochter folgt. Die Tür schließt sich.

XXL setzt sich auf sein Bett. Dann schaut er Cromwell an: »Die Fotze spinnt doch.«

Kapitel 8

Um 22 Uhr sitzt Cromwell im Wartereigen vor dem Glaskasten. Die Dame Judith ist an der Reihe und flüstert mit der Nachtschwester. XXL hält endlich mal die Klappe. Man bemerkt seine Anwesenheit nur am blinkenden Ohr. Judith verlässt den Glaskasten und dreht sich um sich selbst, bis ihr eine Silvia den Weg weist. Die Nachtschwester stellt sich vor und gibt Cromwell die Hand. Cromwells Blutdruck ist normal. Kein Schwitzen, kein Zittern. Er bekommt seine Oxa. Die Nachtschwester sagt, dass sie um 2 Uhr nach ihm schauen wird. Sollte er schlafen, wird sie ihn schlafen lassen. Und falls etwas ist: »Melden Sie sich.«

Cromwell legt sich auf sein Bett und versucht zu lesen.

XXL ist im Fernsehraum, die Fernbedienung eisern unter Kontrolle.

Cromwell geht ins Bad. Er duscht. Er rasiert sich. Er sieht sich im Spiegel und könnte kotzen, wahlweise heulen.

Schlomo hat ihm sogar seine Latschen eingepackt. In Jogginghose und T-Shirt macht sich Cromwell noch einmal auf den Weg zur Küche. Vielleicht findet er noch einen Tee. Oder einen Keks. Oder eine Schweinshaxe. Er verspürt den Drang, jetzt sofort sehr viel zu essen.

Der Chief, Tobias und Erbse sitzen an einem von Flips- und Chipstüten übersäten Tisch und spielen Skat. Willi und Frau Judith schauen aus der zweiten Reihe zu, wie Erbse gerade eine Karte nach der anderen auf den Tisch drischt. Die Jungs jaulen auf. Erbse grinst, Frau Judith lacht zufrieden und streichelt Erbse den Rücken. Willi hält Cromwell einen Suppenteller voll Gummibärchen hin: »Magst du?«

Erbse: »Nix da! Jetzt sofort: Rauchen, rauchen, rauchen!«

Alle erheben sich. »Los, hol deine Jacke!«

Sie gehen durch das ruhige Psychiatriegebäude. Alles, was jetzt noch plaudern, plappern, schreien könnte, liegt wohl schon in Schlaf oder pharmazeutischer Ruhe.

»Bis 23 Uhr können wir vor der Tür rauchen. Danach hinten, im Hinterhof. Dann schließen sie hier vorne zu.«

Cromwell wankt fröstelnd in seinen Latschen. Alle schweigen. Die Klinikgebäude stehen düster im schwarzen Herbstdampf. Schwaden steigen aus Heizungslöchern und Abluftkanälen hervor und machen sich behäbig auf den Weg. Und während ihrer lautlosen, langsamen Fahrt über das Gelände werden die Wölkchen manchmal von Lichtpinseln bekleckst; aus Fenstern oder Leuchttafeln oder Notsignalen fallende Strahlen lassen die Schwaden kurz aufleuchten, dann schweben sie schwarzglühend weiter wie schlecht verdunkelte Zeppeline. Cromwell denkt, dass es auch etwas hat von einer Herbstnacht am Hafen, mit hochdunstendem Nebel und ferne blinkenden Lämpchen; fast meint er das leise Schmatzen und Schwappen der Elbe zu hören. Und zu fühlen, wie die ganze Welt sich wiegt.

Ein Lalü fährt vorbei, Richtung Notaufnahme.

»Nachschub«, sagt der Chief. »Dem Nachwuchs eine Chance.«

»Spielst du Tischtennis?«, fragt Tobi. »Ich brauch' einen frischen Sparringspartner. Mein alter hier ist verbraucht!« Er kneift Willi in den Bierbauch.

»He! Lass das!«

Tischtennis – hat Cromwell seit Jahren – und jetzt wieder diese Erinnerungsschübe! – Fluten von Erinnerung! In Bild und Ton und Skulptur zugleich. Monolithische Blicke zurück. Und die ganze Packung Gefühle dazu. Klinikpackungen von Gefühlen! Tischtennis, pah! Damals Schläger an den Kopf gekriegt, Tränen gelacht, und Mick lässt ihn sperren. Offiziell. Von der Polizei. Und Cromwell saust – mit einem sehr lauten Ssssssst! – von den Amateuren direkt in die Bundesliga! Ein Superleben! Super erlebt, das alles. Am eigenen Leib. Also quasi: Original handerlebt vom Biografen persönlich!

»Mensch, bist du blass. Wie kann man im Dunkeln nur so blass werden«, sagt Erbse.
»Gerade im Dunkeln!«, sagt der Chief. »Wo denn sonst?«

Lärm am Eingang: Patienten von einer anderen Station rüsten zur letzten Zigarette. Drei junge Mädchen und ein Bursche, der plötzlich ausbricht und losrennt. Er springt auf die erste Bank und dann im Schwung auf die nächste, die übernächste. Sein langer dünner Körper berührt nicht mehr den Boden und trotzdem macht er die Runde. Die metallenen Bänke zittern, der Bursche hält sich wackelnd in der Luft; in dieser Finsternis sieht es gemeingefährlich aus, und pro Sprung johlt es aus dem Jungen: »Tor! Und: Tor! Und wieder: Tor!«
Die Mädchen lachen.
»Deppen-Theater«, sagt Tobi, »oder der ist gerade auf Partnersuche.«
»So wie die Mädels rumkichern, würde ich sagen: Ja. Klarer Fall von Balzverhalten«, sagt Erbse und verbessert sich: »Von *stationärem* Balzverhalten.«
»Oder doch nur einfach ADS?«, stellt der Chief in den Raum.

»Willst du hoch?«, fragt Willi besorgt, weil Cromwells Blutdruck inzwischen noch ein paar Atü nachgelassen hat und er sich an die Mauer lehnt.

»Nein, nein«, sagt Cromwell.

»Doch, doch«, sagt Erbse, »der nächste Grand ohne Vieren wartet schon.«

Sie marschieren an der Patientenjugend vorbei. Die Mädchen halten ihnen sogar die Tür auf und man wünscht einander wohlerzogen eine gute Nacht.

Am Aufzug sagt Willi: »Die waren von der *DREI*.«

»Nee, von der *VIER*.«

»Nein, *DREI* ist doch Persönlichkeitsstörung. Und *VIER* ist privat. Oder?«

»Ach so: Falls du heute Nacht noch mal rauchen musst: folge mir.«

Sie durchqueren die weite Psychiatrielobby mit dem schön glänzenden Parkettboden, auf dem sich tagsüber sämtliche Bewohner dieser medizinischen Kleinstadt bewegen. Den Mittelpunkt, noch vor den drei Aufzügen in die acht Stockwerke der alten Psychiatrie, bildet ein Kiosk mit Café. Zur Mittagszeit wird hier warmes Essen verkauft, ansonsten Getränke, Kuchen und Süßigkeiten. Holzstühle und -tische stehen innen, Plastikgestühl und Aschenbecher draußen im Hinterhof, der eingekesselt ist von drei Mauern und einer hohen Wand aus gewelltem Kunststoff.

»Dahinter ist der Garten für die Geschlossene. Die können jederzeit an die Luft. Früher war diese Wand viel niedriger, aber da ist zu oft einer ausgebüxt. Spätestens am Abend war der wieder zurück. In Polizeibegleitung«, erinnert sich der Chief.

Tobi erzählt: »Auf der Geschlossenen haben sie mich mal

zwischengeparkt, als oben bei uns noch kein Bett frei war. Krass. Da ham sich zwei Frauen ständig angeschrien. Eine alte und eine junge. Ständig ham sie sich bedroht. Sind sich aber nicht die Bohne aus dem Weg gegangen. Wenn die eine nicht da war, hat die andere sie gesucht. Und dann wieder von vorne: ›Alte Fotze! Du klaust meine Zigaretten! Denkste, das merke ich nicht!‹ Krass.«

»Ihr kennt euch hier aber gut aus.«

Der Chief und Tobi erklären leichthin, es sei nicht ihre erste Entgiftung:

Tobi: »Damals habe ich gesagt: ›Ihr seht mich hier nie wieder.‹ Aber das ist ein Standardsatz. In der Entgiftung gibt es ein paar solcher Standardsätze, die du nach einer Weile nicht mehr hören kannst: ›Die sehen mich hier nie wieder!‹ und ›Wenn ich rauskomme, mache ich mehr Sport!‹ Das sind echte Klassiker.«

Cromwell erinnert sich an die Geschlossene, in der er Schlomo kennengelernt hat. Da gab es keinen Garten. Und Freigang in den Park gab es nur, falls einer der überlasteten Pfleger sich ein Herz und eine Viertelstunde nahm.

Dann durften die leichteren Fälle mit ihm eine Runde um den katholischen Park drehen, in dem ein großer geprügelter Christus hing und eine unerbittlich pastellblaue Maria in einer Rabatte herumstand; sie hatte einen güldenen Rosenkranz in der Hand und ihr frömmelnd-gebeutelter Blick war gen Rabattenrand gesenkt. Diese beiden in Stein gehauenen Trauerklöße & Loser waren immer wieder ein Garant für noch schlechtere Laune. Immerhin war Schlomo da. Ein Freund, ein guter Freund. Schlomo hat einen auf Zarah Leander gemacht, mit einem entsetzlich gerollten RRRR:

»Ich weiß, es wirrrrd einmal ein Wunderrrrrrrrr geschehn/

Und dann werrrrrrrrrden tausend Märrrrrrrrrrchen – (lange Kunstpause; man möchte meinen, der Sänger sei berrreits ohnmächtig) – *wahR/«*

Und weiter (und dies politisch korrekter als die Urfassung):
»*Wir tragen beide/
den gelben Sterrrn/
und dein Schicksal/
ist auch meins ...*«

Der Chief starrt auf die Aufzugtastatur: »Stellt euch vor, hier gäb's so einen alten Liftboy, der auf jedem Stockwerk wie in einem alten Kaufhaus die Abteilungen ausruft.« Und in geschäftigem Ton rasselt er runter: »Zweite Etage: Suchterkrankung, manisch-depressiv, Borderline, bitte Vorsicht beim Aussteigen!« Und ganz plötzlich trommelt der Chief gegen die Aufzugtür. Als wäre ihm übergangslos eingefallen, dass er eigentlich furchtbar wütend ist.

»ADS wird Deutscher Meister, Alter«, murmelt Tobi.

Cromwell tappt in die Küche, und Willi zeigt ihm, welche Fächer im Patientenkühlschrank der Allgemeinheit freigegeben sind. Mit einem Tee und zwei Wurstbroten kommt er zurück in die Suite. Und bedauert, dass er noch immer kein Handy hat. Allmählich sollte er seine altmodischen Dünkel abschaffen. Er könnte jetzt so schön Schlomo beim Anschaffen stören. Statt hier auf den grausligen XXL zu warten. Cromwell setzt sich auf sein Bett, isst die Wurstbrote und stellt dabei fest, dass er keinen Geschmackssinn mehr hat. Goethe hat recht: Wer nie sein Brot mit Tränen aß. Vielleicht gehört das zum Standardpaket des zurechnungsfähigen Menschen: Dass er mindestens einmal im Jahr sein Wurstbrot mit Tränen zu essen hat. Auf dass er nie hoch- oder übermütig werde und sich stets daran erinnere, woher er kommt, nämlich milbengleich aus einem Fußabtreter Gottes. Und zwar ohne irgendeine Garantiekarte zu irgendeinem Glück. Fordern kann man von Gott rein gar nichts – man kann nur hoffen, dass er mal einen guten Tag hat: Glück gibt's nur auf Kulanz.

Cromwell kriecht unter seine Decke und schaltet seine Leselampe aus.
    Und jetzt: Schlaf!
    Na los!
    Der Tag war lang!
    Aber bei Gott: Die Nacht wird wohl noch länger.

Überhaupt: Diese vielen Gottesbilder! Allein was Schlomo so täglich an Himmelsmächten anruft und/oder beschimpft. Das realistischste Gottesbild hat wahrscheinlich Mendelssohn. Er spricht nie von Gott, Jahwe oder dem Herrn, er nennt ihn nur *Das*. Und bei schlechter Laune sogar verunglimpfend »Die große Frisöse«. Denn nach allem Pech, das Mendelssohn mit Kindheit, Körper und Erblindung hatte, steht für ihn fest: Es kann sich bei der großen Frisöse nur um ein ständig überfordertes Wesen handeln, welches hauptsächlich zu zwei Dingen fähig ist: Der Menschheit den Kopf zu waschen und ihr dabei einen belanglosen Tratsch zu verkaufen, als wär's große Philosophie…

Nach einer halben Stunde schaltet Cromwell die Leselampe wieder ein.
    Was jetzt?

XXL kehrt zurück. Erst hat er »Alarm für Cobra 11« gesehen und wollte eigentlich noch einige CSI-Miamis sowie Navy und New York hinterherschieben, aber »Die Fotze hat sie doch nicht mehr alle! Hör mal, ich bin ein erwachsener Mensch! Ich muss mir hier doch nicht sagen lassen, wann ich fernsehe! Wir sind hier doch nicht im Kindergarten!«

»Nee, aber in einem Krankenhaus.«

XXL schaut Cromwell feindselig an: Offenbar kein Verbündeter im Kampf gegen die da oben.

»Ich bin ein Rebell! Schon immer gewesen! Mit mir macht keiner, was er will!«

»Ja, keiner außer dem Alkohol.« Hätte Cromwell gerne gesagt, aber der Blick von XXL ist sowieso schon besorgniserregend nah an der Tätlichkeit.

Also murmelt Cromwell begütigend: »Andere Länder, andere Sitten und Regeln.«

XXL macht ein abschätziges Geräusch. Eventuell war es ein Wort, aber ganz gewiss etwas Abwertendes, Angewidertes.

Cromwell fühlt sich entsprechend: abgewertet und anwidernd. Dieser Blick ist ja noch abwertender und angewiderter als der Blick von Micks Anwältin. XXL pellt sich aus seiner weißen Nylonhaut und verschwindet halbnackt im Badezimmer. Cromwell macht sich sofort auf den Weg. Egal, wohin. Er wird außerhalb der Präsidentensuite warten, bis XXL eingeschlafen ist.

Der Flur ist leer. Kein Laut.

Aus dem Glaskasten gedämpftes Licht einer Nachtleuchte sowie ein grünlich blaues Aquariumslicht; die Nachtschwester arbeitet am PC.

Cromwell beschließt, ein paar quadratische Kreise zu ziehen. Von Zimmer 1 zum Ende des Ganges, bei Zimmer 10 um die erste Ecke bis Zimmer 14, um die Ecke bis zu den Räumen der Tagesklinik, dann an der Tischtennisplatte vorbei, letzte

Ecke und vorbei an Speiseraum und Messungskammer, wieder am Glaskasten vorbei und nächste Runde.

Cromwell hat das Gefühl, in seinen Latschen höchst würdelos zu watscheln. Dann pfeift ihm die Erinnerung einen neuen Brocken zu. Eine Melodie plus Textbeginn:

»Schlaf mein Kindchen/
schlaf ein Schläfchen/
Bajuschki baju.«

Na, das passt ja prima. Da watschelt er durch ein Krankenhaus und ist so einsam, dass er sich das Schlaflied selber singen muss!

Und: Himmelarsch, das haben sie doch im Kinderchor gesungen! Mama hat ihn in einen internationalen Kinderchor gesteckt, und sie sangen Lieder, deren Texte er nie gesehen hat, denn die Chorleiterin hat sie ihnen erst übersetzt und dann so lange im jeweiligen Idiom vorgesprochen, bis sie's auswendig konnten. Hauptsächlich Französisch, Italienisch und Jiddisch. Ein französisches Lied ging:

»Ontre le böff e lahnegrie/
Dohr, dohr/
Dohr lü pütti Vieh«

– zwischen dem Ochsen und dem grauen Esel... Nur die russischen Lieder gab es auf Deutsch. Wie ging das noch mal weiter?

So in etwa:

»... schlaf ein Schläfchen/
Bajuschki baju/
Silbermond und Wolkenschäfchen/
Seh'n von oben zu.«

Cromwell kramt in seinem Hirnkasten, und nach der vierten Runde kommt sogar die zweite Strophe hoch:

»Schlaf mein Kindchen/
Du sollst werden/
Einst ein großer Held.«

Na prima! Das hat er ja geschafft! Ein großer Held ist er geworden!

Wetten, dass er als Einziger aus dem Kinderchor gerade in einer Entgiftung ist? Die anderen liegen jetzt (selbstverständlich trocken, clean, nüchtern) zu Hause (selbstverständlich in einem wunderschönen Haus) bei Weib und Kind (selbstverständlich bei einem wunderschönen Weib und einem reizenden, hochbegabten Kind) und haben selbstverständlich einen Spitzenjob wie Staranwalt, Hirnchirurg oder Nobelpreisträger! Eventuell auch alles auf einmal! Und dazu Minimum eine Professur! Und er? Der große Held? Hat schon wieder einen Kloß im Hals! Könnte auf der Stelle greinen! Wie am Spieß könnte er greinen! Und so richtig würdelos schluchzen! Das würde jetzt noch fehlen: Beim würdelosen Watscheln durch die Psychiatrie würdelos rumflennen! Und weit und breit kein Trost! Niemand da! Noch nicht mal ein Böff oder ein Lahnegrieh! Ilja personn. Man möchte aus dem Fenster... sind in der Entgiftung eigentlich die Fenster genauso verriegelt, wie man es aus der Psychiatrie kennt? Cromwell testet das sofort im Speiseraum. Tatsächlich! Alles dicht! Geht höchstens ganz eng auf Kipp!

Apropos Kipp: Muss denn hier gar keiner mehr rauchen? Soll er sich etwa alleine nach unten stehlen? Aber da müsste die Nachtschwester ja noch blinder sein als Mendelssohn... Vielleicht statt rauchen etwas essen? Da hätten wir noch jede Menge Kekse.

Etwa 1000 Kalorien später hört Cromwell Schritte auf dem Gang. Etwas Wuscheliges lugt herein: Der Chief! Lang lebe der Chief!

Chief (wissend): »Hol deine Jacke. Ich warte am Aufzug.«

Cromwell (abrupt aufgedreht): »Deine Wiederwahl ist sicher! Meine Stimme hast du!« Er rennt – soweit es die Watschel-Latschen zulassen – zum Zimmer. Die Suite ist dunkel. XXL schnarcht. Selbstverständlich. Warum sollte der Typ auch lautlos schlafen? Das Leben ist weder glatt noch ruhig noch ein Ponyhof. Es ist einfach nur prall. Schätzungsweise Körbchengröße Y.

Sie stehen im Hinterhof, rauchen und betrachten den Himmel. Ein wenig Stadtrauschen schwimmt monoton mit.

Chief: »So, das war die Letzte für heute.«

Cromwell: »Schade.«

Chief: »Keine Sorge. Tobi ist immer ab etwa drei Uhr wach. Den findest du dann in der Küche. Und rauchen muss er wie nix Gutes.«

Sie trennen sich vor dem Glaskasten. Der Chief wankt bettschwer in sein Zimmer. Cromwell spürt schmerzhaft einen Neid.

XXL schnarcht nicht mehr. Vielleicht ist er tot? Nein, leider nicht. Er macht nur ein Päuschen und geht dann akustisch wieder voll auf Anfang. Cromwell kriecht möglichst geräuschlos unter die Decke.

So, dann woll'n wir mal.

Zweiter Versuch.

Lalülalü.

Dem Nachwuchs schon wieder eine Chance.

Die armen Schweine in der Notaufnahme.

Schlaf mein Kindchen/
Schlaf ein Schläfchen.

Nix da. Man dreht sich im Bett wie eine Wurst auf dem Grill.

XXL: »Krchchch-püh. Krchch-püh.«

Dem Typ jetzt ein Kissen aufs Gesicht und sich obendrauf gesetzt. Den vermisst doch eh keiner. Diese dumme Sau mit seiner Wegweisung.

Aber vielleicht ist XXLs Wegweisung so ungerechtfertigt wie seine, damals? Nee. Bestimmt nicht. XXL hat Dreck am Stecken.

Am garantiert dreckigen Stecken.

Igitt!

Beim bloßen Drandenken! Dass XXL überhaupt eine Frau gefunden hat! Kotz!

Notlichter und Strahler durch die karierten Vorhänge.

Du sollst werden einst ein großer Held.

XXL (obenrum): Krchch-püh!

XXL (untenrum): Brtz-knatter-pft!

Großer Held: »Ich bin wirklich gesegnet vom Herrn. Was der mir alles gibt! Keinen Schlaf, aber dafür Schnarchen und Furzen! Was will man mehr?«

Cromwell steht leise auf und nimmt vorsichtshalber – man weiß ja nie – die Jacke mit. Draußen alles beim Alten. Stille, Nachtlicht. Stille Nacht. Vielleicht doch endlich mal den »Arzt von Stalingrad« lesen?

Er geht in den Fernsehraum, macht Licht und betrachtet die Bücher.

Jetzt geht nur noch eines: Lesen.

Oder Essen.

Oder doch ans Patiententelefon? Mendelssohn schläft jetzt schon. Und die Nummer von Schlomos Bordell hat er nicht parat. Er muss also lesen. Und wenn's das Bürgerliche Gesetzbuch sein sollte. Das GewSchG steht da aber nicht drin, oder? Eher im Strafgesetzbuch.

Mick: »Wenn du mich verlässt, bring' ich dich um.«

Erstaunlich! Sagen Frauen in solchen Fällen nicht eher:

»Wenn du mich verlässt, bring' ich MICH um!«? Vielleicht hatte Mick ja immer schon einen höheren Testosteronspiegel. Dieses männliche »... bringe ich DICH um«.

Vielleicht hatte er seinerzeit einen zu hohen Östrogenspiegel: »Jaja, mach mal. Und wenn es nicht klappt, mache ich es schon selber.«

»Ich kann das! Bei Kurt hat es ja auch geklappt.«

Oh, mein kleiner, süßer Kurt.

Man kann nicht alles haben. Beziehungsweise: Offenbar *darf* man nicht alles haben.

»Komm zurück und ich sage, dass alles nicht so war.«

»Da wird sich deine Anwältin freuen.«

»Scheiß auf meine Anwältin!«

Zu spät, zu spät. Der Onkel macht schon Bajuschki baju. Der Onkel kann nicht mehr, der Onkel will nicht mehr, der Onkel ist out of order.

Eigentlich will er nur noch zu Kurt.

Türöffnen, Wispern: »Sie können gar nicht schlafen?«
»Nein. Könnte ich nicht irgendwas bekommen?«
»Sehen Sie: Wir sind eine Suchtstation. Da gehen wir besonders sorgfältig mit solchen Sachen um. Nicht so: ›Wenn etwas nicht klappt, nehm' ich einfach sofort was ein.‹ Genau davon müssen Sie ja weg.«
Also eine Art Wegweisung.
»Aber ich kann Ihnen Baldrian geben.«
Für'n hohlen Zahn.
»Oder einen Schlaftee.«
Machst du Witze? Man beliebt zu scherzen! Cromwell merkt Wut. Und: 2 Euro 85 bis Endstation Eigenes Bett. Oder Taxi? Und dann?
»Um zwei Uhr messen wir noch mal, und Sie bekommen noch eine Oxa. Vielleicht geht's dann ja besser.«
»Ja. Danke.«
Die Tür schließt sich.

Noch zwei Stunden bis zwei. Cromwell legt den Kopf auf die Tischplatte. Mein süßer Kurt. Hat seinen weißen Anzug immer peinlich sauber gehalten. Stundenlanges Putzen. Danach sofortiges Nickerchen auf Cromwells Kopfkissen. Katzen können schlafen, wann immer sie wollen. Begnadete Körper.

Ich will nie, nie wissen, was Mick diesem begnadeten Körper angetan hat. Wenn ich es nicht weiß, dann ist es vielleicht nicht passiert. Dann ist Kurt einfach nur weggelaufen. Übergelaufen, zu einer Oma mit Riesenkühlschrank oder so – und Mick hat nachher ihr Lügen-Kapital daraus geschlagen.

Ja, im Kapitalschlagen – Kapital aller Art – war Mick wirklich, wirklich groß.

Warum hat ausgerechnet *er* nicht gesehen, mit welcher Naturgewalt er sich da an- und ins Bett gelegt hat? Alle haben gewarnt. Aber der große Held spricht:

»Erstens: Ihr irrt. Zweitens bin ich im Besitz einer schier übernatürlichen Menschenkenntnis. Und drittens: Was ich nicht sehe, geschieht nicht.«

Heute würde er ein Viertens hinzufügen:

»Ich habe damals gedacht, dass ich normal bin – und Mick so normal wie ich.« Wer hätte aber auch gedacht, dass sowohl Prämisse wie Folgerung stinken?

»Der Arzt von Stalingrad« – nee, dafür ist Cromwell noch nicht unten genug. Lieber ein anderes Buch, in dem es Menschen so richtig schlecht geht! Jawoll: eins über Alkoholismus.

Wenn man gefangenen Tieren die freie Drogenwahl lässt, bedienen sich hauptsächlich die unteren Ränge. Diejenigen, die schlechter gefüttert werden, beengter wohnen müssen und mehr Stress haben. Die da oben – also die mit mehr Platz und Ruhe im goldenen Käfig –, die achten auf sich. Die nippen nur manchmal, zur Feier des Tages. Und die *ganz* oben, die Macher, die Treter, die Befehler: Die sind Abstinenzler! Quasi die Wirtschaftskapitäne und Gesetzgeber. Die Weltherrscher und die Gröfazkes: Alle trocken! Alle clean! Weder Hitler noch Stalin noch der Schah von Persien wurden je besoffen angetroffen! Keiner von ihnen ist je in einer Verkehrskontrolle dumm aufgefallen oder hat seinen Lappen verloren. Sicher: Zum

Idiotentest hätte man wirklich alle drei schicken müssen, aber ansonsten... Cromwell kichert lustlos. Lustlose Hysterie.

Und am Schluss hat der Führer immerhin doch noch seinen Führerschein verloren, hihi...

Den Kopf immer noch auf der Tischplatte. Das müde Auge schweift; schräg von unten, fast schielend sieht er das gelbe Büchlein am Patiententelefon. Des Rätsels Lösung! Schlomos Bordell wird da ja wohl drinstehen:

Hotellerie, Sylter Hof, Sylter Luft, Sylter Scheißhaus, da: Sylter Gärtchen. Har!

Aber was soll er Schlomo denn sagen? Ihn einfach nur volljammern gildet nicht. Vielleicht noch ein Wurstbrot essen? Oder ein Buch schreiben? Eine Kathedrale errichten? Zeit genug hätte er ja. Vielleicht doch einen Schlaftee?

Kapitel 9

Mendelssohn war sofort bereit, mich in der Eigenschaft eines Weckers durch diese Nacht zu begleiten. Unter einer Bedingung: »Nur wenn ich alle trunkenen Briten aufs Zimmer bringen darf!«

Er nahm, fürs Erste und solange die Kundschaft noch strömte, hinter einer Ausbuchtung in der Loge Platz. Ich gab ihm Tee und eine Großpackung dieser Hotellerie-Einwegkekse. So hörte ich hinter mir in unregelmäßigen Abständen das Klirren seiner Teetasse auf dem Untersetzer, ein Rascheln und mäusegleiches Nagen am Keks, sowie das periskopische Ausfahren seiner Ohren, sobald ein Patient das Foyer betrat.

Ich ging schnell die Listen der angekündigten Reservierungen durch, denn einer meiner Albträume beinhaltet – neben dem Verlust sämtlicher Papiere & finanziellen Mittel in einer fremden Stadt und nur bekleidet mit einem Paar Schuhen aus Blei – die Begegnung mit Bekannten aus Schulzeit oder Studium. Da ich schon so oft mein Gesicht verloren habe, dass ich als Japaner bereits dreißigmal tot wäre, neige ich eigentlich kaum mehr zu redenswerter Scham. Auch die Ernährung aus den Müllcontainern der besseren Supermärkte kratzt kaum noch an meiner verlorenen Ehre. Aber von ehemaligen Kommilitonen oder Dozenten als nächtlicher Grüßaugust eines Mittelklasse-Bumms angetroffen zu werden – ich denke, das würde sogar an meiner Restwürde rütteln.

Auch heute keine alten Bekannten unter den Gästen, aber immerhin zwei Briten für Mendelssohn.

Nachdem eine Gruppe Pinneberger aus Leipzig eingecheckt hatte, machte ich den Rundgang, schloss sämtliche Hintertürchen ab, stellte das Plasma-Feuer im Foyer an, holte Mendelssohn nach vorne und ging in meinen Preisrätsel-Kirmes-Account.

Ich hatte 134 neue Nachrichten. Alle, alle hatten an mich gedacht und mir geschrieben. Sogar Beate Uhse.

»Was schreibt mir bloß Beate Uhuse?«

»Beate Uhuse?«, fragte Mendelssohn angewidert.

»Jawoll. Wenn ich tausend Dildos auf einen Happs bestelle, bekomme ich einen geschenkt. Ein echtes Schnäppchen.«

Mendelssohn meinte, ich solle nicht immer so unappetitliche Sachen erzählen.

Dann öffnete ich alle Mails, deren Betreff entweder »Herzlichen Glückwunsch, Schlomo!« lautete oder »Sie haben gewonnen, Schlomo!«. Aber es war wie immer: Knapp daneben bzw. zunächst angeblich in der engeren Wahl. Übrigens bin ich immer mit denselben Personen in der engeren Wahl: einem Mann mit dem Nachnamen Hampel und einer Frau namens Reinhardt – und dies in den unterschiedlichsten Gewinnspielen! Nur die Vornamen von Hampel und Reinhardt wechseln bisweilen. Das könnte zweierlei bedeuten: Ausschließlich die Hampels, die Reinhardts und ich versuchen unverdrossen unser Glück, oder aber – die gesamte Gewinnbranche ist ein Betrügerhort und Diebesnest! Aber ich will mir meine Illusionen bewahren, denn in schweren Stunden richtet mich oft nur noch der Gedanke an einen exorbitanten Geldregen auf.

Danach galt es, sämtliche Teilnahmen vom Vortag zu bestätigen: »Erst wenn Sie den Bestätigungslink angeklickt haben, nehmen Sie auch teil!« Eine lästige Arbeit, inzwischen habe ich schon einen Bestätigungsarm. Aber Dabeisein ist alles und ich bestehe inzwischen auf meinem Tankgutschein.

Wenn ich meine Teilnahme bestätigt habe, willige ich automatisch ein, dass meine Adresse verscherbelt wird, ich von nun an bis ins vierte Glied von Newslettern und unerwünschten Briefproben heimgesucht werde, dass ich für medizinische Experimente zur Verfügung stehe und Beate Uhuse auf meiner Beerdigung Flyer verteilen darf. Auch muss ich vorher noch einige Fragen beantworten, zum Beispiel ob ich Implantate und ein Reihenhaus habe oder an einem Minikredit für einen Maxipenis interessiert bin.

Mendelssohn rauft sich ob meiner Freizügigkeit im Cyberspace die Haare, aber ich denke, mein Daten-FKK macht den Kohl auch nicht mehr fett. Zumal es mir bei der Beantwortung der lästigen Fragen an Ehrlichkeit mangelt. Zurzeit jedenfalls muss mich das Netz für einen zweimal geschiedenen Witwer mit Pay-TV, Hausrats- und Hagelversicherung halten, der seinen Urlaub am liebsten in den verdammten Bergen verbringt. Und zwar in Kleingruppen. Dass die da oben meine Wahrheiten nicht kennen und trotz meiner »Offenheit« gar nichts über mich wissen, erkenne ich zudem an den Angeboten, die sie mir täglich unterbreiten: Ich soll ständig Renaults und BMWs Probe fahren, obwohl ich gar keinen Lappen, und in Devisen investieren, obwohl ich kein Geld habe. Sie wollen mich sogar locken mit »Schlomo – jetzt Singles aus Hamburg finden!«. Haha! Ich bin doch schon selber Single! Wozu bräuchte ich denn da noch einen Single? Nein, diese Brüder kennen mich nicht!

Besonders belustigt hat mich ein Schreiben des Inhaltes: »Ein Dankeschön exklusiv für Sie, weil Sie an unserer Spitzenweinprobe teilgenommen haben!« Also: Wenn ich Alkoholiker tatsächlich an einer Spitzenweinverkostung teilgenommen hätte, dann wüssten wir das aber, meine Krankenkasse, meine Entgiftung und ich! Dann läge ich längst bei Cromwell auf dem Zimmer!

Um den nervenaufreibenden Bestätigungs- und Löscharbeiten zu entgehen, könnte ich übrigens für ein monatliches Entgelt eine Agentur damit beauftragen, für mich *in effigie* an 1000 Gewinnspielen pro Monat teilzunehmen. Aber das wäre ja so, als würde ich eine Agentur damit beauftragen, meine Freundin zu befriedigen. Man kann doch nicht alles outsourcen!

Dann löschte ich ohne Federlesens und auf Grund langer, leidvoller etc. pp. sofort alle Anschreiben des Inhaltes »Schlomo, Sie sind auserwählt!« Denn a) kann ich nicht glauben, auserwählt zu sein – alles in meiner Biografie spricht dagegen –, und b) führen einen diese Links immer nur in eine sinnlose Domino-Bestätigungs-Spirale: »Wenn Sie hier klicken, dann kommen Sie an jemanden, der einen kennt, der neulich einen kennenlernte, der in die engere Wahl für einen Makrokredit/Minipenis kam.« So was mache dann selbst ich nicht mit; selbst ich kenne die Grenzen meiner Würdelosigkeit angesichts eines Tankgutscheines.

Interessant ist, dass einige Preisspiele auch personalisiert sind. Und zwar gibt es offenbar weltweit genau drei Damen, die einem die Daumen drücken und sämtliche Preise verwalten: Emma Schmitz-Breinig, Denise Holtkamp und Nadine ohne Nachnamen. Diese drei haben sogar ein Foto von sich hineingestellt, was vermuten lässt, dass sie Schwestern sind: Alle drei um die 26, dunkles glattes Haar und ein liebevolles Lächeln um die Stupsnasen. Vielleicht ist das Gewinnspiel-Treiben ein Familienbetrieb?

»Wer von euch hat heute den 3er BMW reingestellt?«

»Das war Denise, Mutter.«

»Dann lobt noch eine Sofortrente aus und kommt essen!«

Außerdem darf man sich alle naslang für umme die bankrotte »Frankfurter Rundschau« vierzehn Tage ins Haus bringen lassen. Sind die denn drunt' im Hessischen schon derart am Ende? »Spiegel« und »Stern« nehmen immerhin noch einen Anstandsobolus. Allerdings bekommt man von ihnen einen prima ferngesteuerten BMW obenauf. Während es bei der »Zeit« nur ein längst abgehalftertes Samsung dazu gibt.

Ich löschte und bestätigte, bis es Mendelssohn langweilig wurde. Nein, ich bin wirklich nicht auserwählt. Wäre ich auserwählt, müsste ich inzwischen dreißig iPods mein Eigen nennen und wäre mit Charlotte Gainsbourg verheiratet.

Immerhin wurde ich Auserwählter überraschend für eine sehr finstere Reise nach Österreich ausgewählt. Und das ohne Kerosinzuschlag, da Anfahrt auf eigene Kosten. Unterbringung: »Innerhalb des Grazer Stadtbezirkes.« Ich löschte die gesamten Daten, denn a) will ich innnerhalb des Grazer Stadtgebietes nicht tot überm Zaun hängen (schon gar nicht ohne deutschsprechenden Reiseleiter!) und b) bereise ich aus Prinzip keine Länder, die noch nicht entnazifiziert wurden.

Und ich überlegte, wie ich die Götter etwas gnädiger stimmen könnte, damit sie mir endlich einen Hauptgewinn zuspielten. Vielleicht mal ein Menschenopfer? In Mendelssohns Villa wäre dafür Platz genug. Und ich würde auch nur Menschen opfern, die sowieso keinen Schmerz mehr empfinden, also einen Devisenmakler oder einen pensionierten Postboten...

»Visitenkarten!«, unterbrach Mendelssohn brüsk meine Tagträumereien. »Die Visitenkarte stellt für jedes gehobene

Unternehmen den adäquaten Auftritt dar. Die Visitenkarte eines Unternehmens ist quasi seine Visitenkarte. Eine solche brauchen wir. Und was du da ausgedruckt hattest, war Schrott.«

Folgsam begab ich mich auf die Suche nach den besten Druckereien, während Mendelssohn laut nachdachte:

»Unser Slogan:
Mendel & Partner
diskret & effizient seit 1848.«
»Zu lahm und zu gelogen. Besser:
M & P – Schneller als die Polizei!«
»Fehlt nur noch als Zusatz:
Auf Wunsch auch richtig heimlich, harhar.«
»Wer wird denn gleich zur Polizei laufen?
Frag erst mal M & P!«
»Genau, wir klauen bei der klassischen Werbung:
MP – da weiß man, was man hat.
Guten Abend.«
»MP weiß, was Frauen treiben!«
»M & P – der Spionage reine Seele.«
»Bespitzelung hat einen Namen:
Mendel & Partner.«
»Oder gereimt:
Wenn Mutti sich außer Haus amüsiert,
der Vati rasch M & P engagiert.«
»Öha! So schräg kann ich auch:
Zeigt Vati komisches Verhalten?
Dann heißt es M & P einschalten!«
»Oder ganz anders:
Im Gegensatz zu Justitia
sind wir nicht blind!«
»Haha. Wäre da nicht besser:

Im Gegensatz zu Justitia
sind wir – bis auf einen Mitarbeiter – nicht blind?«
»Wir observieren Ihre Mitarbeiter auch dort,
wohin nie die Sonne scheint!«

»Vielleicht sollten wir für den Anfang einen alten Stasi-Spitzel einstellen. Auf 400-Euro-Basis.«
Mendelssohn wurde amtlich:
»Mendel & Partner
diskret, effizient, preiswürdig.
Dann, unten am Rand in kleiner Schrift:
Der Geheimdienst des kleinen Mannes.«
»Viel zu viel. Das muss knackiger! Und mit ›kleiner Mann‹ bekommen wir keine Aufträge von richtig Betuchten. Allein das Wort ›preiswürdig‹. Klingt ja, als würden wir um Aufträge winseln! Da kannste gleich dazuschreiben: Auch Ratenzahlung oder Naturalien.«
»Wo du alles besser weißt: Wie winselt man um Aufträge, ohne zu winseln?«
»Mendel & Partner
Agentur für geheime Dienste. Oder besser: Kanzlei?
Und für die näheren Angaben machen wir einen Extraflyer. Jeder Karlheinz hat heute einen Flyer.«
»Wie wär's mit Symbolen? Ein paar elegante, schlanke Piktogramme?«
»Ein Fernglas? Eine Wanze mit Kopfhörern? Ich hab's: Ein Korb, auf dem ›Fremde Wäsche‹ steht, und eine symbolische Nase, die dort gerade eintaucht und einen tiefen Zug nimmt...«
»Halt, ich hab's:
Mendel & Partner
Die Kanzlei auf Ihrer Seite.

Dann: Adresse. Und hinter die Telefonnummer in Klammern: (Sichere Leitung).«

Mendelssohn bekam einen Kicherkrampf, und ich schob ihn ungnädig hinter seinen Sockel, weil ich ein junges Pärchen auf dem Monitor hatte, das vor der Tür debattierte, um dann so vorsichtig zu klingeln, als fürchtete es einen Stromschlag.

Ich setzte mein Business-Gesicht auf und schlug gewichtig in meinen Folianten nach. Ja, wir hätten da gerade noch ein Doppelzimmer.

Erleichterung bei dem jungen Gemüse.

Allerdings: Kein Doppelbett, sondern nur zwei Einzelne.

Diesmal keinerlei Zeichen von Enttäuschung; offenbar kannte man sich schon länger und hatte voneinander bereits die sexuelle Schnauze voll. Ich ließ sie den Meldezettel ausfüllen. Diese jungen Pinneberger kamen aus Düsseldorf. Aus Mendelssohns Alkoven drang ersticktes Kichern. Ich hustete darüber hinweg. Kaum dass König Kunde im Aufzug verschwunden war, stöckelte Mendelssohn aus seinem Abteil hervor. Ich machte ihm eine Szene.

Kapitel 10

Cromwell klemmt sich das Alkoholismus-Buch unter den Arm, watschelt noch eine Runde und lässt sich wirklich einen Tee geben, brüht das Beutelchen in der Küche auf und muss sich setzen: Müdigkeit? Entzugserscheinung? Oder angeborene Blödheit? Da hilft ihm keiner raus, da muss er durch. Er stellt sich seinen verrotteten Lebenslauf vor, als wäre der ein Stück Holz. Man macht das Licht aus: Im Dunkeln leuchtet das Holz. Die Verrottung glimmt grün. Wenn Dummheit fluoreszieren würde: Jordan, dich könnten sie als Straßenbeleuchtung nehmen. Du könntest ganze Stadien illuminieren. Am besten gleich den Heldenplatz, Du Held der ersten Stunde. Heldentod in der Entgiftung. Gefallen für Führer, Gott und Abstinenz. Gelobt sei, was breit macht. »Wenn Du einem geretteten Trinker begegnest, begegnest Du einem Helden.« Wie? Was? Wer schreibt denn solchen Unfug? Ein Zitat von – Bodelschwingh??! Ich werd' nicht mehr! Ist der AUCH hier?

Cromwell lacht. Wenn er das Mama erzählt: »Und dann war ich auf einem Zimmer mit Bodelschwingh! Ja, DEM Bodelschwingh! Netter Kerl! Und hat gar nicht geschnarcht!«

Oh. Mein. Gott.

Fünfzehn Minuten vor zwei, also ein Viertel vor Oxa. Bitte, hau mich um, Droge!

Cromwell trinkt seinen Tee, stellt die Tasse in den Spülkorb und begibt sich sekündlich alternd zum Glaskasten.

»Kommen Sie rein!«

Messen.

»Haben Sie immer so einen niedrigen...«

»Ja, offenbar.«

»Zittern? Schwitzen? Strecken Sie mal die Hände aus. Na ja, so 'n bisschen. Wollen Sie es nicht noch mal mit dem Schlafen versuchen? Versuchen Sie es mal. Und morgen geht's dann schon ein Stückchen besser.«

Morgen ist alles besser. Oder sagt man: Alles ist besser als morgen?

Cromwell im Bett.

Krchkch-püh.

Pause.

Ruhe.

Wirkt der Tee? Spürst du die Oxa?

KRCHKKKKCHP-KNATTERPFFFFFT.

Cromwell strampelt die Decke weg, geht raus und schleudert die Tür ins Schloss. Beziehungsweise will er sie schleudern. Knallen soll's. Aber eine gelernte Psychiatrietür knallt nicht. Sie stoppt vorher ab. Verlangsamt. Bleibt stecken. Psychiatrietüren werden nicht geölt, sie werden gesirupt.

Er setzt sich wieder in den Speiseraum, und jetzt heult er doch.

Verhärte, Herz. Sonst überlebst du nicht.

Er zwingt sich, etwas über Empathie zu lesen. Dann über das Belohnungssystem. Also, aus Belohnungsgründen hat er seine Tabletten nicht genommen. Er wollte doch nur zu Kurt...

»Moin!«

Tobi marschiert auf.

»Was liestn da?«

Cromwell klappt das Buch zu: »Keine Ahnung. Nix kapiert. Gehst du etwa rauchen?«

Tobi grinst: »'türlich. Aber trag dich aus. Die ist pingelig. Ab morgen ist wieder Nachtschwester Hermann dran. Der sieht nichts so eng. Kannst du Schach?«

»Jetzt sofort?«

Tobi wiehert: »Nee, Schwester Hermann sucht immer Schachgegner.«

»Klingt gut.«

»Aber ich warne dich: Beim Schach wird er richtig fies. Ich hab's nur einmal gegen ihn versucht. Alter! Danach war ich reif für 'ne Einzelsitzung.«

Der Mond hat sich vom Hinterhof wegbewegt und verstreut sein empathiefreies Licht woanders. Soll er doch. Mondlicht ist nie romantisch, nie tröstend. Jede Fleischtheke hat ein liebevolleres Licht.

»Der Chief hat erzählt, dass ich ab drei mit dir rechnen könnte. Und rauchen.«

Tobi dreht sich eine Zigarette: »Ich weiß auch nicht, was das ist. Das geht schon zwei, drei Jahre so: Ich gehe normal ins Bett, schlafe auch normal ein, aber – dann! – ab drei bin ich wieder da. Gnadenlos.«

»Dir geben sie auch nichts?«

»Nee, ich bin kein Tablettenfreund. Nur wenn ich saufe, dann klappt das mit dem Schlafen. Aber auch nur am Anfang. Danach... schlimm.«

»Pizzadienst?«

»Warte: Bei meinem letzten Trip hatte ich einen hellen Moment. Ich war schon auf zwei Flaschen Wodka am Tag und es ging gar nichts mehr. Nichts mehr gegessen, nur noch mit knapper Not den Nachschub rangeschafft, die Bude versifft und ich soo eine Wanze mit Vollbart – und dann der helle Moment.«

Tobi grinst kurz und beinahe stolz in sich hinein.

»Na?«

»Ich habe mit letzter Kraft 'ne Tasche gepackt, weiß selber nicht mehr, wie! Bin mit dem Taxi an den Flughafen und habe am Last-minute-Schalter gebucht: drei Wochen all-inklusive. Alter: Das war eine meiner besseren Ideen. Jedenfalls erst mal.«

»Oh mein Gott. Ich ahne.«

»Genau! Drei Mahlzeiten am Tag, den ganzen Tag plan in der Sonne liegen, die Bar ab neun Uhr geöffnet, Getränke frei...«

»Oh mein Gott. All you can drink?«

»Genau. War mir am Anfang ein bisschen peinlich, aber wenn du dauerhaft zwei Dinger auf der Uhr hast – dann hat sich das auch mit der Peinlichkeit.«

»Und wo war das?«

»Kreta. Aber das war scheißegal. Hätte auch New York oder Hawaii sein können.«

»Oder Sylt.«

»Genau. Aber nach den drei Wochen war ich dann richtig fertig. Ich bin praktisch direkt vom Flughafen in die Notaufnahme. Auf Knien.«

»Na prima.«

»Genau.«

Sie zünden sich die nächste an.

»Und weißt du, was das Irrste ist?«

»Nein. Aber ich finde es bis jetzt schon irr genug.«

»Das Irrste: Ich hab' da eine Frau kennengelernt.«

»Oh nein!«

»Oh doch!«

Jetzt sackt Tobi ab. Jedenfalls verschwindet mindestens eine Hälfte seines Gesichts.

Entweder das, oder Cromwell bekommt Hallus.

»Sprich weiter!« Cromwell hofft, dass ihn ein sprechender Tobi in der Realität hält. Er will nicht in Hallus.

Tobi spricht langsamer. Er scheint sich zu zieren.

»Na ja. Bist du verheiratet? Oder liiert? Freundin?«

»Geschieden«, sagt Cromwell.

»Ich auch. Dann kennst du den Scheiß ja. Aber die Frau in Kreta...«

»AUF...«, denkt Cromwell und könnte sich sofort dafür eine kleben. Besserwisserische Geige. Wichtig ist doch, wie Tobi das angestellt hat, einerseits ständig fertig zu sein und andererseits noch auf Freiersfüßen. »Aber wie hast du das gemacht? Ich meine, wenn du schon so kaputt warst?«

»Weiß auch nicht. Dass wir uns richtig verstehen: Wir ham nicht gepoppt! Blödsinn! Aber sie liebt mich, und ich liebe sie. Die Frau meines Lebens. Scheiße.«

»Und jetzt?«

»Jetzt ist sie bei ihrem Mann. Noch mal Scheiße.«

»Und wie geht das weiter?«

»Eben das soll mir mal jemand sagen.«

»Oh Mann.«

Sie gehen wieder hoch. Bis vier hocken sie in der Küche, gehen rauchen, hocken, und Tobi erzählt. In Cromwells Rübe wechseln ständig die Bilder: Mal ist er bei Tobi auf (oder in) Kreta und mal bei seinem glimmenden Holzleben.

»Was bist du eigentlich von Beruf?«, fragt Cromwell – vielleicht kriegen sie etwas Konkretes in ihren Sumpf.

»Ich hatte eine Spedition. Aber alles versoffen. Wagen weg, Lappen weg. Plus die Ehe.«

»Hm. Spedition ohne Lappen ...«

Tobi lacht laut: »Wer sagt *das* denn! Zehn Jahre unfallfrei gefahren, wie eine Eins – und zwar ohne Lappen.«

»Nee!«

»Doch! Und was bist du?«

»Ich war. Lehrer. Aber jetzt erst mal krankgeschrieben.«

»Aha. Immer schön breit vor der Klasse? Ach nee, du bist ja Tablette.«

Cromwell bewundert Tobi. Hat auch ein paar Schüsse drin, aber den Kopf oben. Und zehn Jahre Fahren ohne Führerschein – das würde er sich keine halbe Stunde trauen. Noch nicht mal auf einem Privatgrundstück. Er Hosenscheißer.

Aber das mit der Frau klingt schrecklich. Schon im Ansatz todgeweiht.

Cromwell muss sich langmachen. Hinlegen. Vielleicht lässt dann auch dieses Wummern nach. Er steht auf, schwankt und hält sich an der Tischplatte fest:

»Ich glaub', ich versuch's jetzt noch mal.«

»Ja, mach mal. Viel Glück.« Tobi zwinkert freundlich: »Du bist bei XXL? Das ist ein Typ. Blöd wie 'n verpasster Bus.«

Cromwell klemmt sich Sieveking unter das Gesicht.

Wummern. Kreta, Spedition, Detektei, Kinderchor, Mama, Mick, Bodelschwingh, Blutdruck, Tobi, Oxa, Wurstbrot.

Schließlich rutscht er in den Schlaf wie ein Kiesel ins Wasser.

Es ist etwa 5 Uhr Brezel.

Kapitel 11

Ich war jetzt so lange wach, dass mein Bewusstsein sich hin und wieder von meinem Körper zu lösen schien. Der kommende Tag lag so üppig und aufgedonnert vor mir, dass mir vor seiner Partylaune graute. Daher übrigens auch der Begriff Morgengrauen. In meinem Treppenhaus begann die häusliche Rushhour; fast alle Nachbarn plus deren Untermieter plus deren Zwischen- und Nachmieter, also alles, was sich irgend in den Einlagen halten konnte, trampelte die Stiegen herab, wobei vorher die Wohnungstüren sorgfältig ins Schloss geschmettert wurden. Als würde ein großes Schlagzeug den Auftakt zum nun fälligen Kleindrama des Tages geben.

Ich nahm Kaffee und eine Tafel Schokolade zu mir. Ausgewogene Ernährung muss sein. Das Haus leerte sich. Nur meine Übermieterin wollte und wollte es einfach nicht aus der Wohnung herausschaffen. Wahrscheinlich hatte irgendein Scherzkeks ein transparentes Gummiband vor den Ausgang ihrer Wohnung gespannt, das sie nach jedem Anlauf wieder zurück in ihr Wohnzimmer katapultierte, wo sie (genau über meinem Schreibtisch) erst ihre Orthopädie sortierte, um erneut gegen das unsichtbare Trampolin anzurennen. Zeitgleich startete eine Baustelle im Hinterhof.

»Ich werde zu Hause akustisch verfolgt.«

Bereits gegen Mittag fuhr ich wieder bei Mendelssohn vor und genoss die Stille seiner Villa. Das Foyer hatten wir schon kundengerecht ausstaffiert: Ein Schreibtisch stand in der Mitte, an den Wänden zwei Besuchersofas sowie ein alter Garderobenständer. Wenn der Laden richtig gut lief, würden wir eine üppige Blondine namens Lizzy oder Sandy an den Schreibtisch setzen. Sie würde in ihrer Rolle als Busenwunder und Vorzimmer die Ströme der geplagten Kunden vorsortieren; die wichtigen Fälle zuerst (Mordverdacht, Versicherungsbetrug), dann kämen die Vermissten, die Betrogenen und natürlich unsere Stammkundschaft: die gehörnten Ehegatten.

»Schreib auf!«, sagte Mendelssohn. »Wir brauchen Handwerkszeug: Wanzen, Minikameras, einen Kuli mit Mikrofon et cetera, et cetera.«

»Außerdem Waffen. Ich bin für einen elektrischen Schlagstock, eine Gaspistole und Handschuhe mit Quarzsand.«

»Bitte?«

»Handschuhe, die über den Fingerknochen ein Polster voll Quarzsand eingenäht haben. Ein Schlag, und der Feind geht zu Boden. So was trägt man heute. Zum Beispiel auf der Reeperbahn.«

Der pazifistische Mendelssohn beantragte, dass diese Investition noch mal mit Kompagnon Cromwell zu besprechen sei. Und ob ich vorhätte, untreue Ehefrauen oder überführte Heiratsschwindler nicht nur zu beschatten, sondern auch zu vermöbeln? Außerdem stehe er ja mehr auf elegante, hinterhältige Waffen: Regenschirme mit vergifteten Spitzen oder K.-o.-Tropfen mit Partyschirmchen obenauf.

»Schreib auf: Unbedingt googeln, woher man K.-o.-Tropfen beziehen kann. Und ich habe mir Folgendes überlegt: Solange Cromo im Krankenhaus ist, sollten wir die Zeit für einen Probelauf nutzen. Also zunächst mal sozusagen ins Blaue ermitteln. Wir basteln uns den ersten Fall selbst.«

»Okay. Einleuchtend. Ich glaub', die billigste Nummer für Anfänger wäre eine kleine Beschattung, nicht? Fragt sich bloß: Wen? Wen wollte unsereins immer schon mal ausspionieren?«

Wir grübelten. Niemand fiel uns ein. Ein echter Promi wie Costa Cordalis oder Frank Schätzing war uns eine Nummer zu groß, ein echter No-Name wie unser Postbote oder die niedliche Kassiererin bei Penny war uns eine Nummer zu klein.

»Vielleicht kümmern wir uns erst mal um unser Firmenlogo und das Briefpapier. Außerdem brauchen wir einen Gewerbeschein. Also unbedingt nach einer Lizenz googeln!«

»Und unter B-Ware nach einem Posten Trenchcoats!«

Übermüdung, Kaffee und Schokolade ließen mein System so flattern und tirilieren, dass es nach Bewegung verlangte:

»Wir marschieren jetzt sofort zu dem Spionageladen!«

Es war wie im Märchen: Wanzen über Wanzen. Und Kameras: In Feuerzeugen, in Kugelschreibern, sogar ganz keck in Sonnenbrillen.

»Halt mich fest!«, hauchte ich Mendelssohn an. »Wenn jetzt noch ein vergiftetes Headset vorbeikommt, krieg' ich einen Orgasmus!«

»Halt dich selber fest. Und sag, was es alles gibt.«

Ein durchtrainierter junger Mann kam auf uns zu und fragte, ob er uns helfen... Ich versuchte, einen ausgebufften Blick auf mein haltlos entzücktes Gesicht zu malen, etwas irgendwie Ausgebufft-Detektivisches, Hartgesottenes. Auch Mendelssohn straffte sich ins Seriöse. »Die Sache ist die: Wir haben den Auftrag, demnächst etwas Equipment für eine Agentur zu besorgen. Und da wollten wir uns mal umgucken.«

»Haben Sie denn schon eine ungefähre Vorstellung, was es sein sollte?«

»Äh. Hmhm: Ein bisschen Personenüberwachung, ein bisschen Selbstverteidigung... so die Schiene.«

Der junge Mensch blieb freundlich, auch wenn man uns die Dilettanten bestimmt ganz ohne Spionagebrille ansah: ein in Rabenschwarz gekleideter dünner Blinder mit schwärzesten Augengläsern, Arm unter Arm mit einem Penner in gartengrüner Latzhose und 300-Dollar-Schuhen...

»Dann schauen Sie sich doch schon mal um. Ich kann Ihnen auch einen Katalog mitgeben.« Damit wandte er sich einem neuen Kunden zu. Mendelssohn wollte wissen, wie der durchschnittliche Spionagekunde denn so aussähe?

»Ein Schrank. Und so solargebadet, dass es übers normale Farbspektrum rausgeht. Würde mich nicht wundern, wenn er bei einer Vorstellung sagt: »Gestatten? Kotgesicht.«

Ich zog den feixenden Mendelssohn von Vitrine zu Vitrine.

»Lies mir die Preise vor.«

Oioioi, da würde das Onkelchen tief in die Tasche greifen müssen. Mendelssohns Feixen ebbte ab: »Guck mal, ob die nicht auch vielleicht ein Regal mit Occasionen haben.«

»Na klar! Garantiert haben die hier einen Grabbeltisch!«

Der Kotfarbene wog elektrische Schlagstöcke in seinen Händen. Nach einem raschen Kriegsrat beschlossen wir, zunächst eine mittelteure Wanze plus ein Aufnahmegerät zu erstehen. Ich plädierte noch für eine Krawatten-Kamera plus ein Koppel mit Taschen und Täschchen für alles, was unsereins beim Zugriff »am Mann« haben sollte, doch Mendelssohn gab sich und seine Schatulle zugeknöpft: »Für solche Sperenzien ist nun wirklich kein Platz! Und statt teurem Koppel tut's auch ein billiger Detlef.«

»Jaja, ich seh' uns schon beim Preisvergleich in der Poco Domäne!«

Der nette junge Verkäufer kassierte den Braunen ab und trat wieder zu uns: »Na, schon was gefunden?«

»Also wir nehmen fürs Erste diese Wanze da und dieses Teil.«

Mendelssohn fragte, ohne rot zu werden: »Geben Sie bei größeren Posten auch Rabatt?«

Der Mann lachte: »Das müssen dann aber schon sehr große Posten sein!«

Auf der Straße ärgerte sich Mendelssohn: »Ja, was glaubt der denn, wen er vor sich hat?«

»Als Chef einer Detektei kannst du bestimmt alles von der Steuer absetzen!«

Das heiterte Mendelssohn so lange auf, bis er ins Grübeln geriet, ob man ihm im Gegenzug nicht das Blindengeld kürzen würde.

Wir fummelten und fummelten, dann hatten wir die Wanze im Griff und installierten sie auf Mendelssohns Terrasse. Mendelssohn musste dort schwatzend auf und ab gehen, während ich in seinem Arbeitszimmer mithörte und Notizen zu Qualität und Rauschunterdrückung machte.

»Bin jetzt am Ende des Gartens. Hörst du das Rascheln des Laubes?« Mendelssohn klopfte offenbar mit seinem Stöckchen auf Rabatten herum. Dann probierte er im Garten diverse Stellungen und Lautstärken aus: flüsternd mit dem Gesicht zur Mauer, Kammerton in Richtung der Nachbarn, empörtes Sprechen in Gartenmitte und versonnenes Labern auf dem Weg zurück ins Arbeitszimmer. Wir hörten das Band ab und waren erstaunt über der Wanze Hellhörigkeit.

»Ich freu' mich so auf den ersten richtigen Einsatz: Ich könnte weinen vor Glück.«

Kapitel 12

Gegen Abend besuchten wir Cromwell. Er wirkte hinüber: Die Augen unterkellert, die Anziehsachen verknittert, der blonde Schopf stand aufrecht wie ein Antennenwald. Als wir sein Zimmer betraten, lag er im Bett und blieb liegen, während ich auspackte: unsere Detektei-Notizen, Cromwells Patientenverfügung und seine pikanten Fotos. Letztere legte ich ihm in einem diskreten Umschlag auf den Nachttisch: »Hier, für deine einsamen Stunden.«

»Was? Was ist für seine einsamen Stunden?«, fragte Mendelssohn aufmerkend.

»Darf ich?«, fragt ich Cromwell, der mit einem ebenso spendabel wie jenseitig wirkenden Winken bejahte.

»Also: Es gibt so Leute, die wo Bildchen sammeln. Die Bildchen sind aber erst ab Minimum achtzehn. Und ihr Besitzer – also Cromo – will nicht, dass sie – sollte er im Krankenhaus ableben – in die falschen Hände geraten, vulgo seiner Mutter unter die liebenden Augen kommen.«

»Ach so. Dafür muss er sich aber nicht schämen – das hat Tradition: Im 1. Weltkrieg, einen Tag vor der ersten Schlacht an der Somme, haben die Soldaten ihre Taschen ausgeleert. Weil: Sie wollten alle Postkarten mit erotischen Motiven loswerden. Als Sicherung, dass die im Falle ihres Fallens nicht nach Hause an die Trauernden geschickt würden. Stell dir vor: Da sitzen Frau und Mutter und Schwester mit ausgeweinten Augen, und von der Front kommen seine letzten Habseligkeiten: ein paar Briefe, ein vom Dorfpfarrer gesegnetes Amulett und zehn Postkarten voller nackter Nutten. So was irritiert doch die Trauer! Aber wenn Cromo hier den Löffel abgibt – dann wird das doch auch alles an Muttern geschickt, oder?«

»Nicht wenn ich einen Adressaten draufschreibe: ›Bitte aushändigen an...‹ Und das mache ich jetzt sofort.« Cromwell begann zu kritzeln.

»Aber auf keinen Fall an MICH!«, sagte Mendelssohn. »Ich will mit nackten Weibern nichts zu tun haben!«

»Ich nehm' sie!«, sprang ich großzügig ein. »Und schämen muss er sich sowieso nicht, weil ein Teil betrifft auch seine Exgattin. Und Pornografie in der Ehe gildet nicht als Pornografie. Das läuft doch mit ein bisschen Interpretation unter – Hausrat. Denke ich jedenfalls.«

»Danke, Schlomo. Dann kann ich ja beruhigt sterben.«

Mendelssohn überlegte weiter: »Ein Soldat in Verdun hatte eine Lebenserwartung von drei Wochen. Wie hoch ist die eigentlich in so einem Klinikum?«

Wir führten Cromwell unsere Spyware vor und fragten ihn, ob er für den Probelauf nicht jemanden wüsste, den er schon immer gerne beschattet hätte. Cromwell ging lange in sich, kam wieder raus und antwortete lahm: »Keine Ahnung.« Ich setzte mich neben Mendelssohn an den Besuchertisch, dabei bemerkte ich ein lautes Knicken in meiner Hosentasche: die Bilder aus Cromwells Schreibtisch.

Im Zuge einer Sympathiekampagne und um mich zielführender in Heikes Liebesleben schmuggeln zu können, wäre eine Ermittlung ihrer Vorlieben und Abneigungen durchaus angesagt. Nur: Heike würde uns dabei garantiert ertappen, und die Reaktion wäre garantiert furchtbar.

»Wie wäre es mit Mick?«

»Gute Idee!«, sagte Mendelssohn. »Lass uns richtig professionell eruieren, wo das Luder heute wohnt, und mit wem. Und wie viele Ehemänner inzwischen schon auf ihrer Strecke geblieben sind.«

»Nix gibt's! Lasst mich damit in Frieden! Es reicht schon, dass ich hier ständig Erinnerungen kriege. Richtige Erinnerungsanfälle. Ist das so üblich bei einer Entgiftung?«

»Und wie. Man kann dich dagegen akupunktieren. Es gibt so einen Anti-Grübel-Punkt. Das hilft wirklich.«

»Grübeln ist schlecht«, bestätigte Mendelssohn. »Ich sage immer: Denken ist Fortpflanzung. Aber Grübeln ist nur Onanie.«

Es klopfte, wir zuckten zusammen, die Tür wurde aufgerissen, und da war Heike. Sofort füllte sie den Raum mit der ihr eigenen Mischung aus vitaler Aura plus Gewaltbereitschaft. Wir quäkten aufgeregt und erfreut durcheinander, in meiner Seele erscholl ein Halleluja. Heike hatte sich seit der Bergtour nicht verändert; in ihrer weiten Jeans und dem großen Pulli sah sie aus, als könnte sie nach wie vor jeden Planeten stemmen, ihr Blick war von unveränderter Durchschlagskraft. Ich stellte ihr Mendelssohn vor, dann setzte sie sich zu Cromwell aufs Bett und sah ihn so lange an, bis er den Zweikampf der Blicke verlor und einfach die Lider zuklappte.

»Was bist du nur für ein blöder Vogel.«

»Ich weiß. Red nicht weiter. Ich weiß selbst, dass ich ein Stück Dreck bin.«

Heike lachte los: »Heute im Bus haben sich zwei junge Türkinnen gestritten. Sagt die eine: Du Hure! Sagt die andere tatsächlich: »Isch weiß selbst, dass isch keine Jüngfrau mehr bin!« Ist das nicht wunderbar? Dieser offensive Umgang mit der eigenen Würdelosigkeit?«

Beinahe wollte mich Eifersucht überkommen. Der kranke Cromwell absorbierte Heikes Aufmerksamkeit völlig. Dagegen hatte ich zurzeit nichts vorzuweisen, kein Koma, keine Depri, während Cromwell mit seinem Malheur die Pole-Position besetzte. Heike nahm ihn sogar bei der Hand:

»Cromo, Schatz: Was tust du hier? Wie konnte das passieren? Und wie lautet die Differentialdiagnose?«

»Benzodiazepin-Abhängigkeit. Und was ich hier mache, weiß ich auch nicht. Mir geht's von Stunde zu Stunde schlechter. Im Augenblick könnte ich nur noch würgen. Dann wieder Schweißausbrüche, und gegen diese Schlaflosigkeit wollen die mir nix geben. Ich will nach Hause.«

»Der erste Tag ist immer schlimm«, sagte ich hart, »und der zweite auch. Und erst der dritte! Aber danach entspannt sich die Lage. Die Depris werden moderater, die Heulkrämpfe schwächer, und die Suizidwünsche kommen nicht mehr im Minutentakt.«

Cromwell berichtete, dass er die Nacht mit zwei Mitpatienten durchgeraucht hätte und erst gegen fünf Uhr – und dies wohl eher aus Versehen – in Schlaf geraten sei. Was sich aber nicht rentiert hätte, denn der Lohn seien drei Albträume der bösartigsten Sorte gewesen. Mitten in der Tortur des dritten Traumes habe ihn eine freundliche Stimme zum Blutdruckmessen gebeten. Also sei er ab sieben Uhr und mit zwei Stunden Schlaf und diesen mörderischen Albträumen auf der Hucke zum Frühstück gegangen, wo er aus purer Verzweiflung gleich drei dick belegte Brötchen gegessen habe. Um neun hätte man ihn zur ersten Gruppenstunde gebeten, aber da habe er nichts mitbekommen und darum gebeten, sich noch mal aufs Ohr legen zu dürfen. Nur unter Protest sei ihm das gestattet worden. Für die darauffolgende

Akupunktur sei er zu viel zu fahrig gewesen, was die Blutdruckmessung um 11 Uhr 45 bestätigte: Er habe plötzlich unglaubliche Drücke gehabt, gegen die auch eine doppelte Portion Mittagessen nicht half. Danach hätte er bis jetzt zitternd und zagend im Bett gelegen. Und wenn das so weiterginge, vor allem mit den ständigen Verzweiflungsimbissen zwischendurch, sei er spätestens in der nächsten Woche auf einen doppelten Pavarotti angeschwollen.

Er strich sein Sweatshirt glatt, und tatsächlich war da eine ungewohnte Wölbung zu erkennen. »Das ist auch immer so«, sagte ich, um ihn aufzuheitern. »In der ersten Woche nimmt man 5 Kilo zu, in der zweiten noch mal 8, aber ab der dritten nur noch 4 am Tag...«

»Danke, Schlomo.«

»Hast du wenigstens einen netten Zimmernachbarn?«, fragte Heike.

»Ich finde nicht. Vorhin war ich kurz davor, ihm trotz meines schwächlichen Zustands eine aufs Maul zu geben.«

»Öha! Wie denn das?«

»Ich liege hier rum, versuche zu lesen, was natürlich bei so einer maroden Konzentration nicht gelingen will. Da kommt dieser Kerl rein, labert rum und fragt mich schließlich allen Ernstes, ob ich schwul bin.«

»Ja, gibt's denn so was?«

»Da hört sich ja wohl alles auf!«

»Ein echter Menschenkenner, harhar.«

»Vor lauter Blutdruck und frecher Frage war ich so wütend, dass schon wieder geistesgegenwärtig. Ich frage ihn also: Warum willst du das wissen? Bist du scharf auf mich? Er, ziemlich konsterniert: Ich hab nichts gegen Schwule, aber wissen sollte ich doch schon, wer da mit mir auf einem Zimmer ist. Ich: Wenn Fragen zu diesem Thema ein *Must* wären, dann müsste ich im Gegenzug von DIR wissen, wie du es üblicherweise mit deiner Frau treibst, ob du überhaupt noch einen hoch kriegst, und wenn ja – unter welchen Voraussetzungen. Er: noch konsternierter. Und alles, was er noch rauskriegt: Ich solle das nicht persönlich nehmen. Ich: Hä? Wie soll ich es *denn* nehmen? Unpersönlich? Und was ist, wenn ich schwul bin? Was machst du dann? Sprichst nicht mehr mit mir oder lässt dich auf ein anderes Zimmer legen oder drückst mir nachts den Hahn zu, oder muss ich dann einen rosa Winkel tragen? Er: völlig überfragt. Seine Antwort: Du hast mich missverstanden. Ich: Das will ich hoffen, aber ich fürchte, nicht.

Und dann bin ich runter zum Rauchen. Ohne mich auszutragen, ohne einen Mitpatienten. Was eine Art Rüge zur Folge hatte. Na ja, und jetzt ranze ich hier herum, beginne zu schimmeln und habe Blutdruck. Übrigens hat der Typ einen Polizei-Wisch bekommen, dass er sich seiner Frau nicht mehr nähern darf. Ich vermute häusliche Gewalt.«

Heike: »Na, so ein Bürschchen! Darf ich ihn für dich bestrafen? Bitte!«

Ich: »Laut Hausordnung fliegt Cromwell sofort raus, wenn er irgendwie in Tätlichkeiten verstrickt ist.«

»Das steht expressis verbis drin?«

»Jawoll. Und in manchen Instituten auch, wenn du Gewalt verherrlichendes Material bei dir hast. Zum Beispiel irgendein Käseblättchen für Schläger. Und bei Pornografischem übrigens auch.«

Cromwell und ich sahen uns an. Mendelssohn sagte sofort: »Gib Schlomo unverzüglich die Bilder zurück. Das könnte dir so passen, gleich wieder entlassen zu werden.«

»Welche Bilder?«, fragte Heike mit sehr viel Witterungsaufnahme in der Stimme.

»Danke, Mendelssohn«, sagte Cromwell gereizt.

Mendelssohn (kichernd): »Gerne!«

Zu Cromwells Glück betrat XXL die Szene.

Dieser XXL gehört tatsächlich zu dem Typus Mensch, den man nicht nach Uhrzeit noch Weg fragen möchte. Nun habe ich aus eigener leidvoller etc. pp. gelernt, dass man gerade in einer Entgiftung niemals seinem ersten Eindruck trauen sollte. Nirgendwo irrt man sich so sehr in seinem Gegenüber. Die meisten Mitbürger treten hier in einem Extremzustand an: kleinmütig, verzweifelt, versoffen. Beziehungsweise übersoffen, respektive abgesoffen. Aufgedunsen, abgemagert, verwildert. Bekleckert und zermanscht. Vor Scham & Schrecken über sich selbst hilflos, schweigsam, jammernd oder apathisch in sich gestülpt. Erst ab circa Tag 4 beginnen sie, sich zu entknittern, zu entwickeln und zu entfalten – und was dabei herauskommt, gleicht doch fast dem viel beschrienen Wunder der Geburt: Aus einer zunächst unansehnlichen, verdreckten, deprimierenden Oberfläche taucht mählich ein Wesen auf, das spricht und denkt, fühlt und leidet, eine Biografie besitzt und einen Geist – kurz: Ein echter Mensch. Der friert im Winter und schwitzt im Sommer und lacht, wenn man ihn kitzelt, und blutet, wenn man ihn sticht.

Und in Gedanken entschuldigt man sich, dass man oberflächlich nur den Dreck der Oberfläche sah und die Rechnung mal wieder ohne diese Wundertüten Gottes gemacht hat.

Das alles betrifft Typus 1.

Typus 2 sieht anfangs aus wie Typus 1, ist aber nach der Entknitterung ein uninteressanter, bisweilen unangenehm vitaler Lautsprecher – quasi wie ein Depressiver nach Schlafentzug.

XXL ist Typus 3: Man sieht ihn sich an, diese zwei Meter vom spitzen weißen Angeberschuh über den Detlef bis hoch zum blinkenden Ohr, und man denkt automatisch: Scheiße am Stiel. Jeder Meter ein Blödmann. Geh weg! Und wenn man ihn näher kennengelernt hat, kommt man zu der Auffassung: Jeder Meter ein Blödmann. Geh weg!

XXL grüßte irgendwie und war deutlich hin- und hergerissen zwischen Ärger über Fremde in seinem Revier und Neugier. Die Neugierde obsiegte, und nachdem er etwa zwanzig Minuten lang das Maul wissbegierig offen gehalten hatte, während seine Augen zunächst vor allem an Heike hingen, mich ganz kurz streiften, klebten sie dann wie fassungslos an Mendelssohns Blindenstock. Als hätte er noch nie in seinem Leben einen echten Blinden gesehen. Er hatte genau das im Gesicht, was Mendelssohn gerne als den »Pinneberger Krüppelblick« bezeichnet: ein mimisches Potpourri aus provinzieller Überforderung, verschämtem Voyeurismus und Angst vor Ansteckung. Er nuschelte etwas wie »Lasst euch nicht stören!«, setzte sich auf sein Bett und blätterte pro forma in einer Autozeitschrift.

Ich wollte Mendelssohn wissen lassen, mit wem wir es da zu tun hätten. Und in dem uns eigenen Esperanto beschrieb ich ihm XXL: »Also, wie ich vorhin schon sagte: Besonders hatte es mir sein *Detlef* angetan.«

»Aah!«, machte Mendelssohn wissend.

Auweia. Genau das falsche Wasser auf XXLs homophobe Hirnmühle: Statt seiner BMWs oder des Blindenstocks starrte er nun mich an. Und ich muss sagen: Das war nicht schön. Wie viel Randgruppe kann ein Depp ertragen?

Heike zog ihre Beine an, kam mit Schmackes neben Cromwell zum Liegen, kuschelte sich ebenso kitschig und glitschig wie peinlich an ihn und sagte tatsächlich: »Ach, mein armer Bärli-Bär!«

Bärli-Bär ging nun eindeutig zu weit! Ich versuchte, an etwas sehr, sehr Schlimmes zu denken. Bärli-Bär lächelte, schmiegte sich seinerseits kitschig, glitschig und peinlich an Heike und sagte in meine Himmelsrichtung: »Und vergiss bitte nachher nicht mein Testament und die Pornografie, ja, Schlomo?«

»Jawohl, Meister«, sagte ich unterwürfig.

XXL starrte stärker.

»Und alles Nähere –«, hob ich an, »– müssen wir morgen klären. Nachher muss ich wieder anschaffen.«

»Ich auch, ich auch«, seufzte Heike. »Da kommt man ja zu nix, da hat man seinen Schaff.«

»Ich glaub', ich muss rauchen«, sagte Mendelssohn. Und sah dabei aus wie jemand, der versucht, an etwas sehr, sehr Schlimmes zu denken.

Heike richtete sich auf, wobei sie sich mit ihrer Hand auf Cromwells wachsendem Bäuchlein abstützte.

Cromwell (wie eine alte Quetschkommode): »Oooooch!«

Heike: »Leute, meine Schicht fängt gleich an. Können wir vorher noch einen Kaffee nehmen?«

Ich: »Folgt mir in die Augenklinik.«

Wir zogen aus dem Zimmer wie die Prozession einer seltsamen Sekte. XXL hatte seine BMWs, die er nie fahren würde, längst beiseitegelegt. Und sah uns – die er hoffentlich nie schlagen würde – nach. In meinem Rücken fühlte sich das an wie ein Dum-Dum-Geschoss.

Kapitel 13

Die Frischlinge in der Entgiftung unterliegen einem Kaffeeverbot, denn sie sollen keine Mittel zu sich nehmen, die ihren hauseigenen Blutdruck und/oder Flattermann verfälschen könnten. Also sind alle verfügbaren Getränke dekoffeiniert; gegen diesen Notstand halten manche in ihrem Zimmer ein Gläschen löslichen Kaffees bereit. Die Ausgebufften lagern ihn zur Vertuschung in einer Caro-Kaffee-Dose. Die ganz harten Jungs arbeiten mit dem sogenannten »Zipfel-Trick«: Man füllt die Tasse mit löslichem Espresso, zapft in der Küche das heiße Wasser darauf und hängt zur Camouflage der Undercover-Dröhnung das von einem Kamillentee-Beutel entfernte Kamillentee-Etikett über den Tassenrand. So kann man seinen konspirativen Kaffee offen über die Station tragen. Um sich später beim Messen gemeinsam mit der Pflegerei darüber zu wundern, warum man eine Puperze von 190 zu 99 hat.

Für die schlechter ausgerüstete Kaffeetante steht in der benachbarten Augenklinik ein Kaffee-Münz-Automat bereit.

Auch bei mir meldete sich deutlich der Schlafentzug: Ich fühlte mich wie zwischen Koma und Euphorie. Wie unterzuckert auf Wolke sieben. Ich würde Mendelssohn fragen, ob er nachher nicht noch einmal mitkommen wollte, um mich wach zu halten. Das ist zwar nicht unbedingt erlaubt, eventuell sogar ein Kündigungsgrund, aber bisher hat der Chef noch nie etwas mitbekommen: »Herr Krakowiak, Sie wissen doch, dass Blinde am Arbeitsplatz verboten sind! Wo kommen wir denn da hin, wenn jeder einen Blinden mitbringt!«

Wir trugen Cromwell aus und führten ihn zweihundert Meter weiter zum Eingang der Augenklinik.

»Aber wen sollen wir denn jetzt beschatten!«, nörgelte Mendelssohn und wandte sich an Heike. »In unserer Detektei herrscht ein fürchterlicher Mangel an Zielpersonen. Hast du eventuell jemanden, den man beschatten sollte? Und keine Sorge: Da es unsere erste Beschattung wäre, ginge das aufs Haus.«

Heike überlegte, meinte dann aber, dass sie zurzeit so mit der Männerwelt abgeschlossen habe, dass die Beschattung eines ihrer Ex nur Perlen vor diese Drecksäue wären.

Mein Inneres stimmte erneut an: Halleluja!

Mendelssohn: »Ich finde das mit Mick immer noch plausibel. Außerdem würde ich sie auch gerne mal näher kennenlernen. Freilich ohne ihr direkt zu begegnen.«

»Alter Heckenschütze.«

Cromwell schwieg. Sicher trank er zu viel Hagebuttentee. Auf einer Entgiftung wird immer zu viel Hagebuttentee getrunken.

Wir balancierten die heißen Pappbecher zurück zum Marktplatz. Die Abendsonne versank in einem Wolkenknäuel jenseits der Augenklinik. Kälte schlich sich an. Heike nahm einen Schluck: »Das ist kein Kaffee, das ist Sterbehilfe.«

Es wurde traurig.

Cromwell schwieg weiter. Er zitterte ein wenig.

XXL trat aus der Tür, stellte sich einen Raucherpilz weiter und sah auf seine Zigarettenhand.

»Detlef von links«, flüsterte ich Mendelssohn zu.

Heike murmelte: »Wir müssen ihm den Rest geben. Bis er freiwillig um ein anderes Zimmer bettelt.« Sie kippte so schnell den Kaffee in sich hinein, dass es eigentlich zu Verbrühungen zweiten Grades hätte kommen müssen. Aber Heike scheint insgesamt aus Asbest. Sie verabschiedete sich und verschwand in Richtung Notaufnahme.

Mendelssohn: »Ach, das findet sich noch alles. Schlomo, wollen wir auch?«

Cromwell (nachdenklich): »Vielleicht ja doch Mick?«

»Denk in Ruhe drüber nach. Mach es gut, mein Lieber. Bis übermorgen. Halt durch.«

Ich umarmte ihn, er hielt sich an mir fest. Es wurde noch trauriger. Mendelssohn schien zu wittern, dass XXL uns nun wieder anstarrte, denn er wisperte: »Los Jungs – jetzt voll auf Zunge, und er hyperventiliert.«

Kapitel 14

Cromwell raucht die dritte Zigarette, als Erbse und Willi auftauchen: »Oben wird dein Typ verlangt. Zum Messen.«
»Gleich.«
»Mach langsam. Sind noch mindestens drei vor dir.«
XXL wirft seine Kippe in den Trog und stolzt langsam an ihnen vorbei. Dabei grüßt er demonstrativ Erbse und Willi.
»Was hat der denn? Habt ihr Krach?«
»Könnte noch kommen.«
»Halt dich nicht zurück. Lass es alles raus. Die sagen hier immer: Wenn es einen Ort gibt, an dem Sie ihre soziale Kompetenz üben können, dann hier!«
»Auch die asoziale Kompetenz?«
»Das kann ich mir bei dir gar nicht vorstellen«, sagt Erbse, »du bist eindeutig nicht der asoziale Typ.«
Warum halten ihn eigentlich alle für friedfertig? Und harmlos? Wird es nicht langsam Zeit, andere Saiten aufzuziehen? Wenn er jetzt auch nur für fünf Pfennig Eier in der Hose hätte, würde er nach Hause gehen. Seine Sachen könnte er morgen abholen. Und sich entschuldigen.
Entschuldigen? Er fängt ja schon wieder an! Wofür entschuldigen? Dafür, dass er hin und wieder vor Angst und Fluchttrieb überschwappt?

Er erzählt Erbse und Willi von dem denkwürdigen Gespräch mit XXL. Erbse wird wütend. Der Chief und Tobi kommen hinzu, und der ebenfalls wütende Willi rapportiert sofort: »Sollen wir das morgen in der Vollversammlung ansprechen?«

Der Chief wiegt das Haupt: »Nein, das sollten wir unter uns ausmachen.« Cromwell ertappt sich bei dem Wunsch, dass der Chief nach oben marschiert und XXL rannimmt, bis der es höchstens noch auf L bringt. Stattdessen taucht Frau XXL auf, wieder mit mütterlichem Bodyguard. Sie bringen XXL eine Tasche. Wahrscheinlich ist darin ein weißer Anzug zum Wechseln. Und ein guter weißer für Sonntag.

Beim Abendbrot fällt Cromwell zum ersten Mal auf, dass es auch noch andere Mitpatienten gibt. Ein Sechsertisch in seinem Rücken produziert Partystimmung. Eine junge männliche Stimme quäkt anzügliche alte Kamellen. Das, was Mendelssohn als »verschlüpfert« bezeichnet. Eine durchdringende weibliche Stimme führt Wort. Sie scheint sogar zu kommandieren, was sich ihr Hofstaat aufs Brot legt.

Erbse und Willi wechseln Blicke. Augenrollen. »Das ist unser VIP-Table«, sagt Erbse leise. »Die grüßen auch nicht jeden.« Und noch leiser: »Die Knaller haben sogar ein Gruppenfoto von sich machen lassen. Und sich ewige Treue oder so was geschworen.«

Der Chief sagt: »Alles Ossis.«

Willi: »Nein, nur zwei.«

Chief: »Reicht doch. Und für den nächsten Rückfall ham die sicher eine Telefonkette.«

Er sächselt: »Dü, isch wär dann sowäid. Üm ochte bäi mir. Jedo bringt 'n Salad mit ünd 'ne Flosche Dschimm Bimm!«

XXL setzt sich zu der wehrlosen Frau Judith, die an ihm vorbeischaut, während er mit halbem Grinsen an Cromwell vorbeischaut.

»Kacknazi«, sagt Tobi. »Was ist der eigentlich von Beruf?«

Erbse kichert: »Vielleicht was im ›Service-Bereich‹?«

Chief (geschmeidig): »Hier Gestapo Bremen, guten Tag, ich

bin Obersturmbannführer Thorsten Schmidt, was kann ich für Sie tun? – (Mit hoher Stimme) Ja, gestern haben Sie meinen Mann verhaftet, und ich wollte mal fragen, wie es ihm geht. – (Schmierig) Momentchen, bitte! – Dann hört man Telefonschleife und als Jingle: Die Fahne hoch – Wir sind gleich wieder bei Ihnen, bitte legen Sie nicht auf! – Die Reihen fest geschlossen – Besuchen Sie auch unseren Gestapo-Shop am Rathaus! – Dann: Hallo? Ja, gnä' Frau, ich sehe gerade: Da haben Sie Pech, Ihren Mann haben wir heute früh erschossen. – (Mit hoher Stimme, weinerlich) Oh nein! Was soll ich jetzt bloß machen? – Also erstens wird nichts so heiß gegessen, wie es gekocht wird. Und zweitens: Andere Mütter haben auch schöne Söhne! (Mit hoher Stimme, dankbar) Ja, wenn man das so sieht. Danke, dass Sie mir geholfen haben! – (Tirilierend) Gerne!«

Cromwell legt das Besteck nieder und lacht Tränen. Er ist für einen Moment glücklich. Zum Teufel mit der Welt.

Beim Abräumen betrachtet er den VIP-Table. Tatsächlich schneidet die Besatzung alle anderen Mitpatienten. Frau Judith dreht sich vor der Tür, bis der Chief sie zum Rauchen einlädt. »Eine feine Frau«, sagt er zu Cromwell, »und ein Leben wie ein Albtraum.«

Tobi stellt sich abseits und drückt besorgt auf seinem Handy herum. Zwischendurch rauft er sich ruppig die Haare. Mit der Frau seines Lebens scheint es nicht zu laufen. Der VIP-Table stellt sich ebenfalls abseits. Die Queen und ihr Hofstaat. Die Queen ist eine korpulente Frau um die vierzig mit einem bösen Brillenblick. Ihre Untergebenen: Ein Mädchen mit kohlschwarz gefärbtem Haar und abrasierten Brauen. Ein quaderförmiger Junge, ohne Hals und ohne Taille, Typ Türsteher, dabei aber nur circa ein Meter fünfzig hoch. Also 1,50 mal 1,50 bzw. 3,375 Kubik. Ein junger Mann, der gar nicht dazu passt: ein freundliches Gesicht. Und einer, der nur wie ein Baumstumpf danebensteht und dessen Gesicht Cromwell mangels Ausdruck, Nase oder Augen sofort wieder vergessen hat. Die Jugendlichen vom Vorabend nehmen den Vorplatz ein. Feierabendstimmung in der Psychiatrie, quasi. Cromwell wird bleiern. Sein Hirn scheint zu zucken. Können Hirne zucken? Er geht alleine nach oben und legt sich ins Bett. Die Bettdecke hat sich im Laufe ihres Kliniklebens am Leibe von mindestens tausend Patienten in kleine Portionen aufgeteilt. XXL ignoriert Cromwell und geht fernsehen. Cromwell schaltet die Leselampe aus, zieht die klumpige Decke hoch und nickt ein. Er sackt tatsächlich weg, in die Tiefe der Matratze. Ruhe.

Jemand betritt das Zimmer und flüstert.
»Wer da?«
»Gut Freund!«, antwortet die Flüsterstimme. Es ist Heike. Sie hat eine Viertelstunde Pause und wollte ihn überraschen. Cromwell rückt an die Wand und Heike schlüpft unter die Krümeldecke.
»Was ist dir?«, fragt sie besorgt. Ach, es geht ihm nicht gut. Gerade hat er noch zwei Extrastullen gegessen und wird jetzt von Minute zu Minute dicker. Heike berührt seinen Bauch. »Stimmt.« Cromwell berührt Heikes Bauch: »Wie hältst du deinen Bauch so flach?« Ganz einfach, sagt Heike: »Viel Gymnastik und regelmäßiges Erbrechen.« Cromwell ist schockiert, Heike lacht: »Das war nur Spaß.«
»Heike, du bist – heftig.«
»Wie auch sonst?«
»Ich wäre gerne so heftig wie du.«
»Soll ich dir das beibringen?«

»Bitte ja!«

Das Licht vom Vorplatz fällt durch die karierten Vorhänge. Der ganze Raum trägt dunkles Karo. Heikes Hand streichelt Cromwells Bauch. Cromwell schließt die Augen und seine Hand spaziert – Finger für Finger, wie eine Spinne – unter ihrem Kittel zu ihrer Brust. Und während seine Hand nach oben wandert, wandert Heikes nach unten. Cromwell will die Augen öffnen, aber sie sind wie verleimt. Heikes Gesicht kommt näher. In seinen Ohren atmet es. Jetzt wird alles gut. Heike und die Klumpendecke werden ihn beschützen. Obendrein ist er plötzlich gesund. Jedenfalls sein Körper: Kein Zittern, kein Schwitzen, sondern breites Wohlgefühl. Wo kommt jetzt so plötzlich seine Libido her? Die muss sich im Körper geirrt haben. Entspannung. Und Erregung. Das schafft nur Heike.

»Sag bitte noch mal ›heftig‹.«

Und Heike sagt ihm ins Ohr: »Aber sprich nur ein Wort, so wird meine Seele gesund. Heftig.«

Cromwell schnurrt. Er kann sogar küssend schnurren und schnurrend küssen. Wenn jetzt die Nachtschwester reinkommt, fliegt er raus.

Und wenn XXL reinkommt, fliegt er auch raus.

Heike sollte lieber aufhören. Aber Heike hört nicht auf ihn. Er kann sich nicht wehren, die Augen sind verklebt und die Beine gelähmt. Der Rest hängt an Heike. Heike legt sich auf ihn. Jetzt ist er ja noch beschützter als vorher! Sie liegen wie in einem Safe. Dafür bekommt er keine Luft mehr. Jemand geht den Flur entlang und bleibt vor ihrer Tür stehen.

»Schnell! Geh runter!«

»Von wegen!«

Sie müssen unbedingt aufhören! Das geht doch nicht! Heike hört nicht auf. Und er auch nicht. Heikes Kittel ist weg.

Sie liegt auf ihm und sie atmen gegenseitig in sich hinein. Und jetzt XXL!

»Bitte, geh runter!«

»Niemals. Wir bleiben so! Das ist viel zu schön.«

Nein, allmählich ist es nicht mehr schön.

»Bitte! Bitte!«

»Nein!«, sagt Heike mit völlig veränderter Stimme. Streng. Fast böse.

Cromwell zwingt sich dazu, die Augen zu öffnen. Auf ihm liegt gar nicht Heike. Es ist Mick. Er schreit auf. Er schlägt um sich, um Mick abzuschütteln. Aber sie hält sich an seinem Hals fest, mit beiden Händen. Woher wusste sie, dass er hier ist? Wie ist sie hier reingekommen? Die Türen sind doch längst verschlossen! Mick lächelt ihn an und dann drückt sie zu. Er erstickt. Panisch quetscht er sich zurück an die Wand, seine Kräfte nehmen Anlauf, und er wirft sich über Mick hinweg auf die andere Seite des Bettes, schlägt mit der Schulter auf die Bettkante und stürzt dann zu Boden. Er landet auf Micks Kittel. Rappelt sich auf und humpelt mit schmerzender Schulter zur Tür. Er sucht das Licht und drückt auf jeden Schalter, den er findet. Licht. Er traut sich nicht, zum Bett zu sehen. Jemand öffnet die Tür.

»Hallo?«

Cromwell starrt den Mann an.

»Hallo? Haben Sie geklingelt?«

Cromwell weiß es nicht. Er stammelt. Der Mann nimmt ihn am Arm und führt ihn zu seinem Bett. Weit und breit keine Mick, keine Heike und kein Kittel.

»Was ist denn?«, fragt der Mann freundlich. Er stellt sich vor. Cromwell vergisst sofort seinen Namen. Aber das muss Nachtschwester Hermann sein. Der Schachspieler. Cromwell setzt sich auf die Bettkante und schlägt sich an den Kopf.

»Na, na. Nicht schlagen«, sagt Schwester Hermann. »Was ist denn los?«

Cromwell weiß nicht, ob er sich Hermann anvertrauen darf. Vielleicht bringen sie ihn dann auf die Geschlossene. Aber jetzt hat er furchtbare Angst vor dem eigenen Gehirn.

»Ich hatte eben... ich glaube... ich habe Hallus.« Er bekommt Schüttelfrost, dass er beinahe von der Bettkante fällt.

Schwester Hermann sagt: »Kommen Sie. Kommen Sie mit.«

Er setzt sich Cromwell im Glaskasten gegenüber: »Eine Hallu? Also da kann ich Sie beruhigen: Wenn das eine Psychose wäre, könnten Sie mir nicht so klar davon erzählen. Ich denke mal, Sie hatten nur einen ziemlich plastischen Albtraum. Im Entzug kommt das häufig vor. Hatten sie denn schon mal ein Delir?«

»Nein.«

»Na, noch besser! Kommen Sie ein bisschen runter. Ich mess' schon mal.«

Schwester Hermann summt ein Liedchen, legt Cromwell die Manschette an und holt ein Glas Wasser. »Blutdruck okay. Und jetzt kriegen Sie von mir noch eine Oxa.«

»Aber das war alles real!«

»Das glaube ich Ihnen. Im Entzug sind alle Kanäle 'n bisschen – verletzlicher. Und offener. Aber glauben Sie mir: Das ist kein Delir. Wenn Sie wollen, kann ich natürlich den Arzt vom Dienst rufen. Aber ich denke, das schaffen wir auch so.«

Cromwell wird ruhiger.

»Wer ist denn Ihr behandelnder Arzt?«

»Namen vergessen. So ein sehr junger. Ohne Mimik.«

Hermann lacht: »Ach der! Der war nur Vertretung. Augenblick, ich seh' mal nach.«

Er betrachtet das schwarze Brett mit den vielen bunten Kärtchen: »Also, Ihre Entlassung ist noch offen und Sie haben Dr.

Jansen. Haben Sie eigentlich was in Bedarf? Irgendeine Medi außer der Reihe? Sprechen Sie ihn morgen mal darauf an. Sie haben jetzt lange nicht geschlafen?«

»Sehr lange.«

»Vielleicht kann er Ihnen da was genehmigen.«

Schwester Hermann sortiert seine Arbeitsfläche: »Sie spielen nicht zufällig Schach?«

Cromwell muss lachen.

Hermann: »Dann hätten wir auch den letzten Beweis dafür, dass es *kein* Delir ist!«

Genau. Cromwell sollte jetzt unbedingt Schach spielen. Wahlweise fernsehen. Hauptsache, die Gedanken abbiegen lassen. Spurwechsel. Nehmen Sie die nächstmögliche Abfahrt nach Harmlos.

»Wenn Sie in Kauf nehmen, dass ich nach drei Zügen mit Pauken und Trompeten verliere...«

»Das würden Sie sowieso! Mit oder ohne Delir!«

Sie verabreden sich für später. Cromwell wankt zurück ins Zimmer. Vorsichtshalber sieht er unter dem Bett nach. Kein Kittel. Niemand war da, Mick schon gar nicht.

Aber Heike – das war gut. Und wie im *echten* Leben. Nein, noch besser. Was soll das denn jetzt. Man könnte meinen, er habe andere Sorgen. Vielleicht hat er sich in Heike verliebt. Und zwar so heimlich, dass es nur sein Unterbewusstsein kapiert hat. Nein, diese Psyche. Wie sagt Schlomo immer: Ewiges Rätsel Steckrübe.

Cromwell zieht die Jacke an und wartet in der Küche auf Tobi. Der Patientenkühlschrank platzt aus den Angeln.

»Viel Gymnastik und regelmäßiges Erbrechen.«

Heike aber auch.

Und wenn sie nun doch ganz kurz da war? Sie ist auf dem Gelände, sie hat einen Klinikausweis...

Kapitel 15

Eine Stunde vor Öffnung der kleinen Bar hatte ich Mendelssohn dazu verdonnert, sich an meiner statt an den Schalter zu setzen und so sehend wie möglich auszusehen. Falls noch späte Patienten kämen, sollte er einfach souverän »Kollege kommt gleich!« sagen und, ohne verräterisch irgendwo gegen zu laufen, nach hinten kommen, um mich zu wecken. Mendelssohn zog ein Buch in Brailleschrift aus der Tasche – für den Fall unerwartet aufkeimender Langeweile hat er immer ein Buch bei sich –, nahm in der Loge Platz und grinste, als hätte er gerade die Wahl zum Portier des Monats gewonnen. Ich hatte mir einen Clubsessel aus der Bar hinter die Säule gezogen, mich in eine Decke gewickelt und schlief so schnell ein, dass ich nicht mehr ergründen konnte, wie das dämliche Wort »Clubsessel« den Weg in unseren indogermanischen Raum finden konnte. Alles ruht, Mendel wacht.

Das Letzte, was ich hörte, war noch mal ein ausgiebiges Kichern meines sauberen Stellvertreters. Das Erste, was ich dann wieder fühlte, war heftiges Kneifen und Schütteln. Aus Versehen und noch im Schlaf hätte ich Mendelssohn beinahe eine gewischt, aber sein hektisches Flüstern ließ mich in die Loge schnellen. Ein älterer Sack – Vertreter vermutlich – sah mich gar nicht an, sondern spulte nur wie bereits resigniert die Frage nach einem Zimmer ab.

MOOOMENT. Der Sack kam mir irgendwie bekannt vor. Nur woher. Nicht aus dem weiteren, geschweige denn näheren Bekanntenkreis. Niemand aus unserem Haus. Kein ehemaliger

Mitpatient – obwohl ihm und seinen ungesund roten Wangen plus Tränensäcken bis zur Taille eine Entgiftung nicht schlecht zu Gesicht gestanden... und dann erkannte ich ihn wieder. Mein GAU war soeben eingetreten – ich kannte den Kerl aus der Schule. Mein Abijahrgang. Felix Soundso. Ein Großmaul, ein Windbeutel, ein Mädchenabkrieger. Hatte mir sogar mal eine ausgespannt: Eine freche, hippelige Fränkin, die zum Niederknien schön fränkisch fluchte (»Allmecht!«) und mir nach der durchknutschten Abifeier sagte, ich solle es nicht persönlich nehmen, ich sei ja auch in die engere Wahl gekommen, aber als sie dann vor der besagten Wahl gestanden habe, hätte sie sich eben doch für Felix entschieden. Dieser fränkischen Logik musste ich mich fügen, hatte aber damals beschlossen, mit Felix irgendwann abzurechnen. Nun: An die Fränkin konnte ich mich kaum noch erinnern, aber zur Abrechnung fühlte ich mich bereit. Ich warf einen tiefen Blick in die Folianten des Hauses und sagte dann ölig: »EIN Zimmerchen könnte ich dem Herrn noch geben.«

Felix schaute hoch und schien zu überlegen. Entweder, warum ich so seltsam sprach, oder ob *ich* es war, der da so seltsam sprach.

»Schlomo?«

»Felix?«

Er begann zu keckern, und wenn mich nicht der Tresen geschützt hätte, würde er mich wohl umarmt haben, der Sack. Bei genauerem Hinsehen war er noch älter als alt und sein Drogen-Abusus eindeutiger als der meinige. Schade, dass ich Mendelssohn nicht als Schiedsrichter und Gutachter zwischen uns beiden Erfolgstypen bemühen konnte. Felix füllte den Meldezettel aus (wohnte zurzeit c/o in Starnberg), bezahlte mit goldener VISA (die einzige goldene Karte, die ich habe, ist die goldene DAK-Card), nahm Schlüssel und Tasche und fragte, ob wir später nicht zusammen »ein Gläschen an der Bar« nehmen wollten. Ich antwortete, dass er mich unweigerlich an der Bar antreffen würde, da ich ja deren Keeper sei. Kopfschüttelnd und keckernd verbrachte sich Felix auf sein Zimmer.

»Ein Gläschen«! Daran erkennt man den Alkoholiker: Er sagt »Gläschen« oder »Bierchen«, wo er »Fässchen« oder »Eimerchen« meint.

Lautes Keckern nun auch hinter der Säule. Mendelssohn stiefelte hervor, und ich musste ihm Felix erklären, wobei ich die freche Fränkin wegließ.

»Har!«, machte Mendelssohn. »DER hat es – scheint's – zu was gebracht!«

»Der Typ ist Vertreter, Mann!«

»Ja, aber ob der seine Nahrung auch aus Tonnen bezieht?«

»Mach nur so weiter und du bist – schwuppdich! – im Blindenheim und bindest Besen!«

»Har!«, wiederholte Mendelssohn genießerisch.

Dann machten wir uns an die letzte Runde im Kampf um die Visitenkarten.

Nach einer halben Stunde edelster Streitkultur (»Mit so einer Karte fahren wir allenfalls zur Hölle!« – »Ich sage nur: Blindenheim!«) kramte ich die Nummer des Patiententelefons aus meinem dürren Filofax. »Cromwell muss entscheiden. Er hat doch gesagt, dass XXL bis in die Puppen fernsieht – vielleicht ist der ja noch im Tagesraum!«

Ich ließ es zehnmal läuten, dann wurde tatsächlich abgehoben: »Patiententelefon Station zwei?« Es klang irgendwie nach XXL.

Ich (extrem seriös): »Dr. Hagenbeck hier, von der Detektei Mendel und Partner, guten Abend. Könnte ich bitte mit Dr.

Jordan sprechen? Er liegt auf Zimmer 1. Ich weiß, dass es spät ist, aber könnten Sie vielleicht ein Auge zudrücken?«

Damit hoffte ich, die bei XXL garantiert vorhandene Lust an ein bisschen Macht, und sei es auch nur ein Wurstzipfelchen Macht, anzusprechen. Bingo. XXL hielt mir tatsächlich ein Kurzseminar zum Thema Besuchs- und Gesprächszeiten, dann holte er Cromwell.

»Ja? Jordan?«, fragte er misstrauisch. Er musste sehr beunruhigt sein, was Dr. Hagenbeck um diese Uhrzeit mit ihm zu bereden hätte.

»Keine Bange! Ich bin's bloß. Und Mendel sitzt neben mir. Wir haben gerade Krach, was auf die Visitenkarte soll. Und da dachten wir, dass du entscheidest.«

»Oh Mann.«

»Ham wir dich gestört?«

»Nicht wirklich.«

Im Hintergrund hörte man ein Möbelrücken. XXL war also noch im Raum.

Ich schlug vor: »Rede einfach französisch. Das kann der bestimmt nicht.«

»Ich ja auch nicht!«

»Das bisschen kriegst du hin!«

»Okay. Also: J'ai justement eu (sche schüstemong ü) quelque chose comme une (kelkeschohse komm üne)...« Hier pausierte Cromwell, dann sehr schnell: »Allüsinasiong!«

»Allü-was?«

»Allü! Üne Allü!«

»Ne Hallu? Oh Gott! (Zu Mendel) Er hatte 'ne Hallu!«

»Das hab ich sogar von hier verstanden. Ist er auf der Geschloss-?«

»Nein, ich hab' ihn doch auf der ZWEI angerufen! Wenn er

auf der Geschlossenen wäre, könnte er ja wohl nicht auf der ZWEI rangehen, du Einstein! (Zu Cromwell) Es war doch hoffentlich keine echte? Oder was?«

»Non. Pas du tout. Sagt jedenfalls die nörse de nuit. Elle a dit, dass es ein ...« (lange Pause) »... couchemar war.«

Ich (zu Mendel): »Die Nachtnörse sagt, es war bloß ein Kuschemar.«

»Aha.«

»Gott, wie freue ich mich, euch zu hören!« Cromwell schien den Tränen nahe.

»Halt durch, Alter. Wir stehen zu dir. Wir kommen dich auch morgen Abend besuchen. Und jetzt musst du den Schiedsrichter machen. Bist du aufnahmefähig?«

»Oh ja. Bei Gott. Bin ich wieder. Jetzt.«

»Also: Vorschlag Mendel:

Agentur

Mendel & Partner

Diskret. Effizient.

Adresse, Telefon und Mail.«

»Hmmhmm.«

Mendel: »Sag ihm, ich stehe noch auf den Zusatz ›Sichere Leitung vorhanden‹!«

Schallendes Lachen seitens Mendel, zartes Lachen seitens Cromwell.

Ich: »Und jetzt mein Vorschlag:

Detektei

Mendel & Partner

Unser Auftrag:

Ihre Sicherheit.

Ihre Gewissheit.

Adresse etc. pp. Und der nähere Rest auf einem Flyer.

Na?«

Pause.

Cromwell: »Sind Gewissheit und Sicherheit nicht – äh – dasselbe?«

Ich (sauer): »Er fragt, ob Sicherheit und Gewissheit nicht doppelt gemoppelt...«

Mendelssohn: »Sag ich doch! Meine Rede!«

Ich: »Jetzt hör mal gut zu, du Rapunzel! Gewiss ist man sich EINER Sache, aber sicher ist man VOR einer Sache! Und jetzt kommst du!«

Pause.

Cromwell: »Ich bin für beides.«

Ich: »Er sagt, er ist für beides!«

Mendelssohn: »Wie jetzt?«

Ich: »Wie jetzt?«

Cromwell: »Detektei Mendel und Partner.

Diskret und effizient.

Auf Ihrer Seite.

Für Ihre Sicherheit etc. pp. und den Flyer.«

Ich wiederholte für Mendelssohn. Lange Pause. Dann nickte Mendelssohn.

Ich: »Gebongt. Und keinerlei Grafik. Mendel hätte gerne Piktogramme, aber ich sage: Keine Grafik. Und nur eine Schriftart: *Seriös halbfett*.«

Cromwell: »Was würde ich nur ohne euch machen.«

Ich: »Geht's wieder? Und wahrlich: Du klingst nicht psychotisch. Du bist klar. Keine Panik. Es war ein schlimmer Traum.«

Cromwell: »Ja. Ich glaub's langsam auch. Aber das war so irre.«

Ich: » Ist der Sauhund immer noch im Zimmer?«

Cromwell: »Ja.«

Ich:« Dann erzählst du uns das morgen.«

Cromwell: »Das kann man kaum – aber: ja. Dann bis morgen. Ihr habt mir die Nacht gerettet. Echt.«

Ich: »Schlaf gut, lieber Cromo. Wir bestellen die Dinger per Express. Dann hast du sie schon übermorgen auf deinem Schränkchen, gell?«

Cromwell (traurig): »Ja. Das wird fein.«

Ich: »Soll ich dir als Betthupferl noch einen schönen Freud'schen meinerseits mitgeben? An Stelle von ›Joschka Fischers Dienstwagen‹ lese ich ›JOSCHKA FISCHER-DIESKAU‹!«

Mendel neben mir wieherte schon wieder los, dieser pietätlose Mann. Cromwell lachte auch. Das war schön.

Cromwell: »Bis morgen.«

Es klickte, und ich stellte mir vor, wie XXL mit riesigen, nach hinten lauschenden Rhabarberblättern vor seinen Dokusoaps saß und sich fragte, was Dr. Hagenbeck wohl mit diesem »Doktor« Jordan so spät noch zu beschnacken hatte. Und warum plötzlich griechisch gesprochen wurde.

Wir schickten die Bestellung ab, in dem Moment trat schon Felix aus dem Aufzug. Ich stieß Mendelssohn derb auf seinen Posten, stellte das Schild »Bin kurz weg – Bitte Klingeln!« auf und folgte meinem Abitursfeind in meine Bar.

Kapitel 16

Cromwell ist plötzlich froh. Joschka Fischer-Dieskau. Und Heike. Darauf muss er eine rauchen. Tobi ist schon in der Küche. Er sieht schlecht aus. Der Gatte der Frau seines Lebens hat ihr Handy inspiziert. Jetzt brennt der Haussegen. Tobi macht sich Sorgen. Seit vier Stunden ist ihr Handy abgestellt. Sie konnte offenbar nur noch eine Alarm-SMS absetzen.

»Ich weiß ja nicht, was ihr euch geschrieben habt. Ist es eindeutig?«

»Sowohl als auch«, sagt Tobi kryptisch, zündet sich eine an und dreht schon die nächste vor. »Hoffentlich tut er ihr nichts an.«

»Ist er der Typ dazu?«

»Weiß nicht. Sie hat gesagt, er wäre bei Eifersucht ziemlich übel. Aber wie weit so einer geht ... Ich habe niemals, niemals eine Frau geschlagen! Das Letzte, so was!«

»Ja, das Letzte.« Er hat sich mit Mick mal geschlagen. Nicht er sie, sondern sie sich. Sie hat angefangen. Es war fast so wie in der Hallu. Er konnte nicht mehr. Sie hat von Kurt gesprochen und Cromwell getreten. Da hat er sie ins Gesicht geschlagen. Sie hat ein Küchenmesser genommen, aber er hat trotz einer langen Schnittwunde am Unterarm so lange auf sie eingeschlagen, bis er merkte, dass sie genau das wollte. Und er stand da, ein Frauenschläger und Idiot mit triefendem Arm, der die Küche vollblutete und dessen Selbstachtung geradezu hörbar in sich zusammenfiel. Die Implosion von Selbstachtung macht tatsächlich ein Geräusch, da ist sich Cromwell sicher. Er hat es mindestens zweimal in seinem Leben gehört. Nein, eigentlich mindestens viermal. Ach was, öfter. Zu oft. Ein Wunder, dass er noch den aufrechten Gang beherrscht.

Selbstmitleid, na prima. Er muss aufpassen, dass er sich jetzt nicht mit Anlauf reinstürzt. Aber wenn ich kein Mitleid mit mir habe: Wer dann?

»Was soll ich jetzt machen?«, fragt Tobi.

»Ich fürchte, du kannst nix machen. Oder kennst du jemanden in ihrer Nähe? Der vorbeigehen könnte?«

»Ach was.« Tobi wirft beide Zigaretten weg. »Ich muss da jetzt hin.«

»Jetzt sofort? Wo wohnt sie denn?«

»In Kassel.«

»Mach keinen Scheiß! Wie willst du denn jetzt nach Kassel kommen!«

»Egal! Taxi!«

Cromwell kommt die rettende Idee. Er muss Tobi an jemanden abtreten, der seine sieben Zwetschgen zusammenhat: Schwester Hermann.

»Tobi, du bist so durch – du kannst jetzt nix entscheiden! Und nix machen! Geh hoch und frag deinen Schachfreund, was du machen solltest. Ich glaube, der hat im Augenblick den besseren Überblick als wir zwei Idioten. Was sagst du?«

Tobi überlegt. »In vier Tagen werde ich eh entlassen.«

»Na also.«

»Und inzwischen schlägt der Typ sie tot? Nein, ich gehe. Jetzt.« Tobi sagt das so fest, dass Cromwell aufgibt. Im Aufzug schaut Tobi in den Spiegel: »Es geht nicht anders.« Als würde er sich seinem zweiten oder dritten Ich erklären. Er geht schnurstracks in den Glaskasten. Schwester Hermann schließt hinter ihm die Tür, dann sitzt Tobi gestikulierend da.

Cromwell geht in die Küche und macht sich noch ein Brot. Und denkt dabei an seinen Bauch. Und an Heikes Bauch auch. Was sie gerade macht? Nachtschicht in der Notaufnahme. Näht vielleicht verprügelte Frauen aus Kassel wieder zusammen. Oder seinen Unterarm. MOOMENT: Er geht sie jetzt besuchen! Wo hier doch eh alle am Gehen sind! Er sagt einfach dem Chief und Erbse Bescheid. Falls Hermann nach ihm fragen sollte: Dann ist er rauchen. Er ist ja nur für ein paar Minuten weg. Er kommt ja wieder. Cromwell tigert über den Gang auf der Suche nach Chief oder Erbse. Er weiß nicht mehr, in welchem Zimmer sie sind. Im Glaskasten steht Schwester Hermann auf und telefoniert. Er wird bestimmt noch eine Weile mit Tobi beschäftigt sein. Endlich kommt der Chief aus seinem Bau. »Rauchen? Sinnlose Frage«, sagt er gutgelaunt. Auf dem Weg nach unten erzählt Cromwell ihm von Tobi.

»Scheiße«, sagt der Chief. Mehr nicht. Er guckt hoch, auf das erleuchtete Fenster vom Schwesternzimmer. »Wenn Tobi tatsächlich gehen will, dann ruft er jetzt den AvD. Er kann ihn ja nicht so einfach laufen lassen.«

»Apropos laufen: Ich will mal eben rüber zur Notaufnahme.«

»Was willst du denn in der NA? Sind jetzt alle verrückt geworden!«

»Jemanden besuchen. Nur ganz kurz. Meinst du?«

»Aber du kommst zurück?«

»Sicher. Ich schwöre.«

Der Chief sieht sich konspirativ um und scheint Gefallen an Cromwells Idee zu finden. Er rechnet: »Also Schwester Hermann ruft jetzt den Psychiker vom Dienst. Der muss erst mal von der NA hier rüberkommen. Gespräch, Formalitäten und Tralala. Und damit's schneller geht und weil du so 'nen feinen Kerl bist, gebe ich dir sogar mein Fahrrad.« Er holt einen

Schlüsselbund aus der Tasche. Sein Rad ist gleich hinter einem der Raucherpilze angekettet. »Aber mach hinne!«

Cromwell radelt los. Mit Schweißausbrüchen und Hirnzucken, aber er radelt durch die Herbstnacht. Zu seiner neuen Liebsten, oder was? Egal. Das wird sich gleich klären. Ob es wirklich eine Hallu war oder eine Vorahnung oder Vorsehung, oder was? Heike wird es ihm sagen.
    Armer Tobi.
    Recht hat er.

Die Nacht ist so mild. Exakt diesen Weg hat Schlomo mal voll entzügig gemacht. Und barfuß. Weil sie ihn acht Stunden ohne Oxa in der NA geärgert hatten, hatte er sich auf nackten Sohlen zur Zwei geschleppt und um Asyl gebettelt. Er hat vor dem Glaskasten gekniet, und die Mitpatienten erzählten ihm später, sie hätten ihn für einen durchgeknallten Muslim beim Gebet gehalten. Die Schwester vom Dienst gab ihm erst mal ein paar Schuhe aus den Kleiderspenden in der Asservate. Die Exschuhe eines Exfreundes einer der Schwestern. Seitdem rennt dieser kirchenmausartige Mann auf handgenähten Londoner Tretern durch die Gegend... Cromwell lacht. Laut, aber liebevoll. Was hat er nur für Prachtfreunde! Und jetzt kommt vielleicht noch eine Prachtfreundin dazu.

Kapitel 17

Felix war noch genau die gleiche Nulpe wie zu Schulzeiten. Ein Winnertyp, nur ohne Siege. Zum Einstieg nahm er »ein Gläschen« Pferdepisse, vulgo Spumante. Meine Abstinenz erklärte ich ihm mit »im Dienst geht nicht«. Das sah er ein. Je mehr er nun auf mich einschwadronierte, je mehr er trank und je mehr er mir leidtat, umso weniger Striche machte ich auf seinem Deckel. Der Mann war doch schon geschlagen genug: eine Frau, ein legasthenisches Kind, danach die zweite Frau und das zweite Kind, diesmal nicht legasthenisch, dafür aber ab dem 5. Lebensjahr kleptoman. Wie übrigens auch die Frau. Ich musste an etwas sehr, sehr Schlimmes denken, denn vor meinem Auge sah ich einen Familienausflug dieser Heiligen Familie in ein Shopping-Center vor mir, wobei in einem fort geklaut, gemopst, die Personalien aufgenommen und gleich wieder gemopst wurde.

Mir traten vor Verkneifung schon die Tränen in die Augen. Ebenfalls hörte ich aus der Loge einen nur halbherzig erstickten Anfall. Entgegen meiner Vermutung war Felix nicht Vertreter, sondern – Meeresbiologe. Behauptete er jedenfalls. Ich erinnerte mich dunkel, dass er Bio-Leistungskurs hatte. Und er sei eigentlich auf Durchreise nach Monaco, in das königlich-prinzlich-meeresbiologische Institut, aber irgendwas mit dem eigentlichen Hotel sei krumm gelaufen, daher seine Odyssee durch sämtliche zweitklassigen Häuser am Platz. »Drittklassig«, wollte ich ihn verbessern, aber der Mann war schon geschlagen genug: Nach der Trennung von seiner Elternfamilie ein Karrieretief inkl. Depressionen. »Haben wir die nicht alle!«, lachte ich so jovial, dass mir von meiner Schmierigkeit fast selber übel wurde. Gackern seitens der Loge. Aber jetzt sei er wieder obenauf, neues Liebesglück, zwanzig Jahre jünger, die hält einen fit und in Trab, mein Lieber, zwinkerzwinker, und ob ich wüsste, was so aus den anderen geworden sei.

Nach mir fragte er erst gar nicht, der Schmock. Ging wohl ohne Hintergedanken oder Widerhaken davon aus, ich würde mein Leben als Nachtportier fristen, der Narr! Beiläufig schob ich meine handmade-three-hundred-pound-sterling-shoes in sein Sichtfeld, aber dieser Möchtegern-Nabob reagierte nicht! Kann wahrscheinlich keinen Saffianstiefel von einer Pantine unterscheiden! An die freche Fränkin erinnerte er sich noch gut, jedoch ungerne; hatte sie ihm doch nach einem halben Jahr unter Fluchen (»Allmecht!«) den Laufpass gegeben. Für einen Jüngeren! Und das im stolzen Alter von neunzehn!

»Ja, es wird ja heute alles früher«, sagte ich wie meine eigene Oma. In der Loge rang einer offenbar um Fassung bzw. röchelte wie kurz vor der Letzten Ölung. Felix stieg auf Wodka um und dann wurde er unappetitlich: Ob ich mich denn noch an unseren alten Englischlehrer Grämig erinnerte?

Natürlich tat ich das. Seinetwegen – jedenfalls teilweise – bin ich ja heute in Behandlung! Die Duse hatte mich damals klinikreif geliebt, aber Grämig gab mir den Rest. Ein Typ, den mein Therapeut als »vulgär-sadistisch« bezeichnet. Und auf genau mich hatte er es abgesehen. Ohne Angabe von Gründen! Dieses Schwein, gefangen im Körper eines Englischlehrers mit hessischem Akzent, muss irgendwann beschlossen haben, statt sich an Ebenbürtigen zu verschleißen, etwas Heranwachsendes zu quälen. Und da wir auf einer Privatschule – noch dazu einer katholischen – waren, konnten sich die Lehrer fast alles leisten. Außer vielleicht Totschlag. Oder öffentlicher Vergewaltigung. Warum Grämig ausgerechnet mich erwählte (okay, wenn man's negativ rechnet, gehöre ich DOCH zu den Auserwählten ...) konnten bis heute weder ich noch mein Therapeut durchschauen, der allerdings der Ansicht ist, es habe sich seitens dieses gemeinen Kinderquälers um eine Art vorbewussten Revierkampfs gehandelt. Einen Anlass hatte ich diesem Sack Hackfleisch jedenfalls nicht geliefert. Diese Kotze im Anzug konnte noch nicht mal mitbekommen haben, wie ich ihn und sein dreckiges Hessisch-Englisch nachahmte. Wir hatten also diese Trichine im prägenden Alter: Ich war damals noch höflich, schüchtern und dreizehn. Dieser Sau-Satan muss damals um die dreißig gewesen sein. Und scharf darauf, mich zu traumatisieren. Selbst die Duse konnte nichts für mich tun, außer mich irgendwann aus seiner Klasse zu nehmen und in ihre zu stecken, womit dann auch schon der drei Jahre später stattfindende Rosenkrieg zwischen ihr und mir vorprogrammiert war. Grämig ließ mich bei Wortmeldungen aufstehen, wenn er mich nicht schnitt. Manchmal war ich der Einzige, der sich meldete – dann ging Grämig vor der Klasse auf und ab und sagte grinsend in seinem ausgeleierten Dialekt: »Isch sehe, es meldet sisch keinä. Dann muss isch des wohl selbä beantworten.« Und ich meldete mich wacker weiter, denn ich wollte ihm nicht den Triumph gönnen, mich am Ende des Halbjahres mit einer mündlichen Sechs zu bewerten.

Vielleicht hasste er mich ja auch, weil ich Hochdeutsch konnte? Weil ich nicht in einem zu engen blauen Anzug mit überm jungen Spitzbauch spannender blauer Weste mich zähnefletschend den harten Regularien einer katholischen Schule beugen musste, die da besagten: Schwere verbale Attacken nur vor versammelter Klasse! Keinen Totschlag! Und Vergewaltigungen erst ab 18 Uhr.

Seit 30 Jahren will ich Grämig abstechen. Schon allein für den Satz: »Der Text ist niemals von dir – das hast du abgeschrieben!«

Felix genoss die Erinnerungen an Grämig, denn ihn, Felix, hatte Grämig immer gut behandelt, weil er mit Felix' Vater im selben Kegelverein war. »Der hat dich ja schwer rangenommen. Aber er war kein schlechter Kerl.« Nein, nur ein Vulgär-Sadist mit einem Händchen für höfliche Kinder. »Was der jetzt wohl macht?« Und plötzlich war mir klar: Wir hatten endlich unsere Zielperson! Unser erster Übungsfall war die Erforschung des grämigen Ist-Zustandes! Und meine Rachegelüste gegen Felix steckte ich sofort weg, die mussten nun aufgespart werden für das große Halali auf Grämig! Ich würde ihn ausspionieren und ihm dann etwas antun! Ich wusste noch nicht genau, was. Aber er müsste danach mindestens nach seiner Mutter rufen.
Ich schenkte Felix noch einen aufs Haus ein und ließ seinen Deckel ganz verschwinden.
Der Schmock war doch schon geschlagen genug: Musste jetzt knülle auf unser hässlichstes Einzelzimmer, die Minibar leersaufen und sich morgen um acht Uhr von der Frühschicht wecken lassen. So ein Alkoholikerleben ist kein Zuckerschlecken.

Mendelssohn war sofort dafür, Gevatter Grämig auseinanderzunehmen: »Vielleicht hat er ja etwas richtig Dickes auf dem Kerbholz. Dann werden wir ihn damit erpressen, und von dem Erlös kaufen wir einen Observations-Kastenwagen. Mit Richtmikrofon. Für wenn ich mal nicht mehr bin.«

Kapitel 18

Erst als Cromwell auf der Zielgeraden zur NA ist, kommen ihm praktische Bedenken. Wie findet er sie überhaupt? »Guten Abend, ich habe da einen im Durchbruch begriffenen Blinddarm und möchte sofort zu Ihrer schärfsten Chirurgin!«?

Egal. Mehr als ihn zurück in die Psychiatrie schicken können sie ja nicht, haha. Cromwell schließt Chiefs Rad an. Genau gegenüber ist der Eingang mit den Dreh- und Schiebetüren. Manchmal kommt er mit Schlomo hierher. Nachts, wenn Schlomo bis zum Durchdrehen von Erinnerungen geplagt wird, wie ein Rudel Straßenköter verbeißen sich viele kleine, böse Vergangenheiten – dann kommen sie hierher, lungern herum, bis Schlomo erleichtert merkt, dass ihn niemand mehr aus seiner Wohnung zerren und wegsperren wird. Dann verdrücken sich die Straßenköter, und sie bekommen beide gute Laune und die Nacht wird vom bissigen bösartigen Viech zu einem beruhigend brummenden Kätzchen. Und jetzt gerade ist die Nacht auch sanft und summend. An der linken Ecke des Gebäudes, im knallharten Licht des Wartezimmers, sitzt niemand. Wie schön – vielleicht ist die ganze Stadt heute Nacht wohlauf? Alle Hamburger intakt, friedlich und schmerzfrei? Und Heike sitzt mit ihren Kollegen an einem OP-Tisch und spielt Karten? Irgendwann muss sie aber zum Rauchen rauskommen. Normalerweise stehen hier immer mindestens drei rauchende Kittelträger. Cromwell weiß noch nicht mal, wo in Hamburg Heike jetzt wohnt. Er setzt sich mit halbem Hintern auf einen schmalen Poller, raucht und behält die Türen im Blick. Gemächlich fährt ein Wagen heran. Zwei Männer ziehen hinten die Trage heraus, klappen deren Beine runter und rollen sie durch die Tür. Eine Decke, ein Klumpen auf der Trage, ein schlafendes Gesicht. Oder bewusstlos. Alles geschieht ganz langsam und ruhig. Cromwells Hirn zuckt erneut, er sieht sich von oben: sitzen, rauchen, auf Heike warten. Und denkt: Der Typ auf dem Poller hat sie ja nicht mehr alle. Vorhin war der noch auf Stippvisite im Albtraumland und jetzt sieht er nicht mehr die natürlichen Grenzen. Er verquirlt bis zur Unkenntlichkeit seine Sehnsucht mit der Realität. Dieser Typ da unten scheint obenrum ein bisschen durchgeschmurgelt. Er sitzt auf verlorenem Posten.

Alles ist ganz langsam und ruhig.

Cromwell tritt die Zigarette aus und radelt zurück.

Der Chief sieht es mit Erleichterung. Der VIP-Table schaut rüber. Ob die ihn verpfeifen werden? Die haben Besseres zu tun: Sie zerreißen sich das Maul über Tobi. »Er ist tatsächlich gegangen«, sagt der Chief. »Seine Sachen hat er bei mir untergestellt.«

Irgendwo südlich von Hamburg rasseln demnächst drei Biografien aufeinander.

Und nördlich von Hamburg. Und links und rechts und in Hamburg selbst. Ständig rasseln Biografien aufeinander. Warum macht DAS eigentlich kein Geräusch? Vielleicht, weil es zu ohrenbetäubend wäre, als dass es der Mensch aushalten könnte. »Wir müssen rein. Die schließen«, sagt Erbse und hakt Frau Judith unter. »Wen hast du in der NA besucht? Hoffentlich nichts Schlimmes?«

»Nein«, sagt Cromwell und denkt: »Eine Chimäre.«

Schwester Hermann sagt die Schachpartie ab: »Wir kriegen nachher noch eine Aufnahme. Aber morgen sind Sie dran.«

Jetzt, wo Tobi weg ist und alle anderen schlafen: »Darf ich vielleicht nachher auch mal alleine zum Rauchen?«

»Nein«, sagt Hermann, »jedenfalls nicht, wenn ich es sehe.«

»Danke.« Cromwell geht und geht um die Station herum, Bajuschki baju, und er raucht und raucht im verlassenen Hinterhof und betrachtet aus sicherer Entfernung die Neuaufnahme: Eine Frau in einem dicken kurzen Wintermäntelchen; Schwester Hermann führt sie zu ihrem Zimmer, sie sieht nichts, sie sagt nichts, so ein zerrütteter, lebloser Blick, irgendeine Hülle, ein lahmgelegter Organismus, der noch laufen kann. Cromwell steht herum, unschlüssig; irgendwas zwischen Mitleid und der Ahnung von dem ohrenbetäubenden Geräusch aufeinanderknallender Biografien. Das muss für heute reichen.

XXL knarrt und knattert im Schlaf, und trotzdem und trotz der Furcht vor der nächsten Hallu dämmert Cromwell weg. Das wird schon werden. Alles kann noch werden.

Sogar das mit dem großen Helden.

Einst.

Kapitel 19

Zweimal schlief ich noch ein, Mendelssohn las, die beiden Briten holten sich zwischendurch einen Adapter und segelten zielsicher zurück auf ihre Zimmer, dann deckte ich die Frühstückstische, machte uns Müsli und Kaffee, putzte noch über die Küchenzeile rüber, dann trollten wir uns. Ich geleitete Mendelssohn nach Hause. Er tackerte nach oben, in sein Schlafzimmer, und ich legte mich vorsichtshalber und aus Angst vor meinem lauten Haus auf sein Sofa. Im Vorschlaf malte ich mir Szenarien für Grämig aus. Und egal, was ich ihm alles sagen und antun würde: Am Ende stand immer seine Vernichtung. Als ich mit Grämig auf der Höhe »Waterboarding« angelangt war, entschlief ich mit einem extrem befriedigten Lächeln, das fünf Stunden später, beim Aufwachen, noch immer auf meinem Gesicht stand. Es gibt doch nichts Erquickenderes als eine gut gemachte Gewaltphantasie.

Mendelssohn hatte mich mit seinem Stöckchen wach geklopft, und wir begaben uns sofort an die Arbeit. Zunächst rief ich in meiner alten Schule an. Früher war die Pforte immer bis 16 Uhr besetzt, und zwar von einer weltlichen Nonne mit Mastino-Aura. Heutzutage meldete sich eine freundliche junge weibliche Stimme. Immerhin stand die Pforte noch.

»Guten Tag, Dr. Hagenbeck. Vielleicht können Sie mir weiterhelfen: Ich bin auf der Suche nach einem ehemaligen Lehrer; wir planen ein Jahrgangstreffen. Günter Grämig heißt er. Englisch und GK. Ist der noch bei Ihnen?«

»Herr Grämig? Der Englischlehrer?« Die sympathische

Stimme schien zu zögern. Entweder kannte sie ihn nicht mehr, oder er hatte was angestellt bzw. noch mehr angestellt.

»Herr Grämig hat schon vor fünf Jahren den Arbeitsplatz gewechselt.«

»Oh, wissen Sie, wo ich ihn jetzt erreichen kann?«

Die Stimme meinte, ich solle es mal an der Schule zum hl. Soundso versuchen. Da sei Grämig ihres Wissens gelandet.

»Da haben Sie mir jetzt mächtig weitergeholfen! Vielen Dank! Und vergelt's Gott!«

Mendelssohn bemängelte Letzteres.

»Zu dick aufgetragen!? Wer war hier bei den katholischen Kadetten? Du oder ich? Also: Dieser Fleischer in Menschengestalt hat sich versetzen lassen. Oder: Er wurde versetzt. Vielleicht hat er die Kinder nicht mehr nur verbal gefickt. Das mögen die Katholen gar nicht. Da wird so einer ratzfatz an die nächste Schule versetzt.«

Dann googelte ich das Institut. Die hatten sogar eine eigene Homepage, auf der man den gesamten Lehrkörper anschauen konnte. Und ich fiel fast vom Stuhl: Aus einer Schar sehr jung erscheinender, frischer, gar weltlicher Gesichter leuchtete mir die grämige Schundfresse entgegen. Ich bekam sofort Blutdruck. Grämig stand fast verborgen in der hinteren Reihe, sah sich ungeheuer ähnlich, die Fratze nur noch teigiger ausgepolstert als zu meinen schweren Kinderzeiten.

»Er ist da. Und sauber rausgefressen.«

»Und jetzt?«

»Jetzt tauchen wir da zu Schulschluss auf, folgen ihm unauffällig und stellen fest, wo er wohnt.«

»Und dann?«

»Gute Frage. Dann brechen wir in seine Wohnung ein, wenn er schläft. Ich muss nur noch bei eBay ein paar Dietriche schießen. Wir bringen ihn in unsere Gewalt und...«

Der feige Hund Mendelssohn meinte, dass er nur für Aktionen auf dem Boden des Gesetzes zur Verfügung stünde.

»Mann, das war ein Schä-herz! Du glaubst doch nicht im Ernst! Aber danke, dass du es mir wenigstens zutraust.« Ich fühlte mich tatsächlich geschmeichelt. Ich habe vielleicht doch nicht immer die Ausstrahlung eines gesetzestreuen Marshmallows. Statt langwieriger Beschattung schlug Mendelssohn nun vor, einfach mal im Telefonbuch nachzuschlagen. Ein heller Kopf, dieser Mendelssohn: Günter Grämig, Straße, Hausnummer. Quasi auf dem Silbertablett, die Schweinskopfsülze.

»Ich ruf ihn mal eben an.«

»Jetzt?«

»Für einen Menschen von solch bösartiger Konstitution sollte die Tageszeit keine Rolle spielen. Wobei eine Klingelorgie im besten Falle um vier Uhr morgens stattfinden sollte.«

Ich ließ es klingeln und klingeln und wurde ganz aufgekratzt und gehässig. Nach der Klingelkanonade schaltete das Signal um auf »Besetzt«. Ich drückte noch dreimal die Wahlwiederholung. Dann erst gab ich auf: »Vielleicht ist er in den Herbstferien?« Umso besser; Grämig sollte mir recht stark und frisch entgegentreten, denn ich schlage keine schwächlichen, ausgelaugten A-12-Empfänger.

»Jetzt die entscheidende Frage: Wo und wie soll es zum Showdown kommen?«

»Am besten am Tatort: der Schule.« Die Homepage gab ein paar Termine an: ein Schulkonzert, ein paar Klassenfahrten, und – wie immer gen Herbstende – einen Tag der offenen Tür.

»Da! Da gehen wir hin! Da werde ich über ihn kommen wie eine Geißel Gottes! Wie das Jüngste Gericht! Wie ein ganz schlimmer Herpes!«

Ich würde mich für zusätzliche Informationen auch noch auf Facebook und ähnlichen FKK-Geländen tummeln; vielleicht hatte der Typ dort feist und fett gepostet. »Meine Hobbys: Kegeln und Kinder demütigen.« Am Ende waren da vielleicht sogar Frau und Kind, die man ebenfalls in die schmutzige Sache mit hineinziehen konnte ... oh mein Gott! Meine Rachsucht ließ mich erzittern und erbeben. Das musste ich unbedingt meinem Therapeuten erzählen! Ich benahm mich ja wie aus dem Lehrbuch für fortgeschrittene Psychopathen! Apropos Psychopath: Cromwell wartete sicher schon.

Draußen flatterte und webte ein heller Herbsttag, die Sonne lächelte alles verzaubernd, Hamburg war schön, seine Landschaften typisch. Es fühlte sich an wie Strawinsky, und zwar wie das wehmütige Strawinsky-Zitat mitten in der Leningrader Symphonie von Schostakowitsch, die harmonische Auf- und Erlösung der Blechbläser ins lieblich-traurige Streicherwesen ...

Kapitel 20

Um Viertel vor sieben springt XXLs Radiowecker an: pingelpingel, laberlaber. Cromwell stellt sich schlafend, bis XXL, die Sau, ohne sich zu waschen, in seinen Polyester steigt und geht. Cromwell hat merkwürdige Ganzkörperschmerzen, macht Katzenwäsche und stellt sich zum Messen an. Schwester Hermann ist weg, viele neue Gesichter wuseln durch den Glaskasten. Die messende Schwester stellt sich ihm vor. Aber Cromwells Hirn ist noch nicht wach genug. Der Schlaf war – nicht erholsam. Als er wieder mit geschlossenen Augen die Arme ausstreckt, zittert er ab. Dieser Körper gehört so gar nicht zu ihm. Auf dem Merkblatt für die Gruppensitzungen steht: Vermeiden Sie das Wort »man«, wenn Sie sich selbst meinen. Sagen Sie »ich«.

»Ich weiß nicht, warum man so zittert.«

Das Frühstück ohne Tobi nehmen sie schweigend ein, dafür krawallt es am VIP-Table umso lauter. Der junge Quäkerich mit den alten Kamellen quäkt jetzt schon zum dritten Mal: »Wenn ich eine Frau wäre, würde ich den ganzen Tag an mir rumspielen.« Inzwischen lacht nicht mal mehr sein getreuer Table. »Gleich bring' ich ihn um«, sagt Erbse. Cromwell schmiert sich zitternd das zweite Brötchen. In einer Woche wird er detonieren. Welcher gesunde Mensch nimmt denn pro Tag drei komplette Mahlzeiten zu sich? Pervers.

Zur Vollversammlung sitzen sie in großem Kreis. Das kennt Cromwell aus den unerträglichen Morgenrunden der offenen Station. Jeder musste erzählen, wie die Nacht war und wie der

Tag ist. Bei dreißig Menschen mit psychischen Gebrechen geht das richtig in die Beine. Gottlob geht es hier nicht reihum. Der Chief hat einen Ordner auf den Knien, neben ihm sitzen Erbse und Willi. Wie Cherubim und Serafim. Cromwell sitzt zwischen Erbse und dem jungen Quäker. Schwestern und Ärzte stellen sich vor, dann sind die Neulinge dran: Nur ganz kurz den Namen und die Diagnose. Die Frau von gestern Nacht ist noch nicht dabei. Der Chief beginnt mit der Verteilung von Diensten. Küchendienste, Gruppensprecher. Niemand meldet sich, alles schweigt. »Nicht alle gleichzeitig!«, sagt launig der Quäker. Jemand lacht. Weiter Schweigen. Der Chief wird unfreundlich, verteilt autoritär Posten und trägt sie in den Ordner ein. Weil er sowieso ständig im Aufenthaltsraum ist, bekommt XXL den Ordnungsdienst. XXL zurrt seinen Detlef zurecht und schwallt blinkenden Ohres: »Eins will ich schon mal sagen: Wenn ich das mache, dann werden aber andere Saiten aufgezogen. Ich bin ja abends immer da und habe festgestellt, dass jeder seine Tassen und Teller einfach rumstehen lässt. Das geht so nicht. Es ist doch nicht zu viel verlangt, dass jeder seine Tassen oder Teller mitnimmt. Das machen die zu Hause doch auch nicht so! Da kenne ich kein Pardon!« Erbse lehnt sich zu Cromwell: »Gleich isser enttäuscht, weil er kein Uniform kriegt. Und keine Dienstwaffe.«

Der Chief fragt, ob jemand einen Missstand melden möchte. Oder Wünsche hätte. Oder Vorschläge. Man scharrt mit den Füßen und sieht zu Boden. Cromwell überlegt, ob sein Zustand als Missstand gilt? Der Chief sagt, dass er bald entlassen wird und deshalb ein neuer Patientensprecher hermuss. Und dass er Erbse vorschlägt. Jemand dagegen? Erbse wird Patientensprecherin. Der Chief übergibt ihr den Ordner mit den Worten: »Ich kann nur hoffen, dass du meine Arbeit in meinem Sinne fortführst.«

Kichern. Schweigen. Offiziell dauert die Versammlung noch sieben Minuten. Die wollen abgesessen sein. Cromwell würde sich gerne auf dem Boden ausstrecken. Sämtliche Gelenke und Scharniere schmerzen. Schweigen. Husten.

Dann hebt der Chief die Versammlung auf. Es ist erst Viertel vor neun, aber Cromwell hat schon dreifache Bettschwere.

Muss jetzt aber in seine erste Gruppensitzung.

Sitzen im Kreis. Offenbar der einzige Ort, an dem XXL die Klappe hält.

Die Therapeutin fragt an, wie es heute geht.

Ist mir egal, wie es euch heute geht. Ich will euch nicht hören, ich kann euch nicht hören.

Ist mir egal, warum ihr trinkt.

Lasst es doch einfach bleiben.

»Ich konsumiere, um...«, schreibt die Therapeutin an die Tafel. Nun darf jeder den Satz vervollständigen. Jeder nach seiner Façon.

»...mutiger zu sein«, schreibt jemand an die Tafel.

»...weil es mir schmeckt, aus Genuss«, schreibt XXL.

Der Chief geht nach vorne und schreibt: »...statt Suizid.«

Das gefällt Cromwell. Er geht an die Tafel und schreibt: »Dito.«

Wie wird die Therapeutin ihnen wohl aus all diesen losen Enden einen Strick drehen?

»Warum wollen Sie weg sein? Welche Schicht, welcher Grund liegt darunter?«

»Selbsthass«, sagt der Chief.

Cromwell denkt: Alles in allem beruhigend: Meine Gefühle sind alles Mögliche, nur nicht einzigartig.

»Und woraus speist sich der Selbsthass? Womit füttern Sie ihn? Er braucht ja auch was zum Leben.«

»Er füttert sich selbst«, sagt Cromwell, »mit Erinnerung.«
Basta. Tiefer will er nicht denken.

Der Chief schon. Es ist seine letzte Stunde, seine Verabschiedung, er klettert eine Etage tiefer. Da hockt sein Selbsthass und erinnert ihn. Der Chief spricht weiter, Cromwell will seinen Ohren nicht trauen. Der Chief spricht wie alle Menschen, die etwas Unsägliches sagen, das entweder zu weit weg ist oder zu frisch: Er lächelt dabei unsicher. Dieses entschuldigende Lächeln der Opfer: Tut mir leid, ist jetzt ein bisschen heftig und verdirbt eventuell die Stimmung, aber so war's, passt eigentlich nicht hierher, aber je nun.

Cromwell wird zornig: Was macht der Kerl für ein Gewese darum? Er macht ja schließlich auch keins! »Herr Jordan, vielleicht sollten Sie einfach auch mal ein Gewese darum machen?« – wer sagt das? Wer traut sich, ihm so zu kommen? Aber die Therapeutin sieht ihn gar nicht an, sie schaut auf den Chief, konzentriert und schweigend. Cromwell steht auf und geht raus.

»Was war los?«, fragt ihn Erbse beim Rauchen.

»Nix. Bisschen Übelkeit.«

Erbse sagt zum Chief, dass sie ihn sehr mutig fand.

»Ich weiß nicht, ob das mutig war«, sagt Cromwell, immer noch in Zorn.

»Was war es denn?«, sagt der Chief, erschöpft und gereizt.

»Vielleicht ein Fehler.«

»Wozu zum Teufel sind wir denn sonst hier? Wo sonst kann man so was erzählen!«

»Ich meine nur: Vielleicht ein Fehler. Jetzt hast du dich – aufgemacht. In zwei Tagen gehst du. Aber wer macht dich bis dahin wieder zu?«

»Leck mich!«, sagt der Chief beleidigt.

Cromwell schiebt sich zwei Mittagessen rein, bis es weh tut, legt sich ins Bett und denkt vorsichtshalber nur vorsichtig: Die Veranstaltung »Kliniken stellen sich vor« kann mich mal, und alles Übrige regelt meinetwegen ein Bundesgesetz. Ab heute Abend hat der nette Arzt eine Einschlafhilfe genehmigt. Und ab morgen gibt's Antidepressiva. Meinetwegen. Ich schlucke alles. Mein Wanst merkt das schon, ich Fettsack. Ob Heike mich heute besuchen kommt? Hatte sie so was gesagt? Aber sie hat doch sicher irgendein Privatleben und was anderes zu tun, als mich zu besuchen. Oder mich in einer Hallu zu vögeln. Wie hat sie das nur gemacht. Ich sollte mich beim Chief entschuldigen. Das war zu hart. Das steht mir nicht zu.

Kapitel 21

Auf dem Vorplatz leuchtete die Sonne, als gäbe es keine Psychiatrie. Alle Bänke waren besetzt. Ich hielt Ausschau und fand Cromwell, neben ihm Heike. Oh Mann, Heike. Man sah Cromwell den verflixten dritten Tag an: Insgesamt wirkte er noch unterkellerter. Der Körper fahrig, gebückt. Heike, ebenfalls nach vorne gebeugt, tätschelte ihm gerade die Kniescheibe. Sie rutschten ans Bankende, Mendelssohn und ich pressten uns dazu.

»Tach.«

»Hm.«

»Öha.«

»Da sagst du was.«

Zur Ermunterung der Bagage referierten Mendelssohn und ich quasi im Wechselgesang die neusten Fürze des Hauses Mendel & Partner:

»Wir haben unterwegs weder Kosten noch Mühen...«

»...um es kurz zu machen: Wir sind unterwegs in ein ganz modernes Ladengeschäft eingekehrt...«

»Mann, ich krieg gleich Pusteln! Also: Wir haben drei Handys geschossen!«

»Und drei vertragsfreie Dingens!«

»So können wir ständig in Kontakt stehen. Unabhängig von Patiententelefonen und ähnlich demütigendem Pipapo! Und wenn einer mal observieren muss oder so!«

»Ist das nicht wunderbar?«

Cromwell nickte und wir übergaben ihm feierlich einen Schuhkarton mit seinen persönlichen Zutaten.

»Und die hier verteilst du auf der Station. Auf allen Stationen!« Ich überreichte Cromwell einen Stapel unserer neuen, expressbedruckten Visitenkarten mit der Gestik eines Mannes, der sein ostpreußisches Gut vorführt.

»Nun sag schon, dass du dich freust wie nicht gescheit!« Cromwell sagte es und lächelte leer. Auweia. »Wie war die Gruppe? Sehr schlimm?«

»Es geht doch immer nur zurück in die Kindheit.«

»Sag bloß!«, sagte Heike,

»Die Kindheit, der schmutzige Schlüssel zu allem«, sagte Mendelssohn,

»Ach was!«, sagte ich. »Meine Kindheit war prima. Wenn es mir heute so ginge wie damals – ein Traum. Ihr traumatisierten Jammerlappen, ihr solltet euch mal zusammenreißen!«

»Warum wirst du so wütend?«, fragte Heike.

Ich wusste es auch nicht. Ich wollte, dass jetzt sofort alle lachten und sich freuten! Und zwar ein bisschen plötzlich! Ich wollte einen kichernden Mendelssohn, einen wohlgefällig grinsenden Cromwell und eine Heike, die uns auf das Herrlichste schockierte! Alles andere: Die pure Zeitverschwendung! Also röhrte ich: »Herrje, ich hab' meine Zeit auch nicht gestohlen!« Heike und Mendelssohn sahen mich verblüfft an, dann begannen sie zu lachen. Na also! Ging doch!

»Jetzt haben wir unsere Ausrüstung beisammen«, sagte Mendelssohn gewichtig. »Meine Kreditkarte tränt jetzt schon.«

»Ach was! Deine Kreditkarte verzieht keine Miene, deine saubere goldene Kreditkarte!«

»So spricht zu mir Oskar aus der Mülltonne!«

»Sieh auf meine Schuhe! Sieh auf meine Schuhe! Sind die aus der Mülltonne? Nein, mein Herr! Die sind nämlich aus London, mein Herr!«

Mendelssohn murmelte angewidert: »Und so was habe ich bei Murmansk den Arsch gerettet.«

Heike lachte und lachte und hielt sich dabei an Cromwell fest. Ich hätte nichts dagegen gehabt, wenn sie sich auch an mir festgehalten hätte. Aber einem kranken Cromwell gönnte ich großzügig diese Zugeneigtheit. Oder?

»Morgen ist dein härtester Tag!« erklärte ich ihm. »Samstag in der Sperre ist die Hölle! Also werden wir dich keine Minute aus den Augen lassen. Einverstanden?«

Cromwell guckte wie frisch ertrunken, dann nickte er: »Jawoll. Das wäre ja gelacht.«

Wir gingen, bestens gelaunt.

»Und was sollte das mit Murmansk? Musst du mich immer wieder bei meinen Freunden blamieren?«

»Ja.«

»Ich muss nachher noch bei REWE vorbeischaun. Die haben neue Abfalleimer. Die nächste Generation, quasi.«

»Ich stehe nicht – ich wiederhole – nicht noch mal Schmiere!«

»Und ich sage nur: Blindenheim!«

Zufrieden kniffen wir uns in die Arme.

Und großzügig stand Mendelssohn doch noch Schmiere. Er drückte sich mit übers ganze Gesicht verlaufender Schamesröte an eine Mauer des Hinterhofes und lauschte, während ich in einem nagelneuen Container gründelte. Diese Containerart war eindeutig nicht gottgefällig: Man schob einen Rolldeckel zurück, musste sich auf den Rand schwingen und dann ohne Bodenkontakt die Balance halten zwischen dem nun im Container verschwindenden Oberkörper und den weiterhin auswärts zappelnden Füßen, während der vermaledeite Rolldeckel drohte über dem abgeknickten Körper zuzuschnappen. Ohne einen Komplizen containernd, bestand die realistische Gefahr, von der Tonne in den Schwitzkasten genommen und womöglich erst am nächsten Morgen von gehässigen Angestellten befreit zu werden. Ich fischte hektisch einen welkenden Topf Basilikum heraus, ein Pfund Fleischtomaten sowie zwei sehr achtbare, nur leicht verknickte Packungen Wildlachs. Alles in allem eine anständige Beute und genug für ein paar abendliche Schnittchen. Dann entfernten wir uns sehr eiligen Schrittes.

Kapitel 22

»Soll ich dich nach oben bringen?«, fragt Heike.

»Willst du auch schon gehen?«

»Muss nicht. Habe aber das Gefühl, du bist etwas – indisponiert.«

»Das ist der normale Verschleiß.« Sie werfen ihre Zigaretten in den Trog und gehen. Alle sind unten, an allen müssen sie vorbei. Cromwell versucht, den Chief anzulächeln. Der Chief nickt. Vergeben und vergessen? XXL taxiert Heike. Station leergefegt. Die gesamte Pflegerei und die Ärzte tagen hinter dem Glaskasten.

»Die reden da jetzt über euch, hinter eurem Rücken«, sagt Heike, »wollt ihr euch das gefallen lassen?«

»Ich hab' beschlossen, mir ab heute alles gefallen zu lassen.« Cromwell setzt sich mit quietschenden Gelenken auf sein Bett. »Die Realität kommt so oder so.«

»Alter Mann«, sagt Heike und setzt sich neben ihn. Warum sieht sie ihn so an? Ahnt sie was? Ihr Blick, mit dem sie wahrscheinlich schon im Kindergarten Puppenhäuser zerlegt und Kindergärtnerinnen aufgerieben hat. Der furchtlose Wahrheitsblick. Da sticht der Hafer. Jetzt erzählt er es ihr. Allein, um ihre Reaktion zu sehen.

»Gestern hatte ich so was wie eine Hallu. Es war wie echt.«

»Was Schlimmes?«

»Später. Später war es schlimm. Davor war es gut. Wir haben um ein Haar miteinander geschlafen.«

Sie fragt tatsächlich: »Und warum nur um ein Haar, bitte schön?«

»Jemand kam dazwischen. Mick kam dazwischen.«

Sie schlägt mit der Faust auf die Krümeldecke: »Was hat diese Mick eigentlich, was ich nicht habe!?«

Er überlegt. »Du bist nicht krank. Du bist nicht verlogen. Du bist kein völlig geschredderter Mensch.«

»Ach, was weißt denn du! Warum halten mich bloß alle für gesund!« Sie sackt theatralisch um. Cromwell betrachtet sie, dann beugt er sich ganz nahe an ihr Gesicht. Wenn sie nicht mag, kann sie ihm ja eine scheuern. Auch egal.

»Wenn du noch näher kommst, muss ich schielen.«

»Okay.« Cromwell will sich wieder entfernen.

»Aber ich schiel' gerne, manchmal!«, sagt Heike schnell und packt ihn am Kragen.

Wie einfach das ist. Geht es einfacher?

Sie knutschen wie zwei Dreizehnjährige. Dann steigern sie sich auf vierzehn- bis fünfzehnjährig. Als sie bei etwa siebzehn angekommen sind, biegt Heike den Rücken durch und zieht etwas darunter hervor: »Da ist was. Was ist das?«

Cromwell erklärt verlegen: »Das ist Sieveking.«

Heike sieht zwischen ihm und Sieveking hin und her. Sehr ernst: »So geht das nicht. Cromwell, du musst dich entscheiden. Er oder ich.«

Cromwell weiß nicht, was er tun soll: vor Glück schreien oder weiterknutschen. Und zwar wie ein Zwanzigjähriger.

Auf dem Flur echte Schritte. Klinke nach unten. Als XXL im Zimmer steht, sitzen sie beide wieder aufrecht nebeneinander wie eine Eins.

»Hallo«, grüßt XXL.

»Tach«, sagt Heike. Cromwell hat das Gefühl, er müsste ein völlig zerwühltes Gesicht haben. Er schlägt einfach die Hände davor. Als würde er heulen.

XXL holt einen Schlüssel aus seinem Detlef, stöbert in seinem Schließfach, schließt wieder ab und setzt sich aufs Bett: »Tut so, als wäre ich nicht da.«

Danke. Welch sinnloses Unterfangen.

»Gehn wir rauchen?«

»Jawoll.«

Sie drückt ihm den Schuhkarton in die Hände: »Soll ich dir ganz fix das Dings einrichten? Dann bist du sogar für mich erreichbar.«

»Mendelssohn behauptet, das wäre eine ›sichere Leitung‹.«

XXL schaut hoch. Etwas in seinem Schädel scheint sich zu bewegen.

Heike (ernsthaft): »Natürlich braucht ihr unter allen Umständen eine sichere Leitung.«

XXL kratzt sich an der Rübe. Frühes Neandertal. Wie kommt dieser Primat zu so einer Frau? Und wie kommt er selbst zu so einer Heike? Oder ist er nur ein Zeitvertreib für sie? Statt Puzzeln oder Spaziergang an der Alster? Vielleicht hat sie zwischen zwei Operationen nichts Besseres zu tun? Sie fahren mit einem Gitarrenträger nach unten. Hoffentlich spielt der nicht gleich auf. Sie setzen sich auf eine Bank. Der Gitarrenspieler beginnt aufzuspielen. Klampfklampf, knödelknödel. Allenthalben schaut man ihm wohlwollend zu. Manch einer wippt mit dem Fuß. Cromwell stöhnt – das nennt man wohl »launisch« – eben noch in bester Stimmungslage, bruchlos angestrengt, genervt, erschöpft. Und traurig. Jetzt kommen mir auch noch Tränen. Das darf doch nicht wahr sein... wie viel kriegt ein Psychiatriepatient, wenn er einen anderen Psychiatriepatienten erwürgt? Unter diesen verschärften Umständen wenigstens mildernde Umstände? »Dann hat er angefangen zu klampfen, Euer Ehren!«

»Na dann aber: Freispruch.«

Cromwell lacht, obwohl ihm das Wasser bis zum Hals steht und aus den Augen tritt. Er war Zeuge, wie Schlomo mal in der Geschlossenen eine Frau geohrfeigt hat. Dafür wurde er für den Rest des Nachmittags fixiert. Lag in den Gurten und schrie, was die Lunge hergab. Cromwells Gesicht ist überströmt. In der Brust kriecht was hoch. Fühlt sich an wie Lungenkrampf. Wenn er jetzt anfängt, hört er nicht mehr auf. Gleich schreit er wie Schlomo. Heike merkt nichts. Sie nimmt die Schachtel: »Komm, wir setzen uns da drüben hin.« Kurz vor der Augenklinik steht eine alte Holzbank. Heike greift nach seinem Arm und hält ihn fest wie eine Zwinge. Sie zieht ihn weg vom Vorplatz, schiebt ihn voran und biegt ihn auf die Bank. Stellt die Schachtel sorgfältig daneben ab. Höchstens zwei Sekunden bis zum Krampf. Er bekommt keine Luft mehr. Zu viele Gurte über der Brust. Alles sinnlos und ungerecht und bösartig. Heike presst seine Hand. Irgendwie befehlend fest. Er kann nach keiner Seite wegfallen: Also lässt er sich fallen. Sein Hirn schmiert ab. Dunkel. Und hell. Beides. Er will Luft. Blockade, keine Luftröhre. Ein Pflock in der Gurgel. Er stirbt. Er erstickt. Heike greift in sein Gesicht, mit beiden Händen, komischer Schmerz. »Sieh mich an! Sieh MICH an! Was siehst du! Sag mir, was du siehst!«

Augen. Augen, die in seinen Körper reinfahren wie ein Messer. »Sag es mir!« Er will sprechen, stattdessen Luft, ein Hieb Luft, aber die geht nicht rein, steht wie ein Pfropf, er würgt. »Sag es mir!« Am Pfropf vorbei ein Rinnsal, ein warmes Rinnsal aus Luft, ein Faden Luft, ein Krampf, dann noch ein Faden, und noch einer, die Brust hebt sich und will den nächsten Faden, und noch einen, zwei Rinnsale, es rinnt weiter, es erreicht die Lunge, der nächste Hieb Luft, geht rein, noch einer, er greift nach seinem Hals und drückt, das Drücken hilft, er hält die Luft damit fest bei sich; sie geht nicht mehr weg, sie bleibt, sie geht, sie bleibt. Alles schmerzt, aber es atmet, Hieb um Hieb. Sein Gesicht in der Schraubzwinge, er spürt die Hände in seinen Wangen, Schmerzen am Ohr, beruhigende Schmerzen, halten ihn fest, drücken den Körper zu Boden, damit die Luft reinrieseln kann, sie rieselt, bleibt drin, geht raus, kommt wieder rein, er kommt zu sich: Sitzt vor der Bank auf dem Boden, hält sich den Hals, Heike kniet vor ihm, gleich reißt sie ihm den Kopf ab, ihre Finger eingegraben in sein Gesicht, jetzt ein Luftstrom, gleitet durch, und raus, ihre Finger lockern sich, bleiben auf den Wangen liegen, wie lange sitzt er so, wie lange sehen sie sich an, hat er geschrien, wo kommt er plötzlich her, er nimmt seine Hände vom Hals und legt sie auf ihre, nicht loslassen jetzt, dabeibleiben, die Luft füllt die Brust, fast normal, fast zu viel, kommt in Stößen wieder raus. »Autsch«, sagt Heike, er lockert seine Hände, lässt die Arme sinken und legt sie um seinen Brustkorb, zur Beruhigung für seine Lunge, alles okay, du kannst wieder ruhig werden, es ist vorbei. Heike greift unter seine Arme, zieht ihn hoch und setzt ihn zurück auf die Bank. Er sieht nach oben, in die Luft, die eben noch so garstig war und so bockig. Er sieht wieder Heike an. Heike streichelt sein Gesicht. Als wollten die Hände den Schmerz von eben wiedergutmachen. Das ist schön. Dann schämt er sich. Und senkt den Kopf. Hat er eben geschrien? Oder gesprochen? Und wenn ja: Was? Er kommt ganz zu sich und ekelt sich sofort vor dieser Nähe. Er ekelt sich an. Er hätte sterben sollen? Hätte er doch. Sie verachtet ihn jetzt. Er ist ein kaputtes, schwächliches, peinliches Stück Scheiße.

Heike hebt seinen Kopf an und zwingt ihn noch mal, sie anzusehen. Er traut sich kaum. Selten so geschämt. Der furchtlose Wahrheitsblick. »Du peinliches Stück Scheiße. Ich geh dann mal. Man sieht sich.« Der furchtlose Wahrheitsblick: »Beim nächsten Mal reiß' ich dir vielleicht aus Versehen die Ohren ab. Einverstanden?« Sie lächelt. »Und jetzt machen wir deine sichere Leitung klar.«

Kapitel 23

Heike hat ihm das Handy eingerichtet und ist wieder gegangen. Cromwell sitzt auf der Bettkante und studiert die Bedienungsanleitung. Wie gut es ihm geht! Keine Spur mehr von Bedrängnis und Resignation: Übermut! Er wird hier wieder rauskommen, und er wird heil sein, und dann liegt das Leben vor ihm, ein gesundes und süßes und spannendes Leben. XXL kommt rein, steht ein bisschen rum und fragt schließlich: »Was für einen Beruf hast du eigentlich?«

»Ich bin Privatdetektiv.«

»Nein, wirklich?« Cromwell hört, wie er in XXLs Ansehen steigt. Nicht nur nicht schwul, jetzt auch noch so ein Teufelsberuf!

»Dann ist es bloß ein Scherz, dass die dich mit ›Doktor‹ angeredet haben?«

»Kein Scherz. Ich hab' tatsächlich so einen Titel.«

Noch nicht mal gelogen. Eine Jugendsünde in Philosophie.

»Und für was? Ich meine: Du bist doch kein Arzt?«

»Nee, ich hab' einen Doktor in Geschichte. Meine Dissertation war über Spionage. Über Spionage im Dritten Reich.« Das wiederum ist gelogen. Cromwell versucht, ein garantiert abgefeimtes Grinsen zu kaschieren.

»Aah. Verstehe: Canaris und so!« Es kann sich nur noch um Sekunden handeln, bevor XXL Haltung annimmt.

»Du, das neulich, das habe ich wirklich nicht so gemeint. Da hast du mich echt missverstanden.«

»Schon vergessen.«

Du elender Sausack. Cromwell geht zum Messen. Blutdruck: Wie ein Choleriker-Kongress. Zittern und Beben: Etwa eine Sieben auf der Richterskala. Wenn man bedenkt, was ihm in den letzten drei Tagen durch den Körper getobt ist! Da ist doch jede Reizverwertung überfordert. So viele Affekt-Klopper haben andere in einem Jahr! Keine Grauzonen, immer schön zwischen Verenden und Wiederauferstehung. Himmel, ist er ein zäher Hund! Aufrecht geht er zum Abendessen – und zum Entschuldigen beim Chief.

Der Chief winkt großzügig ab und sie tauschen die Handynummern.

»Hast du noch mal was von Tobi gehört?«

»Kurze SMS – da war er immer noch auf dem Weg nach Kassel.«

»Das geht schief«, sagt Erbse, »und zwar so was von schief. Immer dasselbe Spiel: Sobald jemand in der Entgiftung verliebt ist, ist jede Therapie für die Füße. Dann fühlen sich alle plötzlich so gesund und stabil. Und wissen nicht mehr, warum sie eigentlich hier sind.«

Da hat sie wohl recht. Aber er wird das hier durchziehen. Und er wird seine Frustfresserei einstellen. Ab morgen wird eine Mahlzeit ausgelassen. Na gut, morgen noch die Stationspizza. Erbse sammelt das Geld dafür ein. Der VIP-Table macht nicht mit. Nachdem der Küchendienst abgeräumt hat, packen sie in der Küche Zutaten aus. Die anderen gehen rauchen. Erbse ärgert sich: »So viel Autismus hab' ich noch nicht erlebt.«

»Was machen die denn da oben?«

»Einen Ossi-Abend. Die beiden Ossis bereiten für ihre Geheimloge was zu. Irgendwas Lokalpatriotisches wie Soljanka.« Erbse als Patientensprecherin ist über wirklich alles informiert: »Und da kommen unsere Neuen. Die waren bis jetzt auf dem Zimmer, wegen der Fahne.«

Ein älterer, dicklicher Herr und ein junger Dünner. Dahinter geht XXL und erklärt ihnen die Psychiatrie, als hätte er sie gegründet. Diesmal kann Cromwell sich sogar die Namen merken: Der Ältere heißt Edgar, der Jüngere hat einen komplizierten polnischen Vornamen und nennt sich der Einfachheit halber »Sibi«. Beide haben Alkohol. Edgar war fünf Jahre trocken, jetzt ist er zum zweiten Mal hier. Sibi ist Lebensmittelchemiker, Frau und Tochter hat er wegen der Drogen verloren und wohnt zurzeit in einem Männerwohnheim. Er erzählt mit polnischem Akzent; Cromwell findet, dass dieser Akzent – ganz anders als ein russischer – in Charme und Leichtigkeit dem eines Deutsch-Franzosen ähnelt. Man mag Sibi zuhören, und Sibi erzählt gerne. Zum Beispiel wie Sibi von Polen nach Tschechien reiste und seine Fahrkarte in Händen hielt: Da wunderte er sich, woher der Fahrkartenautomat seinen Nachnamen kannte! Stand doch tatsächlich sein Nachname auf dem Ticket! Und was war los? Sein Nachname bedeutet auf Tschechisch »D-Zug«!

»Das ist doch mal ein Name: »Sibi D-Zug! Ein echter *nom de guerre*!«, sagt der Chief.

XXL hat sofort eine Fachfrage: »Meine Alte trinkt jeden Morgen ein Riesenglas Vitamintrunk. Sauteuer, aus dem Reformhaus. Ist das nicht ganz einfach Dreck?«

»Dreck nicht. Aber überflüssig.«

»Wusste ich's doch!«

»Wann gehst du?«, fragt Cromwell den Chief.

»Morgen.« Der Chief scheint unschlüssig, ob er das gut oder sehr gut findet.

»Das finde ich schade.«

»Ich glaube auch. Wir beide hätten noch einiges zu bereden.«

»Und was sagt dir dein Chief-Gefühl? Angst vor zu Hause?«, fragt Erbse.

»Die Wohnung ist aufgeräumt, alles an Flaschen ist entsorgt, und morgen Abend habe ich schon Termin mit meiner Freundin und ihrem Kind. Und ab Montag wieder zur Arbeit.«

»Wissen deine Kollegen, wo du bist?«

»Nein. Es muss nicht jeder alles wissen. Ein bisschen Intimsphäre darf auch der Alki haben.«

»Stimmt. Ich will meine Leberwerte auch nicht in der Zeitung lesen!«

»Noch besser wäre die Ansage: ›Ihre aktuellen Blutwerte entnehmen Sie bitte dem Laufband über dem Haupteingang!‹«

Der Chief lacht, euphorisch, fast hysterisch: »Auch so eine typische Alki-Frage: Wenn ich eine Frau kennenlerne – wann schenke ich ihr – jetzt nur bildlich – reinen Wein ein?«

»Beim ersten Rückfall weiß sie doch eh Bescheid.«

»Erinnert ihr euch noch an die Herzblatt-Sendungen?«, kichert der Chief schon wieder los. »Kandidatin zwei: Wie reagierst du, wenn ich dir im Suff die Kauleiste einschlage?«

Erbse besorgt: »Haben die dich umgestellt? Auf Koks?«

»Das ist der ganz normale Trockenrausch!«

Weil es so mild ist, setzen sie sich jetzt schon in den Hinterhof, die Zigaretten gehen nicht mehr aus, und der Chief erzählt aus seinem Leben: Er lebt in einer Einzimmerwohnung; allerdings hat dieses Zimmer vierzig Quadratmeter. Dann fährt er in einen Baumarkt, um Regale zu kaufen. An der Kasse schenkt man ihm – zur Feier des Aktionstages – eine blödsinnige Clownspuppe mit Porzellankopf. Der Chief hasst Clowns jeder Art. Er lügt: »Wow, ist der schön! Kann ich noch zwei haben? Für meine Kinder?« Zu Hause baut er die Regale auf, stellt die Clowns hinein, geht an das andere Ende des Zimmers und ballert ihnen von dort aus die hässlichen Köpfe weg.

»Du hast eine Knarre?« XXL steht der Neid auf die fliehende Stirn geschrieben. Erbse zwickt Cromwell vielsagend.

»Selbstgebaut!«, trompetet der Chief. »Ich kann nämlich auch Büchsenmacher!«

Das wäre was für Schlomo. Cromwell fragt, wie man als bürgerlicher Sterblicher ohne Waffenschein an eine Pistole kommt. Willi kannte mal einen aus dem Miljö, da kostete die Pistole damals 2000 Mark. Und es gibt einen preislichen Unterschied, ob sie schon mal benutzt wurde oder nicht. »Und wenn ich *benutzt* sage, dann meine ich auch *benutzt*!«

»Heute kommst du auf 2000 Euro«, schaltet sich Edgar ein, »und ich meine jetzt *unbenutzt*«. Zu Cromwell: »Brauchst du eine?« Das geht Cromwell etwas zu schnell. Ist das hier schon ein Verkaufsgespräch? »Sag bloß, du kannst mir eine besorgen.« Und Edgar, der seriöse ältere Herr, sagt stolz: »Ich kann alles besorgen. Im- und Export. Legal und scheißegal.«

Erbse boxt Cromwell in die Seite: »Der Mann braucht keine Knarre, sondern Oxazepam.«

Edgar, wie aus der noch unverkauften Pistole geschossen: »Oxazepam zurzeit: Zehn Stück acht Euro.« Er nennt sogar die besten Verkaufsadressen und gesteht, dass er nicht nur Alkohol in seinen Körper geschleust hat, auch das eine oder andere »Leckerli«. Aber der letzte Cocktail habe ihn fast zu Grabe getragen. Übrigens habe er seit Wochen einen Posten Chrysler, die er nicht loswerde. »Will einer von euch?« XXL ist hin und weg.

»Bist du hier als Patient oder Handelsreisender?«, fragt der Chief. »Und wo bist du morgen mit deinem Musterkoffer? Auf der Inneren?«

Es hat was von einer Süchtigen-Tagung: Wer war wo, bekam welche Medis, in welcher Dosierung. Ein kompaktes kleines Biotop, inklusive Legendenbildungen und Erzählungen aus dem Krieg...

Kapitel 24

Ich packte unsere Wanze in ein Schächtelchen und schrieb obenauf: »Für Max – er kommt es abholen!!« Bloß keinen Nachnamen. Falls jemand auf die Idee kommen sollte, die Schachtel nicht abholen zu lassen, sondern auszuliefern.

Dann machte ich mich auf den Weg zu Grämigs Wohnung. Zur Verfremdung meines Äußeren hatte ich mir einen professionellen Karnevalsbart ins Gesicht gedrückt. Ich erinnerte mich an Rasputin. So würde mich Grämig keinesfalls wiedererkennen. Es gibt eher wenige Fünfzehnjährige mit einem rabenschwarzen Bart, in dem ein Löffel stehen könnte. Ich klingelte. Trippeln. Eine circa Dreizehnjährige öffnete und erschrak. Vielleicht war der Bart doch ein paar Locken zu wild. Ich hielt ihr das Päckchen hin und schmeichelte meinen Text: Dass das Päcklein für Max aus einem Haus gegenüber sei. Der Max sei aber nicht da. Ob ich es bei den netten Grämigs abgeben könne – Max würde es in zwei bis drei Tagen abholen. Und dass die netten Grämigs mir damit das Leben retten würden, denn ich müsse verreisen, aber Max brauche unbedingt dies Päckchen. Die Dreizehnjährige schien froh, dass der bärtige Bastard ihr offenbar nicht an die Wäsche gehen wollte, nahm das Päckchen nickend an und schloss rasch die Tür. Ich lauschte hinterher. Mit schnellem Blick hatte ich im Flur hinter dem Mädchen eine Kommode gesehen und hoffte, dass sie meine Wanze dort ablegen würde: Zentral und mit akustischen Kanälen in die umliegenden Räume. Froh bestieg ich mein Fahrrad und radelte flatternden Bartes zurück zu Mendelssohn. Hoffentlich war das Päckchen auch hellhörig genug.

Kapitel 25

XXL hat sogar eine Mutter. Auf diese Idee wäre Cromwell niemals gekommen. Sie betritt das Zimmer, ohne anzuklopfen. Cromwell versucht gerade, seine erste SMS zusammenzutippen. XXL bleibt auf seinem Bett liegen und winkt seiner Mutter einen matten Gruß zu. Muddi zieht sich einen Stuhl heran, hält sich an ihrer Handtasche fest und beginnt zu flüstern. Muddis Ähnlichkeit mit XXL hält sich in Grenzen. Eine Sechzigjährige, die hauptsächlich aus Schweigen, Flüstern und einer Handtasche zu bestehen scheint. Sie ist weder riesenwüchsig, noch hat sie ein blinkendes Ohr. Plötzlich kommt Schwung in XXL und er beginnt, mit Cromwells »Beruf« anzugeben: »Hier mein Zimmernachbar – er ist Privatdetektiv!« Muddi stiert Cromwell an. XXL schwingt sich auf die Füße, strolcht an Cromwells Nachttisch und fragt: »Darf ich?« Er nimmt eine der Visitenkarten, die Schlomo dort abgelegt hat, und überreicht sie Muddi. Muddi sagt »aha« und steckt sie ein. »Er ist nicht wegen Alkohol hier«, sagt XXL. »Ach. So wie du«, sagt Muddi. Nun ja, sie sieht ihren Sohnemann eben mit den liebenden Augen einer Muddi. Cromwell löscht aus Versehen seine erste, unter Mühen zusammengereimte SMS. Er weiß sowieso nicht, was genau er Heike sagen sollte.

Kapitel 26

Mendelssohn und ich lauschten. Bei Grämigs war nichts los. Kein Pieps, kein Mucks. Entweder war die Wanze kaputt, oder die Grämigs waren eine lautlose Familie. Als wir damit begannen, uns gegenseitig Vorwürfe zu machen, kam Leben in die Bude. Auftritt von geschätzt drei Personen. Eine jugendliche Stimme behauptete, keinen Hunger zu haben. Eine weibliche Stimme kündigte einen Salat und Schweinemedaillons an. Mendelssohn nickte zustimmend. Mein Lachen erstarb, als eine männliche Stimme loslegte: Grämig. Der originale Sausack Grämig. Fragte nach gemachten Hausaufgaben. Die Jugendliche nölte, die Aufgaben hätte sie schon längst mit einer gewissen Rebecca gemacht. »Dann will isch des mal glauben!«, sagte Grämig. Er hatte noch immer diese leicht angefistelte Stimme mit einem misstrauischen Tremolo. Die Erwachsenenstimmen entfernten sich und direkt neben der Wanze sagte jemand leise »Arschloch«. Diesmal nickte ich zustimmend. Es folgte ein Hin und Her der Stimmen aus wechselnden Entfernungen. Das Päckchen an Max lag hervorragend zentral. Plötzlich ein Raspeln und Rauschen. »Was is des hier?«, fragte Grämig so laut, als hätte er direkt in das Päckchen gebrüllt. Die Jugendliche erklärte: »Hat so ein Typ abgegeben für einen Typ von gegenüber.« Raspeln und Rauschen – Grämig legte das Päckchen wieder hin. Dann folgten Gesprächsfetzen von unglaublicher Ödnis. »Reden Menschen denn wirklich so einen nichtigen Schund?«, wisperte ich Mendelssohn zu. »Dafür lohnt sich doch nicht mal das Atmen!« Die Themen der Grämigs waren von erschreckender Belanglosigkeit: Man müsse den Staubsauger entweder reparieren oder einen neuen kaufen, Clara habe eine Ansichtskarte geschickt, auf der auch Rainer unterschrieben habe, und dass Rainer ja echt Nerven habe. Die Nerven unserer Detektei regten sich indes zunehmend ab. Als zum zweiten Mal der Staubsauger aufs Tapet kam, gähnten wir, und als die Grämigs nach einem kurzen, fast lautlosen Abendessen Teller in eine Spülmaschine stellten, herrschte bei uns bereits Hirnstillstand. »Was erwarten wir denn auch?«, fragte Mendelssohn flüsternd. »Mord, Totschlag, Missbrauch, Seitensprünge«, flüsterte ich zurück. »Zum Beispiel könnte die Hausherrin jetzt damit rausrücken, dass dies ihr letztes gemeinsames Abendmahl war, weil sie zu Rainer zieht, sobald er aus dem Urlaub mit Clara zurück ist.«

»Warum flüsterst du eigentlich?«, flüsterte Mendelssohn.

»Ich trau der Wanze nicht über den Weg. Was, wenn es sich um eine Gegensprechwanze handelt?«

»Werden wir hier eigentlich gerade straffällig? In die Wohnung seiner alten Lehrer reinzulauschen – das ist doch nie und nimmer erlaubt.«

Bei einem Spaziergang durch Ottensen hatten wir eine Rechtsanwaltskanzlei mit dem schönen Namen »Kanzlei Menschen & Rechte« entdeckt. Was für ein Name! Das Innere der Kanzlei sahen wir sofort vor uns: Höchst engagierte, ja von der Gerechtigkeit geradezu besessene Anwältinnen und Anwälte, die in Tag- und Nachtschichten heroisch für die Rechte von uns Ohnmächtigen und Zerlumpten kämpften; in kleinen Konferenzen wurde feurig beraten, wie gegen die Bösen und Mächtigen vorzugehen sei, und würde nicht hin und wieder eine Sekretärin etwas Fastfood besorgen, hätten die Rächerinnen und Rächer vor lauter Recht und Gerechtigkeit aufs Essen völlig vergessen… »Wir sollten die kontaktieren. Wir brauchen jemanden, der unsere Kapriolen beratend begleitet.«

Während Mendelssohn Wanzendienst schob, ging ich in meinen E-Mail-Account, beantwortete ein paar Preisfragen und bat Mendelssohn um Mithilfe: Sollte ich einen schwarzen BMW gewinnen oder doch besser einen dunkelblauen? Was passte besser zu meinen Londoner Schuhen?

Kapitel 27

Cromwell holt eine neue Zigarettenschachtel aus seinem Nachttisch und steckt sorgsam das Handy ein. Er vermutet, dass er sich beim ersten Klingeln enorm erschrecken wird.

Auf der Station stinkt es. Eine exorbitante Schwade kriecht aus der Küche, über die Gänge, ins Treppenhaus – es stinkt bis ins Foyer hinab. »Was um Himmels willen brutzeln die denn da oben?«, fragt der Chief. »Sibi D-Zug! Als Lebensmittelchemiker müsstest du das doch entziffern können!«

»Ich tippe auf gesottene Drüsen.« Plötzlich startet ein scharfer, hoher Ton. Instinktiv greift Cromwell nach seinem Handy. Doch eine veritable Sirene schrillt durch die Psychiatrie. Gleichzeitig hört man von ferne ein Lalü. Dann setzt ein zweites Lalü ein, und beide Lalüs kommen näher. »Das wird doch nicht die Küchenpolizei sein?«

Es muss die Küchenpolizei sein: Zwei riesige rote Wagen kommen auf dem Marktplatz zum Stehen. Einige Uniformierte bleiben mit plauderndem Sprechfunk neben den Wagen, andere rennen an den Rauchern vorbei ins Gebäude. Erbse taucht aus der Schwade auf, torkelt theatralisch und kann vor Lachen kaum sprechen: Die ostdeutschen Köche hätten fahrlässig ohne Dunstabzugshaube irgendein Geschmeiß scharf angebraten, so scharf, dass es den Feuermelder ausgelöst habe. Jetzt stünden sie mit Nachtschwester Hermann und drei Feuerwehrmännern in der Küche und redeten um ihr kulinarisches Leben. Die Sirene schrillt weiter, im Sprechfunk geht es hin und her, die Sirene bricht ab, Entwarnung im Funk. Der Chief quietscht vor Vergnügen: »Ich bin ja nun wirklich kein Mann des Vorurteils... ich hatte auch nie was gegen die Wiedervereinigung, aber...«

Die Feuerwehrleute sitzen wieder auf und brummen davon.

»Wunderbar!«, sagt Erbse.

Sie stehen eine Weile schweigend grinsend.

Von ferne: ein erneutes Lalü.

Sibi D-Zug lacht: »Und jetzt machen sie den Nachtisch.«

Die gesottenen Drüsen stehen hartnäckig in der Luft. Cromwell versucht sich erneut an seiner ersten SMS. XXL geht telefonierend im Zimmer auf und ab. Sein Ohr scheint heftiger zu blinken, und weil er beide Hände frei hat, blättert er beim Sprechen in seinem Entgiftungsvertrag. Seine Stimme arbeitet im Schleim-Modus: »Du musst mir die Sachen nicht bringen. Morgen bin ich aus der Sperre, ich hol die Sachen ab. Bist du da? So um 18 Uhr? Kriege ich dann meinen Schlüssel wieder?« Pause, XXL schlägt mit der Faust auf die Bettdecke und flötet: »Ist ja nicht dringend. Also bis morgen, mein Würmchen. Alles wird gut. Bussi!« Und er erklärt Cromwell, dass sich sein Wohnungsschlüssel – also sein Eigentumswohnungsschlüssel – bei der Schwiegermutter befindet. Ein unhaltbarer Zustand. Und: Alles Fotzen.

Kapitel 28

Cromwell hat das Gefühl, zum ersten Mal seit Jahren länger als zehn Minuten geschlafen zu haben. Das fühlt sich beinahe frisch an. Dann noch eine erquickende Dusche und er denkt daran, sich sofort entlassen zu lassen. Ist doch alles okay, alles bestens, der seltene Fall einer Blitzheilung. Beim Messen kein Zittern, kein Schwitzen. Der Chief lässt seine Sporttasche zu Boden fallen und umarmt wahllos. Gute Wünsche, ein letzter Gruß, dann geht er rasch davon. Schade. Schlomo hat recht: Nur auf einer Entgiftung lernt man Menschen so schnell so intim kennen. Aber: So intim lernt man nur die eine Seite kennen, die trockene, cleane, die zurechnungsfähige Sonntagsseite. Vielleicht ist der Chief in besoffenem Zustand eine Pestbeule. Andererseits: Wer im Suff Baumarkt-Clowns abknallt, kann kein schlechter Mensch sein.

XXL verschwindet in den Tagesurlaub. Erbse ebenfalls. Sibi D-Zug will den Tag im Bett verbringen. Cromwell steht mit Frau Judith und Edgar am Raucherpilz. Schlagartig kippt die Stimmung. Erst 9 Uhr, und schon ist der Tag verdorben. Doch entlassen lassen? Alle zehn Minuten ein Bus in die Freiheit. In seiner Tasche rumpelt es. Das Handy. Er drückt die grüne Taste: »Ja? Hallo?« Es ist nur eine SMS: »Denk gar nicht erst daran! Denk lieber *daran*!« Heike. Gespenstisch. Er bemüht sich, nicht mehr daran zu denken, sondern daran. Eigentlich muss er Schlomo noch heute beichten, was sich da für ein Abgrund an Wohlsein aufgetan hat. Eventuell sogar Liebe? Schlomo könnte eifersüchtig werden. Auf Heike, auf ihn, und auf alle beide. Eifersucht im Quadrat. Ein unangenehmer Gedanke und ein Gefühl von Verrat. Wenn Edgar jetzt den Mantel aufklappt, die Innentaschen sind voller Tabletten, und Edgar säuselt dazu: »Brauchst du?« – Cromwell würde nicht nein sagen.

Vielleicht doch noch ein paar Tage hierbleiben?

Kapitel 29

Halloween. Ich berichtete Cromwell von der lausigen Ausbeute unseres Lauschangriffs. Bei Grämigs war ja weniger als nichts los. Die Familie war quasi zerrüttet und hirntot. Kein Fremdgehen, kein Missbrauch, dafür Staubsauger, Staubsauger, und nach dem »Heute-Journal« fiel der Hammer. Wie sollte man daraus eine kleine Erpressung schnitzen? »So kann ich nicht arbeiten!«

Cromwell schien mir nur mit halber Aufmerksamkeit zuzuhören. Entweder er schwieg oder er tastete nach seinem Handy oder er schwieg. Vielleicht lag das an einer Überdosis Hagebuttentee. Hagebuttentee macht den Menschen bekanntlich langweilig. Also gingen wir auf einen Bohnenkaffee in die Augenklinik und hofften, dass kein Diensthabender bei unserem Regelbruch zuschaute. »Egal«, sagte Cromwell, »dann geh ich eben noch heute nach Hause. Obwohl: Heike hat mir gesimst, dass ich nicht abhauen soll. Und zwar kam ihre SMS in genau dem Augenblick, als mein Koffer so gut wie gepackt war. So 'ne Koinzidenz – ist das nicht gruselig?«

»Nö. Weil man hier doch alle fünf Minuten im Geiste seine Sachen packt. Hier ist jeder zu jeder Zeit auf dem Absprung. Und Heike kommt dich immer schön besuchen?«

»Ja.«

»Du bist doch ein Glückspilz. Ich will auch von ihr besucht werden. Was meinst du: Jetzt mal nur so ins Blaue: Könntest du dir vorstellen, dass ich Chancen bei ihr hätte?«

»Ich weiß nicht...«

Das klang irgendwie ausweichend. Wollte er mich schonen?

»Das klingt, als ob ich bei gar keiner irgendwelche Chancen haben könnte.«

»Quatsch. Ich bin immer noch bei ihrer SMS – ich denke, dass das kein Zufall war«, sagte er nachdrücklich.

Wollte Cromwell auf seine alten ausgenüchterten Tage etwa gläubig werden? Jedenfalls blies er sehr ernsthaft und irgendwie geheimnisvoll in seinen Kaffee.

»Haben sie deine Medis umgestellt?«

»Nicht wirklich. Aber...«

»Was?«

Zum ersten Mal in unserem gemeinsamen Leben ging uns der Gesprächsstoff aus.

Wir schwiegen uns an. Vielleicht doch eine Auswirkung des Hagebuttentee-Abusus? So unangenehm musste es sich Tag für Tag bei den Grämigs anfühlen. Dann kam ein Lalü mit Nachwuchs. Links ein Sanitäter, rechts ein Zivilist, der eine Reisetasche trug, in der Mitte, von beiden gestützt, eine trunken tapernde Person: eine Hexe in langem schwarzem Mantel, mit spitzem Hexenhut auf dem hängenden Kopf. Ein Anblick von solch erbarmungswürdiger Bizarrerie, von solch skrupelloser Komik, solch würdeloser Anmut, dass Cromwell und ich nach einer Sekunde des Staunens in hysterisches Kichern verfielen.

»Warum haben sie ihr nicht wenigstens den Hut abgenommen?«, ächzte Cromwell.

»Wahrscheinlich wollten sie, aber die Hexe wird sich gewehrt haben: ›Der Hut bleibt auf! Sonst verlier' ich meine Zauberkraft!‹ Und dann haben sie die Arme mitsamt Hut in den Lalü geschoben und erst mal Blutdruck gemessen.«

Wir malten uns aus, wie als Nächstes ein von zwei Sanitätern flankierter, bodenlos besoffener Batman auf die Station gebracht und in vollem Batman-Outfit in ein Bett gepackt würde. Auf seine jammernden Fragen, wo denn sein getreuer Robin sei, würde ein Sani wispern. »Sollen wir ihm sagen, dass Robin auf der Intensiv ist?« Später am Abend käme noch ein stark entzügiger Hitler dazu: In brauner Uniform inklusive Schaftstiefeln läge er auf der Bahre, der Körper entzügig zuckend und bebend, und er würde schnarren: »Schwäästerr! Mein Oxazepam!!«

»Nein, Herr Hitler. Sie sind erst wieder in einer Stunde dran.«

»Das hat mir doch alles der verrrdammte Booorrmann eingebrrrrrockt!«

Kapitel 30

Statt mir bei Menschen & Rechte eine Auskunft über das Strafmaß bei Wanzeneinschleusung zu holen, besorgte ich in einem 1-Euro-Laden etwas Karnevalsbedarf. Beim Anblick eines riesigen geringelten T-Shirts, unter dem man sich laut Bedienungsanleitung als adipöser Matrose ausstopfen sollte, kam mir eine Eingebung: Mendel und ich würden gemeinsam in das Shirt steigen und als siamesische Zwillinge gehen. Ohne Blindenstöckchen wäre eine Wiedererkennung im zivilen Leben ausgeschlossen.

Mendelssohn probierte einige Piratenbärte aus, entschied sich für meine Rasputin-Matratze und steckte sich eine Plastikpfeife in den Mundwinkel. Mit Theaterschminke bekritzelten wir formlos unsere Gesichter. Es hatte etwas Kubistisches. Mendelssohn klebte sich als Zugabe Windpocken und zwei Warzen aufs Antlitz. Dann zwängten wir uns in den Matrosen und ich setzte einen Kürbishut auf. Wir sahen aus wie ein irgendwie klinischer Klumpen und verließen seitwärts das Haus. Auf der Straße fanden wir in eine Art Gleichschritt. Passanten lachten. Stoisch und schwitzend nahmen wir die U-Bahn. »Warum haben wir uns nicht später umgezogen?«, maulte Mendelssohn. Sein kubistischer Kopf war so zinnoberrot angelaufen, dass seine Windpocken darin verschwanden. »Gleichschritt!«, rief ich ihn zur Marschordnung, und: »Eukalyptusbonbon!«

Genau zur grämigen Abendbrotzeit klingelten wir. Wieder das Minderjährige. Es rief: »Papa!« Und dann stand er vor mir, der Kinderschinder, diese Cholera in Menschengestalt, und sah uns an mit ausdrucksloser Fratze. Ich rief mit verstellter Stimme: »Süßes oder es gibt Saures!« Grämig begann zu keckern: »Hähä! Ihr seht ja grausam aus! Aber wir haben leider gar nichts da!«

»Wir nehmen auch Scheine!«, sagte enorm schlagfertig Mendelssohn. Grämig keckerte lauter: »Hähähä! Der war gut!« Da stand dieses monströse Pädagogenstück, das mich Dreizehnjährigen immer wieder an die Tafel »gebeten« und fertiggemacht hatte: »Ich sehe, der Experte Krakowiak ist mal wieder nicht vorbereitet!«, und mir gedemütigter Kreatur platzte der Kragen. Ich schrie: Das könne ja wohl nicht wahr sein, dass so ein Hansel wie er, so ein banales Stück Scheiße, dessen langweiliges Leben sich hauptsächlich um kaputte Staubsauger drehe, der stumpf und frustriert neidisch auf Rainer und scharf auf Clara sei, aber in seinem sinnlosen, erbärmlichen und ereignisfreien Leben nur noch Platz habe für Kindesmisshandlung oder neidisches Wichsen, dass so einer junge Leben in der Gewalt habe und zerstöre, und dass ich hoffte, dass ihm beim nächsten Wichsen der Staubsauger die Nudel abreißen würde... Mendelssohn zerrte und rief: »Weg hier!« Auf der Straße kam ich wieder zu mir. Wir humpelten und pumpelten in unserem geringelten Matrosen durch eine Seitenstraße und rissen uns das Shirt vom Leib. Dann bestiegen wir so unauffällig wie möglich die U-Bahn. Schließlich sagte Mendelssohn: »Nicht schlecht. Jetzt hat er was zum Nachdenken. Vielleicht vermutet er sogar Rainer hinter dem Ganzen. Und seine Frau wird vielleicht auch ein paar Fragen haben.«

»Ich hab' ihn vor lauter Adrenalin gar nicht mehr gesehen. War er erschrocken? Oder entsetzt? Wie sah er aus?«

»Woher soll ich das wissen?«

»Verdammt. Warum bist du eigentlich blind? Machst du das mit Absicht?«

Zu Hause hörten wir Grämigs gute Stube ab. Wieder und wieder spulte ich zurück auf Anfang. Ein Beziehungsgespräch wie aus einem Ratgeber für sprachlose Ehegatten. Null Kommunikation zu meinem Auftritt, außer: »Was sollte das denn? Ein Irrer!«

Ich wurde wütend und lethargisch zugleich: Solch eine Gelegenheit zu einem fundierten, handfesten Racheakt – und ich hatte sie verplempert. Meinen Gegner hatte ich nicht getroffen, schon gar nicht tödlich. Und von dem bisschen Unruhe, in die ich ihn versetzte, hatte ich wegen amokbedingter adrenalinverengter Venen, Arterien und Sehnerven kaum etwas mitbekommen! Meine Rachsucht war nicht im Entferntesten befriedigt. Die Grämigs fühlten sich noch nicht mal bedroht. Ich hatte meinen heiligen Zorn vergeigt; ein im Nichts verpuffter Affekt. Quasi mit Anlauf in einen *Interruptus*...

Kapitel 31

Sonntag auf Station ist noch niederschmetternder als Samstag. Der Großteil ist ausgeflogen, die Sperre-Kandidaten liegen und sitzen irgendwo herum. Verloren brüten sie über ihren Lebensläufen, starren aus dem Fenster oder in ihre Teetassen und sieden tonlos in ihrem Selbstmitleid. XXL ist gestern Abend zu spät zurückgekommen und hat eine Rüge locker grinsend eingesteckt. Das war aber auch das einzige Ereignis. Cromwell denkt, dass es tatsächlich eine Stille gibt, die den Schweigenden mit der Macht einer Dampframme zusammenstaucht und in Bett und Erdboden stampft.

Sogar Edgars Versuche, einen größeren Posten Rapsöl zu verkaufen, sind schal.

Man möchte aus dem Fenster stürzen oder mit Gott hadern. Cromwell stellt sich das Büro Gottes vor: Über einem fleckigen Tresen hängt ein handbeschriebener Karton »Kein Kredit!« und »Gebete können nicht erhört werden!«.

Die Zeit zieht sich boshaft. Wenn man schon Licht verlangsamen kann, indem man es durch eine Molekülwand leitet, dann verlangsamt die Psychiatrie die Zeit. In einer Stunde altern die Nerven um drei Tage. Nach zwanzig Stunden ist es endlich Abend. Die Ausgeflogenen kehren zurück. Jeder, der draußen war, muss pusten. Alle sind clean. Einige haben zum ersten Mal seit Jahren ein nüchternes Wochenende verlebt. Sie berichten davon, als kämen sie aus einem Abenteuerurlaub. Endlich wieder Radau und aufgekratzter Lärm. Sogar zwei

Polizisten gehen über den Flur und verschwinden im Glaskasten. Ob sie einen ihrer Kollegen anmelden wollen? »Unser Obermeister Schulze schießt vor Entzugserscheinungen immer vorbei!« Vielleicht ist ja auch einer von der Geschlossenen stiften gegangen. Willi erzählt, dass zwei Uniformierte einmal gegen Mitternacht sämtliche Zimmer inspiziert hätten, weil ein Geschlossener abgängig war. Sogar unter den Betten hätten sie nachgeschaut.

Die Nacht senkt sich über den Raucherpilz – nach so viel in die Leere gelaufenem Tageslicht ist das Dunkel wie eine Gnade. Man raucht wieder Kette. Erbse stellt sich dazu und sagt mit bedächtiger Wichtigkeit: »Die Frau von XXL ist tot.«

Wie, was, wann – aber sogar Erbse weiß nichts Näheres. Irritierte Befangenheit. Wie reagiert ein Mensch wie XXL auf so einen Verlust? Und wie behandelt man einen Trauer tragenden XXL? Eben war er noch ein Arschloch, jetzt ist er immerhin Witwer! Die Stimmung schlägt um: Als würde der Tod eines Angehörigen aus einem bis dato unangenehmen Menschen etwas Besseres machen. XXL kommt durch das Foyer, tritt an den überfüllten Raucherpilz, zündet sich eine Zigarette an und bläst seinen Rauch nervös in die betreten schweigende Gruppe. Alle warten ab. Schließlich sagt XXL aufgeregt: »Leute, heute Mittag ist meine Frau gestorben.« Alles kondoliert, es tut leid, wie ist das denn bloß passiert?

»Verkehrsunfall«, sagt XXL. »Sie ist mit dem Rad auf ihrer Fitnessroute gewesen. Und dabei unter einen Laster gekommen.«

Oh, das ist ja entsetzlich! Wie schnell der Tod den Menschen antritt, und wenn es XXL schlecht geht, kann er sich auf jeden hier verlassen, mit jedem reden ... Ja, dank seines nagelneuen Witwerstatus ist XXL plötzlich der Liebling der Station.

Er wird am Arm getätschelt und an der Schulter beklopft, man schenkt ihm tiefe Blicke, spricht hilflos-kernige Trostworte. Fehlte nur noch, dass er beim Abendessen gefüttert wird.

Sogar der VIP-Table, der seit dem Feueralarm sowieso kleinlaut geworden ist, schiebt ihm Happen von den VIP-Tellern zu, ein paar Zipfel von den alarmauslösenden Ost-Würsten. Cromwell hat den Eindruck, dass XXL seine neue Lage genießt. Jetzt wird ihm die Aufmerksamkeit zuteil, um die er bisher ringen musste. Jetzt kann er noch so dumm daherschwadronieren, alle Ohren sind ihm geneigt. Auch Schwester Hermann bittet ihn zu einem Blutdruckmessen außer der Reihe. Der frisch gemessene XXL betritt aufgeräumt und federnd die Präsidentensuite. Cromwell fällt kein Wort ein. Aber das ist egal, XXL findet umso mehr Worte: nämlich sämtliche Trostworte, die er von den anderen bekam. Er wiederholt einfach: »Das ist wirklich ein schwerer Schlag. Ich weiß gar nicht, was ich da noch sagen kann. Dass so was so unerwartet kommen kann.« Und er setzt sich mit theatralischen Augenbrauen auf sein Bett und drückt den blinkenden Knopf fester ins Ohr.

Cromwell wiederholt sein Beileid. Und fragt: »Brichst du jetzt ab? Gehst du nach Hause?«

»Nö. Wegen der Wegweisung bin ich ja ohne Schlüssel. Den hat immer noch die Alte.«

»Hast du schon mit ihr gesprochen?«

»Nö. Die soll sich bei mir melden.«

»Die Arme.«

»Es gibt Ärmere...«

Schwester Hermann kommt auch in dieser Nacht nicht zum Schachspielen; er muss sich um die Hexe kümmern. Ob sie auch im Bett noch den spitzen Hut...? Cromwell denkt noch ein wenig verwundert darüber nach, wie sehr doch der Tod alles adelt: Der Tote selbst ist mit seinem Tod automatisch ein sympathischer Verlust, ein lieber Mensch voller Talente, und ein jeder seiner irdischen Fürze zeugte von Hochbegabung; der nächste Angehörige des Toten ist automatisch das noble Opfer einer Ungerechtigkeit, ein vom Schicksal entsetzlich geschlagener Edelmann, eine grässlich verlassene Edelfrau... So viel Neuigkeit müsste Cromwell sofort nach draußen melden. Schlomo. Oder Heike. Aber Cromwell fühlt sich eigentümlich edel und ermattet und simmert in den Schlaf.

Kapitel 32

Die Herbstsonne stand schon mittags so tief, dass mein falscher Bart mächtig Schatten warf, als ich zu den Grämigs radelte. Wieder öffnete das Minderjährige die Tür, wieder erschrak es. Ich weinerte herum, dass Max im Krankenhaus sei und ich ihm das Päckchen jetzt doch selber bringen müsse. Mendelssohn war erleichtert über die Rückkehr der teuren Wanze. Ich packte sie aus und steckte ihren Akku ans Netz. Das Telefon klingelte.

»Ja, Mendelssohn!«

Er lauschte in den Hörer, dann gestikulierte er in meine Richtung, lauschte weiter und sagte schließlich mit offiziöser Stimme: »Das stimmt schon: Mendel und Partner. Da sind Sie richtig. Worum handelt es sich denn? Aha. Aha. Nein, so was. Das tut mir leid. Das ist ja schrecklich. Aha. Aha.« Er tastete auf dem Telefon herum, offenbar auf der Suche nach der Konferenzschaltung. Ich drückte den Lautsprecher. Eine Frauenstimme: »... kann alles nicht stimmen. Das klingt so – unwahrscheinlich. Könnten Sie – oder besser: Könnte ich gleich bei Ihnen vorbeikommen?«

Mendelssohn bestätigte der Frau unsere Adresse und legte auf: »Mach Ordnung! Mach Kaffee! Zieh dich um! Nimm ein Vollbad! Unsere erste echte Kundin!«

Ich sauste los: Alles, was im Flur bzw. Foyer lag und stand, leere Pappkartons, ein gelber Sack, ein roter Sack, Einkaufstüten – ich fegte es hinweg in die Küche, schlug die Tür dahinter zu und rannte in unser »Kontor«, wo Mendelssohn hinter seinem riesigen ererbten Schreibtisch Platz nahm und nervös quiekend weitere Anweisungen gab: »Räum meinen Tisch ab! Schieb die zwei Besucherstühle davor! Schieb deinen Tisch an meinen, und zwar quer! Mach daraus einen Katzentisch! Wo ist mein Diktafon? Haben wir ein paar Aktenordner? Sehen die Regale auch wichtig aus? Du stinkst nach Schweiß! Geh dich umziehen! Guck unterwürfig! Aber auch souverän! Wie machen wir das mit der Rechnung? Erst mal 'ne Quittung ausstellen?« Ich rannte in den ersten Stock, riss einen von Mendelssohns schwarzen Pullovern aus dem Schrank, zog mich um, dieselte mich mit Mendelssohns herb-süßem Eau de Toilette ein, rannte in die Küche, stolperte über die Müllsäcke, fiel dabei auf beide Kniescheiben, setzte Kaffee auf, humpelte mit quietschenden Knien plus einer Flasche Wasser und Gläsern zurück ins Kontor, baute aus Flasche, Gläsern und Notizblöcken malerisch eine Art Konferenz-Kulisse und warf mich in den Bürostuhl an meinem Katzentisch. Hinter mir ein Duftschweif. Eine betörende Schwade Eau de Toilette. Als wäre ich ein Duty-free-Komet. Mendelssohn trommelte mit den Fingern auf seine Schreibtischunterlage: »Jetzt kann sie kommen. Wie hoch machen wir den Kostenvoranschlag?« Und dann: »Du stinkst nach Nutte.«

Es klingelte, ich geleitete die Dame herein, Mendelssohn erhob sich, streckte die Hand aus, wir machten uns bekannt: Mendelssohn der Chef der Agentur, ich eine seiner detektivischen Spitzenkräfte. Sie: Frau Sternbeck. Mendelssohns Blindheit schien sie nicht zu irritieren. Ganz im Gegenteil: Offenbar flößte er ihr Respekt ein. Und Vertrauen. Vielleicht vermutete sie, der Chef von Mendel & Partner habe im Dienste eines Mandanten, in einem harten Nahkampf gegen sehr böse feindliche

Kräfte das Augenlicht verloren. Also ein echter Mann der Tat und voll bitterer Erfahrung.

»Wer hat Sie uns denn empfohlen?«, begann ich, wedelte etwas von dem offensichtlich meine Sinne verblödenden Diesel beiseite und verbesserte mich: »Verzeihung: Wer hat Ihnen denn Mendel & Partner empfohlen?«

Die Frau wirkte einerseits niedergeschlagen und durchgeweint, andererseits aber wohlsortiert, orientiert und – irgendwie gediegen. Die Kleidung teuer, aber diskret, Gestik und Stimme nervös, aber verhalten: »Durch Zufall bin ich an Ihre Visitenkarte gekommen. Und weil ich ansonsten niemanden in dieser Branche kenne... Sie sind erst mal meine einzige Hoffnung.« Und sie sei extrem durcheinander, denn ihre Tochter sei überraschend gestorben. Die Polizei habe ihr gesagt, dass ihre Tochter auf dem Fahrrad wie betrunken und in Schlangenlinien auf einer stark befahrenen Straße unter die Räder gekommen und noch am Unfallort verstorben sei. Wir kondolierten. Das Gesicht der Frau verzerrte sich so plötzlich, dass ich befürchtete, sie werde in Ohnmacht fallen. Hastig schob ich ihr ein Wasserglas entgegen. Im Reflex ergriff sie kurz meine Hand, drückte zu und ließ verlegen wieder los. Ich hoffte, dass sie nichts von meiner Parfümerie anwehte. Plötzlich war das alles kein Späßchen mehr; kein Räuber-&-Gendarm- oder Philip-Marlowe-Spiel. Plötzlich ging es um echte Menschen. Und wir waren verdammte Hochstapler. Und: Es war zu spät, um dies aufzuklären. Also hörten wir schlechten Gewissens zu.

Eine Autopsie solle nun die Ursache für den Zustand der Tochter aufklären: Schlaganfall? Herzinfarkt? Drogen? »Nie und nimmer Drogen. Sie hat immer gesund gelebt. Einmal im Jahr zu Silvester hat sie ein halbes Glas Sekt getrunken. Immer

Sport getrieben. Nicht geraucht.« Dann beschrieb sie die Lebensumstände der verlorenen Tochter, und bei der Erwähnung des unangenehmen Gatten und seines aktuellen Aufenthaltes in einer Entgiftung begannen endlich kleine Glöckchen in meinem detektivischen Zentrum zu erklingen – so viel Zufall war doch nicht mehr legal!

Ich nannte Station und Zimmernummer. Nun waren wir zu dritt aufgeregt. »Der Patient mit der Visitenkarte – ist das Ihr Kollege?« Schnell überzeugten wir sie davon, dass es sich beim Kollegen nicht um einen Patienten wie alle anderen handle, nicht um einen ehrlosen Hallodri und Säufer, der seiner Arbeit nicht nachkommen könne. Ich erklärte, dass es Dr. Jordan bloß wegen einer etwas schicksalsträchtigen pharmazeutischen Überdosis auf die Station verschlagen habe; alles Pfuscher, diese Ärzte, ansonsten sei auch er eine detektivische Spitzenkraft, auf die man sich blind verlassen könne.

Die Frau sackte kurz im Besucherstuhl zusammen, dann sagte sie: »Das ist vielleicht eine Fügung, dass er auf einem Zimmer mit ihm ist. Denn – auch wenn es unwirklich klingt, aber ich hatte sofort den Verdacht oder das Gefühl, dass er was mit ihrem Tod zu tun haben könnte. Denken Sie bitte nicht, dass ich verrückt bin oder an Verfolgungswahn leide, aber mein Schwiegersohn – dieser Mann ist alles andere als normal.«

Sie schilderte uns XXLs Verhalten in vielen kleinen Begebenheiten, sie schilderte auch die finanzielle Lage: Ihre Tochter, die arbeitsame Eigentümerin der Wohnung, und XXL der Nassauer, der Partygänger mit einem Magnum-Durst: »Jägermeister ist mein Leben!«

Man bedenke: Ein Erwachsener, der zu seiner ontologischen Berechtigung eine Spritmarke angibt!

Uns war nicht wirklich klar, weshalb oder wonach wir suchen sollten, aber auf alle Fälle wechselten wir die Handynummern und Frau Sternbeck gab uns die Schlüssel zur Tochterwohnung. Genau die Schlüssel, die ihr ein Polizist ausgehändigt hatte. Die letzten Dinge der Tochter: ein Rucksack mit Portemonnaie und dem Schlüsselbund, an dem ein kleiner brauner Bär hing. Ein Geschenk der Mutter, weil die Tochter ihre Wohnung immer als sichere Bärenhöhle bezeichnet hatte. Sie selbst habe zurzeit weder die Kraft noch die Nerven, in dieses Bassin voll Erinnerung einzutauchen und nach etwas wie einem Testament zu suchen. Oder nach wie auch immer gearteten Hinweisen auf etwas wie auch immer Geartetes. Dem XXL würde sie seinen Schlüssel frühestens bei der Beerdigung aushändigen. Wenn seine Wegweisung abgelaufen sei. Obwohl sie nicht erstaunt wäre, wenn sich dieser Schwiegersohn schon längst einen Drittschlüssel hätte machen lassen. Der Gedanke, dass er sich sofort in der Tochterwohnung lang- und breitmachen könnte – unerträglich. Mendelssohn versprach ihr, dass wir alles aufs Korn nehmen und untersuchen würden. Und die Fügung, mit Cromwell jemanden sozusagen vor Ort und direkt am Mann zu haben, sei schon eine echte – Fügung. Frau Sternbeck verließ uns, ohne dass ein Honorar angesprochen wurde.

»Ich fühle mich so verpflichtet«, sagte ich, »so verpflichtet und so ehrenamtlich.«

»Kontaktiere sofort unseren V-Mann«, erwiderte Mendelssohn.

Kapitel 33

Nur noch leichtes Zittern, kaum Schwitzen. Keine Halluzinationen. Dafür leider einen sehr gesegneten Appetit. Mit prallem Wanst geht Cromwell in die Gruppenstunde. XXL ist immer noch der Mann des Tages. Es kann sich nur noch um Minuten handeln, dann wird er seliggesprochen. Gruppenthema ist »Verlust«. Wie geht der Mensch mit einem schweren Verlust um, ohne sich zuzudröhnen? Geht das überhaupt? Ist das nicht genau die Situation, in der jeder Mensch, der eine Flasche öffnen kann, das Recht dazu hat? »Immer rein in den schmerzenden Hals und – Verschwindibus!« Mit solcher klaren, beinahe schon rationalen Begründung hat Schlomo seinen letzten Rückfall eingeläutet. Und dagegen soll man erst mal was sagen. Drei dick belegte Brötchen drücken auf seine Ganglien. XXL erzählt aus seinem Leben. Cromwell müsste eigentlich rülpsen. Oder rauchen. Jetzt quetscht XXL sogar eine Träne hervor. Erbse streichelt seinen Arm. Komisch: kein Mitleid. »Wie gehen Sie mit Verlust um?« Cromwell denkt: Gar nicht. Verlust kommt mir nicht mehr ins Haus. Eiwei, um ehrlich zu sein, waren es dreieinhalb Brötchen. Heike steht bestimmt nicht auf Fettsäcke …

XXL berichtet vom ersten Date. Sie so eine Superschüchterne. Er der Riesenbeschützer.

Während der Riesenbeschützer redet, durchsuchen Mendel & Partner seine Wohnung.

Kapitel 34

Zwei große offene Zimmer als Wohn- und Esszimmer, ein kleineres Schlafzimmer. Nichts lag herum, alles war penibel sortiert, gehäufelt oder glattgestrichen. In den Schränken Beschriftungen: »Pullis Winter«, »T-Shirts Sommer«. Eine blitzblanke Küche. Im Abtropfsieb ein gereinigtes Frühstücksbrett, ein Wasserglas. Ein Brotkasten. In einem solchen Hort an Ordnung und Organisation vermisste ich im Kühlschrank Aufschriften wie »Runde Lebensmittel«, »Streichfähige Lebensmittel« oder »Liquides«. Nirgendwo etwas Alkoholisches, eine angebrochene Milch und eine Flasche Vitamintrunk. Sorgfältig schilderte ich Mendelssohn alles, jede Kleinigkeit. Falls etwas später von Bedeutung sein sollte. »Und hier haben wir eine Art Buchführung: Ordner ›Rechnungen‹. Ordner ›Wohnung‹. Wo würdest du dein Testament ablegen?«

»Im Ordner ›Mein politisches Vermächtnis‹.«

Um Frau Sternbecks juristische Lage zu ermitteln, hatte ich eine Extraschicht am PC eingelegt. Nun war ich nicht nur Anwärter auf einen Gratisposten Unterhosen und ein Probe-Abo meiner Wahl, sondern auch firm im Erbschaftsrecht: Wenn die Tochter kein anderslautendes Testament hinterlassen hatte, fielen 75 % der Wohnung an XXL und 25 % an die Mutter. Da biss auch die Wegweisung keinen Faden ab. Und ein Testament war weiß Gott nicht zu finden. Nur Rechnungen über einen XXL-Fernseher, eine XXL-Hi-Fi-Anlage und einen XXL-Massagesessel. Ich nahm in dem Ding Platz. Es war phantastisch. Auf dem Beistelltischchen daneben lagen die Fernbedienungen zu XXLs Fuhrpark. Also ließ ich mich durchrütteln, während im

TV eine Doku über Bangladesch lief. Ja, so ließ es sich doch leben! XXL wusste, was gut war! Dann durfte auch Mendelssohn. Während ich im Schnellverfahren alle Ordner durchblätterte, schnalzte und stöhnte es obszön aus dem vibrierenden Wundersessel. Ich ging das Badezimmer checken. Auch hier alles auffällig übersichtlich. In der Hausapotheke die übliche bürgerliche Ausstattung: Ibuprofen, Aspirin und Pflaster. Dann: ein Riegel Betablocker. Und ein älteres Fläschchen Tramal. Ein Wunder, dass der Gatte es nicht schon längst auf ex in sich reingespült hatte. Oder auf dem Schwarzmarkt verkauft. Laut Edgar war der Tramal-Markt in Expansion begriffen. Vor allem stieg die Anzahl an muslimischen Konsumenten – wenn Alkohol auch verboten war: Von Tramal steht nichts im Koran. Da hatte der Prophet eine Dröhnung übersehen.

Und was, wenn die Tochter Sternbeck an jenem Morgen eine größere Portion Tramal eingefahren hätte? Das hätte die Unsicherheit auf dem Fahrrad auslösen können. »Verkehrstüchtigkeit und Bedienen von Maschinen«. Sollte man der Rechtsmedizin einen Tipp geben, dass man beim herkömmlichen Tox-Screen auch speziell nach Tramal fahndete?

Ansonsten war in dieser insgesamt rechtwinkligen, gleichschenkligen und planen Wohnung nichts zu finden, was aus der Rolle fiel. Ich ging noch einmal die Küchenschränke durch auf der Suche nach einer Zuckerdose voller Geld, stieß aber nur auf eine Kiste mit weiterem Vitamintrunk. Dann bimmelte auf meinem Handy eine SMS: Cromwells Gruppenstunde war vorbei und er bereit, die Kollegen zum Rapport zu empfangen.

Mit angenehm durchgeschüttelten, gelockerten Extremitäten, aber ein wenig frustriert eröffneten wir die erste Geheimsitzung im Falle Sternbeck. XXL hatte sich nach dem Mittagessen abgemeldet zu einem »langen Spaziergang«. Cromwell hatte also sturmfreie Bude. Wir setzten uns auf sein Bett, sammelten die Fakten und stellten fest, dass diese an Dürftigkeit kaum zu unterbieten waren: Eine Frau gerät auf schlingerndem Fahrrad unter einen Laster. Niemand hat sie gestoßen, niemand verfolgt. Nutznießer zu 75 Prozent ihr problematischer Ehegatte. Der im Krankenhaus weilte und zum Zeitpunkt ihres Todes am Frühstückstisch nach der Butter plärrte. In der Wohnung der Toten etwas Tramal, aber kein Testament, kein Abschiedsbrief, nur Vitamine und ein Traum von einem Sessel.

»Und was sagen wir Frau Sternbeck?«

Wir würden ihr unter Bedauern den Schlüssel zurückgeben. Und gemessen an unserer »Arbeit« und den »Ergebnissen« keine Rechnung stellen.

Cromwell schilderte XXLs Aufstieg vom Paria zum Mann des Jahres, und wie er jetzt auf den Wellen des Mitleides durch das Krankenhaus ritt. »Eine richtig schwarze, tiefe Trauer würde ich bei ihm nicht diagnostizieren. Aber er ist ja sowieso etwas anders als die anderen Kinder.«

»Bei ihm würde sich der Einsatz der Wanze wirklich lohnen. Wenn er wieder in die Wohnung kann und ungestört sprechen – das müsste uns einen tiefen analytischen Schluck aus seiner Seele bescheren.«

»Also behalten wir den Schlüssel noch für eine Weile. Vielleicht ergibt sich ja doch noch etwas. Obwohl ich nicht daran glaube.«

Es klopfte beherzt an die Tür, und Heike trat ein. »Ihr sitzt da wie die drei Äffchen.« Mendelssohn und ich besetzten die Besucherstühle, Heike setzte sich neben Cromwell. Diese Choreografie vollzog sich beiläufig, wie zufällig, aber hier stimmte etwas nicht. Cromwell wirkte angespannt und blickte zu Boden. Heike dagegen plauderte, zog uns die Einzelheiten des

Falles aus der Nase und redete ein paar Nü oder Mü mehr als sonst. Dann fiel mir erstens ein, dass ich immer der Letzte war, der eine Beziehungsanbahnung mitbekam; schon in der Schule mussten die neugebildeten Pärchen – damit auch ich es endlich kapierte – quasi vor meinen Augen den GV vollziehen, und daran hatte sich im Laufe der Jahre nichts geändert. Mir wurden sogar meine eigenen Beziehungen manchmal erst klar, wenn sie schon wieder im Abflauen waren.

Und zweitens fiel mir ein, dass es sich – falls Cromwell und Heike tatsächlich!? Diese zwei beiden zusammen? – um Hochverrat handelte. Um Intrige, Falschheit und bösartiges Verlassen meiner werten Person! Mich überkam eine Verlorenheit, dass ich nicht mehr sprechen konnte. Betrug. Da brachte man den besten Freund selbstlos ins Krankenhaus, und statt sich auf Therapie und Heilung zu konzentrieren, spannte der verlogene Verräter einem die Frau aus, auf die man inzwischen selbst ein Auge geworfen ... Das war ein Bruch sämtlicher Regeln und ein Bruch unserer Bruderschaft und was zum Teufel sollte ich jetzt ohne Cromwell machen? Und ohne Heike? Während er von der patentesten Frau der Welt aufgebaut, zusammengestaucht, getreten und gestreichelt wurde, würde ich bis ans Ende meiner Tage mit einem schwulen Maulwurf und Bürstenbinder in spe durch Hamburgs Straßen wackeln? Und sinnlos Wanzen installieren? Und wenn mein Privatleben noch ereignisärmer verlief als jetzt schon, konnte ich ja direkt zu den Grämigs ziehen! Vor dem Fenster wurde es schlagartig schwarz, und Cromwell knipste seine Leselampe an.

In meiner Manteltasche rumpelte es. Wer rief mich denn in so einem Augenblick an? Alle meine Freunde bzw. Exfreunde saßen hier um mich herum; das konnte nur der Tankgutschein sein!

»Ja!«, schrie ich unfreundlich.

Es war eine aufgelöste Frau Sternbeck. Die Ergebnisse des Tox-Screens habe sie immerhin schon in Erfahrung gebracht. Alkohol schied selbstverständlich aus. Aber man habe etwas anderes gefunden. Ich wiederholte laut: »Vier Hydroxybutyrat?«, und sah in die Runde. Heike auf der Bettkante sagte: »Ecstasy!«

Ich: »Ecstasy?«

Frau Sternbeck wimmerte: »Nie und nimmer! Bitte, finden Sie das heraus! Nie und nimmer!«

Mit dem schon wieder schlechten Gewissen eines Hochstaplers versuchte ich, sie zu beruhigen. Wir würden alles daransetzen und in unserer Macht Stehende etc. pp. Aber eine Frage hätte ich da noch: Betablocker und Tramal in der Hausapotheke – wofür? Frau Sternbeck erklärte umständlich, dass ihre Tochter das Schmerzmittel mal nach einem Knochenbruch verschrieben bekommen habe. Und die paar Betablocker, je nun, die habe Frau Sternbeck ihr aus ihrer eigenen Apotheke zur Verfügung gestellt. Für den Fall, dass die Tochter sich zu sehr aufrege: »Sie hat sich doch immer alles so zu Herzen genommen!« Dann begann sie zu weinen und legte auf.

»Los, Leute! Differentialdiagnose!«, forderte ich.

Heike: »Liquid Ecstasy. Farblos. Gut unterzumischen. Macht je nach Dosis blümerant, aufgekratzt, schwindelig, kritiklos, desorientiert. Enthemmung. Kreislauf. Hallus.«

Cromwell: »Da kann man schon mal vom Rad fallen.«

Ich: »Und wie ist der Stoff in die Tochter hineingekommen? War sie Userin?«

Mendelssohn: »Schwer vorstellbar. Bei so einem schüchternen Rapunzel.«

Cromwell: »Gerade ein schüchternes Rapunzel muss sich doch auch mal Mut antrinken. Oder besser: Mut andröhnen. Vielleicht hat sie ein Doppelleben geführt: Ein ängstliches kleines Kätzchen, das sich mit chemischer Hilfe zum Tiger hochknallt!«

Ich: »Schwer vorstellbar. Allein diese akkurate Wohnung. Dahinter steckt kein entfesseltes Doppelleben.«

Mendelssohn: »Wer profitiert von ihrem Tod? XXL. Hatte er die Gelegenheit, Rapunzel was ins Müsli zu mischen?«

Cromwell: »Samstag war er zu Hause, aber sie fällt erst am Sonntag vom Rad?«

Mendelssohn: »Wir checken gleich noch mal die Wohnung. Jetzt wissen wir ja, wonach wir suchen müssen: erstens nach einem eventuellen Doppelleben, zweitens nach einem Drogenrest.«

Heike und Cromwell saßen nicht mehr nebeneinander. Heike war aufgestanden und ging im Raum herum. Und meine schnelle schreckliche Vermutung löste sich sofort auf. Vielleicht war ich ganz schlicht detektivisch überreizt. Und sah in allem einen doppelten Boden. Eine Verschwörung. Blödsinn. Pustekuchen. Die einzige Finsternis weit und breit strahlte der weiße Riese aus: »Jemand muss auch XXLs Sachen durchchecken.«

Cromwell: »Aber der schließt seinen Schrank ab. Deshalb trägt er ja immer seinen Detlef.«

Ich: »Dann musst du Schrank und Detlef checken, sobald er schläft.«

Cromwell riss verschreckt die Augen auf: »Und wenn er mich dabei erwischt?«

»Dann hast du dich ganz harmlos wegen Halbschlaf vertan.«

»Ach ja! Nichts einfacher als das: Ich stehe da mit beiden Händen in seiner Tasche und sage: Tschuldigung, ich habe mich im Detlef geirrt?«

Heike lachte: »Unter euch Detlef-Trägern kann so was schon mal vorkommen.«

»Unverschämtheit!«

Ach, ich hatte mich bestimmt geirrt. Heike verabschiedete sich mit aller auf der Welt vorhandenen Unschuld in Richtung Chirurgie, sie umarmte Cromwell zwar herzhaft, aber gleich darauf mich ebenso – diese Wonne, von dieser Frau geherzt zu werden. Als wäre man ein Auserwählter. Und ein frisch Geborgener. Ich wollte sie gar nicht loslassen.

Wir drei Zurückgebliebenen gingen zur Augenklinik. Dort tranken bereits Willi, Edgar, Sibi D-Zug. Alle Patienten der Sperre schienen heute dort ihr Koffein zu nehmen. Und das alles kurz vorm Blutdruckmessen. In der Abkürzung zur Löwenstraße tauchte eine große dunkle Gestalt auf; wie Bela Lugosi in Minas Schlafzimmer. Der weiße Riese in Schwarz.

»Dieser XXL ist doch der Erste mit Rückfall«, prophezeite Edgar, »der interessiert sich etwas zu sehr für meine Leckerlis.«

»Leckerlis?«

»Ja, Crystal Meth und so. Ich glaube, der spekuliert auf einen Drogenwechsel.«

»Ach nee«, sagte Cromwell. Wir sahen uns an. Mendelssohn kniff mich.

Willi klang neidisch: »Und jetzt als Witwer kann er sich ja reinziehen, was und wann er mag.«

»Der hat's gut«, seufzte Sibi D-Zug. Und: »Leute, wir kriegen gleich alle zusammen einen Rückfall!«

In Gedanken installierte ich schon die Wanze in XXLs Wohnung. Und dieses Mal richtig zentral, mit bester Akustik.

»Dann wünsche ich noch einen allseits behaglichen Rückfall!«

Die Durstigen schimpften uns hinterher wie die Spatzen. Beziehungsweise Drosseln.

Kapitel 35

Dieses Mal hatte unser Hausbesuch bei Tochter Sternbeck mehr Methode: Mendelssohn nahm auf dem Massagesessel Platz und vibrierte los, ich zwirbelte die Wanze an einen möglichst prominenten Ort. Das Beistelltischchen neben dem Massagesessel diente neben der Postablage auch als Telefontisch. Die darüber pendelnde Hängelampe, ein mit weißem Stoff bezogener Armleuchter, nahm die Wanze freundlich auf. Klein und frech klebte sie zwischen einem Arm und einer Glühbirne. Von unten nicht zu sehen, von oben geschützt durch den bauschigen Stoff dieser erstaunlich geschmacklosen Latüchte.

»Wie sie jetzt sitzt, kann sie die Wohnräume plus ein bisschen Küche abdecken. Dafür entgehen uns das Schlafzimmer und das Bad völlig. Ich würde mal sagen: Der Trend sollte zur Zweitwanze gehen.«

Die Wirkung des Zaubersessels auf Mendelssohn musste enorm sein. Er schien nicht nur seine Nieren, Pansen und Labmägen durchzurütteln, sondern auch das Geiz-Zentrum in seinem Oberstübchen, denn durch das Surren der Mechanik und das laszive Brummen von Mendelssohns Solarplexus hörte man: »Sicher, sicher! Eine Zweitwanze muss her. Da will ich mich nicht lumpen lassen!«

Ich nahm mir wieder den Schreibtisch mit den Aktenordnern vor. Dabei fiel mir auf: Sie standen nicht mehr so, wie ich sie verlassen hatte. Weder wie die Orgelpfeifen noch wie die Zinnsoldaten – jemand hatte ihre Phalanx umgruppiert; größere Ordner standen innen, kleinere außen. Der Aufmarsch der Dokumente startete nicht bei A–E, sondern bei ST. In diesem Ordner hatte ich vergeblich nach einem Testament gesucht. Und offenbar nicht nur ich: Die Innereien des Inhaltes »Stadtwerke« waren oberflächlich durchwühlt und der Ordner ohne das Festdrücken der Seitenklemme wieder zurückgestellt worden.

In der kurzen Zeit nach unserem ersten Besuch am Mittag und während wir bei Cromwell waren, musste jemand in der Wohnung gewesen sein. Mutter Sternbeck? XXL hatte ja noch immer keinen Schlüssel! Ich beschloss, jede noch so kleine Veränderung mit der Handykamera zu dokumentieren.

Wohn- und Esszimmer: Die Ordner sind umgestellt. Auf dem Beistelltischchen liegt die neueste Post obenauf.

Schlafzimmer: Bett unberührt. Nachtschränkchen ebenfalls. Kleiderschrank: Unruhe in den Regalen der Aufschrift »Pullover Herbst/Winter« sowie Unebenheiten bei »T-Shirts dunkel«. Ich fotografierte jeden Winkel, das Fensterbrett, die Leere unter dem Bett, den Inhalt der Nachtschränkchen. Sogar die gerahmten Bilder: Der übliche Lithografien-Scheiß und Kunstdruck-Dreck. Meiner Erfahrung nach spielt sich in den Wechselrahmen der Mittelschicht das immer gleiche Trauerspiel ab: Weil die Bilder im Grunde eh schon egal sind, landet der Haushalt bei einem Miró und zwei späten Kandinskys. Da ist mir ja beinahe sympathischer, was sich das Prekariat zurzeit an die Wand nagelt: Savanne und Giraffe auf Plastikleinwand.

Im Bad hatte sich auch etwas geändert: Zwar waren noch alle Medikamente im Schrank, dafür hatte der Wäschekorb Zuwachs bekommen – obenauf lag gerollt und zerknittert ein weißer Anzug. XXL hatte sich also – obwohl ohne Schlüssel – Zugang verschafft, die Post abgelegt, seinen weißen Narrenanzug gegen schwarze Herbst-/Wintermode eingetauscht und einen Ordner untersucht. Sonst noch was? Die Küche war nach wie vor blitzblank, keine Gebrauchsspuren; das umgekehrte Wasserglas und das Frühstücksbrettchen noch immer am alten Platz. Diesmal fotografierte ich auch die Innereien der Küchenschränke, der Speisekammer und des Kühlschrankes. Bei Letzterem dauerte es eine Weile, bis ich auf den Fehler kam, der sich in das Bild eingeschlichen hatte: Die Milch stand zwar noch immer an ihrem Platz, aber der Raum daneben war deutlich frei. Was hatte dort vorher...? Die Vitaminflasche fehlte. Sie war auch nicht in der penibel gereinigten Mülltonne. Dafür lag darin ein Paar weißer, langer Schuhe. Ja, was war denn hier geschehen? XXL schafft es irgendwie in die Wohnung, legt dunkle Kleidung an, zieht seine spitzen weißen Treter aus und schlüpft stattdessen in ein paar bequeme Vitaminflaschen? Ich fotografierte, was die Chipkarte hergab, dann zwang ich Mendelssohn, sofort die Massage abzustellen. Er seufzte wohlig: »Ich fühle mich wie – wie ein Martini. Gerührt, geschüttelt...«

»Wir müssen schnell weg hier!«, heizte ich ihm ein. »Ich glaube, XXL hat doch einen Schlüssel! Ich will ihm hier nicht begegnen!«

Mendelssohns Tiefenentspannung ging prompt in Angst über. Ich versuchte, Cromwell zu erreichen. Er war sofort dran.

»Ist XXL auf Station?«

Cromwell konnte wohl nicht frei sprechen, er sagte: »Keine Sorge, es ist alles da. Wie kommst du auf die Idee, es könnte was fehlen?«

»Weil er in der Wohnung gewesen sein muss! Er hat sich hier umgezogen und er hat auch was mitgehen lassen. Und zwar eine halbvolle Flasche mit Vitaminzeug. Was sagt uns das? Außer, dass er ein gesundes Leben beginnen will?«

»Das sagt uns... Moment... der Empfang ist hier so

schlecht, ich gehe mal vor die Tür...« Ich hörte eine Tür zuschlagen, und Cromwell sprach weiter, eine Tonlage höher und nervöser und zischend: »Das sagt uns, da hat jemand Leckerlis verteilt! Und die Leckerlis haben gewirkt! Beziehungsweise: Sie haben den Eskimo vom Schlitten gehauen! Und nachdem es den Eskimo vom Schlitten und unter die große Raupe gehauen hat, hat er die Flasche mit dem Zaubertrank verschwinden lassen! Yes! Wir haben ihn!«

»Nichts haben wir! Alles säuberlich, alles reinlich, und weit und breit kein Corpus Delicti! Und wer sagt denn, dass Tochter Steinbeck sich nicht traditionell jeden Morgen absichtlich und gezielt einen reingeballert hat? Na?«

Übellauniges Schweigen.

Mendelssohn: »Jetzt kriegen wir ihn nur, wenn er sich verrät. Jetzt ist die Wanze unsere einzige Hoffnung. Oder er redet im Schlaf. Gilt Im-Schlaf-Reden eigentlich so viel wie eine Aussage machen?«

»Ich glaub' nicht, dass Dullerei im Schlaf gerichtsverwertbar ist...«

»Was sagt er?«, fragte Cromwell. Ich ignorierte ihn.

Mendelssohn: »Wir sollten endlich mal zu Menschen & Rechte. Dieses Tappen in Grauzonen bringt mich noch um!«

In dieser Wohnung mit ihren offenbar Dutzenden von Nachschlüsseln wurde mir eng um den Hals: »Du, mein Lieber«, sagte ich zu Cromwell, »kommst heute Nacht um eine Inspektion des Schläfers nicht herum!«

»Oh nein! Würg!«

»Dochdoch. Und wir bringen mal Muttern Sternbeck auf den letzten Stand. Sie soll ja nicht denken, wir tun nix für unser fürstliches Honorar! Und frag Edgar im Vertrauen nach seinem Dealer. Wir könnten mit einem Schnappschuss von XXL recherchieren, ob er ihn als Kunden wiedererkennt.«

»Recherche im Miljö!« flüsterte Mendelssohn begeistert. »Ein Traum wird wahr!«

Zum Abschied inspizierte ich den großen Hausmüll. Kein Problem für jemanden, der regelmäßig in die Container hinter Supermärkten eintaucht. Während ich quasi bergab in der Tonne des Hauses hing und professionell wühlte, genierte sich Mendelssohn mal wieder in einer Nische eines Hinterhofes. Immer wieder schaute seine knallrote Rübe um die Ecke und befahl: »Schneller!« Und obwohl ich bis auf den Tonnengrund hinab gründete, stieß ich auf keine Vitaminflasche.

Kapitel 36

Cromwell hat wider besseres Wissen noch ein Milchbrötchen nachgelegt.

Er hat auch eine Ausrede für den Diätbruch: die reine Sorge. Wegen innerer Unruhe musste er ein paar Zusatzkalorien zu sich nehmen. Zwei Fragen quälen. Erstens: Wann und wie soll er Schlomo endlich beichten? Und zweitens – viel kniffeliger: Was soll er Schlomo beichten? »Die Sache« mit Heike oszilliert so ungenau zwischen Hallu und lockerer Wirklichkeit, dass er keine Worte dafür findet. War da was? Und wenn ja:

Was denn? Die heutige Verabschiedung war herzlich, sicher. Aber ihre Verabschiedung von Schlomo nicht minder. Und wenn sie – nur mal angenommen – Schlomo genauso gerne hätte wie *ihn*? Wäre sie – wenn Schlomo an seiner Stelle wäre – ebenfalls so oft zur Stelle? Würde sie nicht auch einen Schlomo so oft besuchen? Zumal sie sich ja sowieso in der Nähe befindet? Und wäre sie auch einem verwirrten Schlomo körperlich zur Seite gesprungen? Und falls Cromo jetzt bei Schlomo eine Beichte ablegte: Würde Schlomo nicht ausrasten? Und sich betrogen beziehungsweise abserviert fühlen? Und dies auch noch zu Unrecht? Da sich »die Sache« mit Heike zurzeit nur quasi »aus Versehen« auf Cromwell erstreckt? Weil *er* nun mal gerade im Einzugsbereich von Heikes Körper liegt? Und wenn Schlomo jetzt genau daneben läge – wäre der dann nicht ebenfalls im Einzugsbereich? Und sozusagen der »dritte Mann«? Hat ihm Heike deshalb eine kleine SMS geschickt: »Ihr Süßen! Benehmt euch!«? Muss man bei solch einem Durcheinander nicht automatisch zu noch einem Milchbrötchen greifen? Cromwell nimmt einen Teller mit Nachschub auf sein Zimmer. Es könnte eine lange Nacht werden. XXL muss schon sehr tief schlafen und schnorcheln, bevor Cromwell sich an seinen Schrank traut. Der Typ sollte sich bereits nach der ersten REM-Phase befinden. Eine schnelle Rechnung: Wenn Cromwell um 22 Uhr seine Schlaftablette nimmt, hat er bis etwa 23 Uhr Brezel noch seinen Schädel beisammen. Danach wird es unklar und wattiert. Aber XXL sieht immer bis mindestens 22 Uhr 30 fern.

Cromwell muss einen Aufschub aushandeln. Schwester Hermann ist sogar bereit, ihm seine Tablette heute erst um 23 Uhr zu geben: »Damit Sie noch den Funken einer Chance gegen mich haben!«

Also sitzt Cromwell in einer uneinsehbaren Ecke des Glaskastens und starrt auf das Schachbrett. Seine Figuren stehen dumm und trotzig, während sich die von Schwester Hermann gelenkig auf dem Feld tummeln. Alle fünf Minuten hebt Schwester Hermann seinen Schlüsselbund, lässt ihn in der Luft klingeln und sagt: »Hören Sie Ihr Totenglöckchen?«
»Für einen Mitarbeiter der Psychiatrie führen Sie aber ziemlich lose Reden.«
»Das können Sie ab.«
»Und wenn ich nun gerade mit einem Bein im Suizid stehen würde?«
»Das tun Sie nicht«, sagt Hermann überzeugt, »Sie stehen höchstens mit einem Bein in einem ehrenlosen Matt.«
»Jetzt weiß ich, warum Sie keinen Tagesdienst machen. Sie kann man ja nur auf schlafende Patienten loslassen.«
Der schwarze XXL kommt den Gang entlang und klopft an

die angelehnte Tür des Glaskastens. Cromwell verzieht sich tiefer in seine Ecke. Schwester Hermann begibt sich nach vorne: »Ja, da bin ich! Kann ich Ihnen helfen?«

XXL trägt sein feierliches Trauergesicht: »Vielleicht sollte man noch mal messen? Ich fühle mich so – komisch.«

»Nehmen Sie Platz!«, flötet Schwester Hermann. Der Blutdruck sei ganz normal. Und ob XXL wohl schlafen könne?

»Das woll'n wir hoffen«, denkt Cromwell in seinem Versteck.

Hermann schaut in XXLs Protokoll: »Sie haben auch etwas in Bedarf? Der Doc hat Ihnen eine kleine Schlafhilfe aufgeschrieben?«

»Nimm sie! Nimm sie! Nimm sie!«, versucht Cromwell es mit Telepathie.

»Ja, vielleicht wäre das nicht schlecht«, sagt XXL mit ersterbender Stimme. Seit er Witwer ist, spricht er gerne wie ein angeschossenes Bambi.

»Bitte schön!« Und sogar Schwester Hermann scheint auf den Witwer-Darsteller reinzufallen: »Wenn Sie reden wollen – ich bin hier.«

»Ja. Danke. Es ist alles schon – sehr schwer«, sagt Bambi und verschwindet in der Suite.

Na prima.

Cromwell lässt sich zweimal auf dem Schachbrett entehren, dann nimmt auch er seine Schlafhilfe. XXL müsste jetzt hinüber sein. Er hat sogar vergessen, die Vorhänge zu schließen, und schweres Atmen vibriert durch seinen langen Resonanzkörper. Cromwell zieht vorsichtig die Gardinen zu. Da draußen – die Nachtlichter der medizinischen Fabrik – sie landen als kleine Schimmer und Schatten im Raum. Cromwell bleibt am Schrank stehen und beobachtet XXL. Sobald der sich zur Wand dreht, wird er mit der Razzia beginnen. XXL zieht die Knie an, plustert und prustet, und endlich wuchtet er sich herum.

Wovon träumt so einer? Von seiner toten Frau? Oder einem neuen BMW? Von Schuld und Sühne? Tod und Teufel? Hennes und Mauritz? Seine schwarzen Klamotten liegen über einem der Besucherstühle. Obenauf: der Detlef. Cromwell hat einen Plan: Erst wird er den Schrank durchsuchen, den Detlef nimmt er dann mit ins Bad, um dort in Ruhe und bei Licht... Der Schrank ist sicher schnell abgetastet. XXL hat keine große Garderobe. Bei dem Gedanken, auch übergroße Unterhosen zu berühren, wird Cromwell anders. Igitt. Er hätte sich aus der Küche ein Paar OP-Handschuhe mitnehmen sollen. Ein Paar Igitt-Handschuhe. Cromwell nimmt Maß: XXL liegt zur Wand, Atem stabil dumpf. Cromwell schleicht aus dem Zimmer, rennt zur Küche, grüßt im Vorüberflitzen Schwester Hermann, reißt in der Küche ein Paar schöne blaue Igitt-Handschuhe aus dem Spender, kriecht hinein, sitzen ja wie angepinkelt, flitzt zurück, grüßt noch mal – diesmal behandschuht. Hermann wird sich seinen Teil denken, dafür arbeitet er ja schließlich in der Psychiatrie, hier jagen die Patienten schon mal des Nachts um den Block, mit blauen Handschuhen und spitzen Hüten. XXL liegt unverändert, und Cromwell tastet sich durch den Schrank. Alles weich, kleine Teile, lange Teile, ein Beutelchen, wohl Schmutzwäsche, igitt und äxbäx, das Detektivleben ist manchmal doch recht unappetitlich. Das Fach für Wertsachen ist verschlossen. Cromwell hebt den Detlef vom Stuhl, als würde er eine Schlange hochhalten, ab damit ins Bad, Tür abgeschlossen. Zigaretten, Feuerzeug, etwas Kleingeld, ein Zwanziger und der kleine Schlüssel fürs Wertfach. Immer alles am Mann – wenn XXL ihn jetzt erwischt, ist eine gute Ausrede teuer: »Was machst du mit Detlef auf dem Klo?« »Wir hatten was zu besprechen!«? Cromwell legt den Detlef zurück über den Stuhl und öffnet das Wertfach: ein Schlüsselbund mit einem kleinen Bärenanhänger. Ein dickes Portemonnaie. Ausweise, Karten, fünfhundert Euro, Kassenbons. Wie kommt der Kerl an fünfhundert Euro? Cromwells Nerven geben langsam nach. XXL rührt sich, Cromwell legt alles sorgfältig zurück, schließt ab und versenkt den Schlüssel wieder im Detlef. Jetzt nur noch den Reißverschluss schließen – der Zipper knuspert lauthals von Häkchen zu Häkchen. XXL schnarcht auf. Im Lautschatten des Scharchers reißt Cromwell den Verschluss zu und springt in sein Bett. Immerhin, die erste detektivische Mutprobe bestanden. In Gedanken geht er noch mal XXLs Habe durch. Dann trudelt ihn die Schlafhilfe hinüber.

Kapitel 37

Unser Plan klang gut: Mendelssohn würde auf neutralem Boden geparkt, während ich in die Höhle von Edgars Löwen ginge. Der neutralste Boden weit und breit schien uns ein Café, in dem seit den fünfziger Jahren niemand mehr Hand an das Dekor gelegt hatte. Und auch keine Hand an das Personal: Eine erschreckend hochtoupierte Mutti bediente, stand während ihrer Freizeiten am dunklen Holztresen und kaute Kaugummi in Zeitlupe. Jeden Moment musste Peter Kraus auftauchen. Mendelssohn bekam Kaffee und Nusskringel. Dann zog ich los.

Wenn Edgar nicht gerade entgiftete, arbeitete er wohl für WikiLeaks. Seine Informationen über Bezugsquellen und V-Männer im Miljö hatte er so freizügig unters Volk geworfen wie ein Karnevalsprinz seine Kamellen. Cromwell übergab mir einen Zettel mit Adressen und Namen: »Baut keinen Scheiß. Edgar vertraut mir. Hat er jedenfalls gesagt. Und er lässt fragen, ob jemand Interesse an einer Ladung weißer T-Shirts hat. V-Ausschnitt, Größe M.«

Edgars Löwengrube ging über Eck und hatte gleich zwei Namen: An der einen Seite stand »Bierinsel«, an der anderen »Bohrinsel«. Von außen konnte man nicht hineinschauen; in den kleinen Fenstern hingen löchrig-geklöppelte Gardinen in Hepatitis-Gelb. So lässig wie möglich trat ich ein und purzelte würdelos über zwei Eingangsstufen an die Bar. Jemand lachte. Das Lokal war so groß wie ein Badehandtuch. Links von mir stand ein sehr kleiner Mann mit dem stärksten Unterkiefer Hamburgs. Rechts eine gesichtslose Masse Mensch; eine Art Fleischbrät auf zwei Beinen. Ein blondes Fräulein im Rentenalter fragte freundlich, was es denn sein könne. Ich blickte über den Tresen: Bier war wohl das Gebot der Stunde. Das Ding hieß nicht umsonst Bierinsel. Und nicht »Apfelschorleinsel«. Oder »Heiße-Schokolade-Insel«. Ich bestellte einen Kaffee und wartete auf Schläge. Nichts geschah. Ich wurde beruhigend ignoriert und konnte noch mal einen Blick auf meine Notizen werfen: Mein Ansprechpartner war ein gewisser Mike. Jeder hier sah aus wie ein Mike. Sogar das Fräulein. Ich trank meinen Kaffee und lauschte dem Kneipengespräch, bis endlich der Name fiel. Mike war das kieferorthopädische Wunder neben mir. Ich beugte mich über ihn: »Du bist Mike? Dann kann ich dir ja schöne Grüße von Edgar ausrichten.«

Mike ergriff sofort meine Hand, schüttelte sie herzlichst, sah liebevoll zu mir auf und sagte: »Edgars Freunde sind auch meine Freunde. Was brauchst du, Bruder?« Und den anderen Mikes rief er zu: »Niemand fasst ihn an! Er ist mein Gast!«

So jedenfalls hatte ich mir die Sache vorgestellt. Aber Mike sah mich nur halb verwundert, halb unfreundlich an und schwieg. Seinen grauen Augen traute ich nicht über den Weg. Und so klein er war, so kompakt, bodenständig und schlagfertig schien sein Corpus. Gemäß meiner Intuition und seiner Aura bestand Mike aus einer gefährlichen chemischen Zusammensetzung, die gerne mal hochging.

»Ach. Edgar«, sagte er.

Ich versuchte etwas auszuspielen, das ich in diesen Kreisen für ein Ass im Ärmel hielt. Etwas, das mich vom gewöhnlichen naiven Fremdling und Flohmarktbesucher in einen vertrauenerweckenden Loser verwandeln könnte: »Ich kenne ihn aus der Entgiftung.« So. Hiermit war ich doch quasi einer von ihnen. Einer von ganz unten. »Street Credibility« hieß das Zauberwort. Solidarität im Untergang.

»Scheiß Alkis«, sagte Mike erstaunlich inkorrekt und unsolidarisch. Und: »Edgar, der Kasper.« Dieser verbockte Klacks von einem Menschen sah nun zu Fleischbrät hinüber und fragte – das Gespräch beendend: »Hockt der immer noch auf seinen Chevrolets?« Sie lachten.

»Chryslers«, verbesserte ich lasch.

»Jaja«, sagte Mike, ließ mich stehen und setzte sich mit dem Brät-Mann an den einzigen Tisch.

Ich wusste nicht mehr weiter. Stand mit leerem Gesicht herum, wechselte Spiel- und Standbein, zahlte und ging.

Mendelssohn schimpfte mich aus: »Dein Mangel an Menschenkenntnis ist erschreckend!«

»Ja, dann geh du doch hin! Und zeig mir deine Kunst der Menschenführung!«

»Wenn man nicht alles selber macht!«, sagte Mendelssohn, ließ den Rest des Nusskringels verschwinden und stand tatsächlich auf: »Bring mich rüber! Wo genau sitzen die?«

Ich schilderte Mendelssohn die beiden Eingangsstufen und den kleinen Tisch. Kurz vor dem Eingang machte er sich von mir los und tackerte in die Höhle hinein. Hinter ihm schloss sich die Tür. Es begann zu regnen. Ich stellte mich unter und starrte ängstlich auf die Bier-Bohr-Insel. Nach einer Viertelstunde besetzte ich einen Fensterplatz im Café. Und überlegte bei Nusskringel und Cola, wie ich den garantiert lädierten Freund rauspauken sollte. Früher konnte – wer denn ein Telefon hatte – das »Überfallkommando« anrufen. Im Zuge der Modernisierung heißt das heute wahrscheinlich »Service-Agentur für negativ überwältigte Bürger der Stadt Hamburg« oder so.

Aber das nagelneue Handy hatte ich selbstverständlich nicht am Mann.

Nach dem zweiten Nusskringel und einer Beinahe-Verlobung mit der hochtoupierten Wirtin (»...bis dass euch der ›Salon Irene‹ scheide...«) trat jemand aus dem Schatten der Bierinsel. Hatte ein leuchtend weißes Stöckchen in der Hand und ging seitwärts gebückt – offenbar hatte man meinen blinden Chef zusammengeschlagen. Oder gar gefoltert. Ich warf einen Zehner auf den Tisch und rannte über die Straße, um Mendelssohn in die stabile Seitenlage zu bringen. Mendelssohn ergriff meinen Arm, quiekte seltsam und zog mich in Richtung U-Bahn. Dabei entströmte ihm eine Flut an Superlativen sowie sämtliche Gerüche des Okzidents: Pommes, Curry, Alkohol. Was hatte man dem armen Mann angetan?

Man hatte den armen Mann schnurstracks in die Mitte genommen, zwischen Kiefer und Brät, ihn über seine Behinderung ausgefragt, zum Freund erklärt, eine Runde nach der anderen ausgegeben – Mendelssohn hatte also mal wieder erlebt, was ihm schon fast an jeder roten Ampel Hamburgs widerfährt: Die spontan aufgezwungene Verbrüderung mit Menschen aller Rassen, Klassen und Jahrgänge inklusive ihrer Lebensbeichten unter besonderer Berücksichtigung der darin enthaltenen pikanten Details. Diesmal ging es jedoch nicht um »dreimal ausgebombt und der Mann impotent«, sondern um freizügige Interna aus dem Miljö. Und dass man so einen Pfundskerl wie Mendelssohn gerne als Maskottchen hätte.

»Natürlich war XXL da! Sie konnten sich natürlich an das ›lange Elend‹ erinnern! Und ihr Abteilungsleiter für Drogen hat ihm natürlich was verkauft!«

»Wie hast du das gemacht?«

»Kinderspiel: Vertrauen erschleichen, dann Karten auf den Tisch. Einfach ehrlich sein. Die Wahrheit entwaffnet ganze Armeen! Und ich soll dir ausrichten, wenn du es das nächste Mal versuchst, solltest du nicht glotzen wie ein Kind im Safaripark. Und wenn du schon Kaffee bestellst: Milch und Zucker reinträufeln wie eine Oma, das geht gar nicht. Sie fanden dich voll schwul.«

»Schwul? Ausgerechnet ich ausgerechnet schwul?« Selten fühlte ich mich so grob in meiner heterosexuellen Würde verletzt.

»Schwul nicht im sexuell orientierten Sinne!«, quakte Mendelssohn. »Eher im Benimm-Sinne. Sozusagen soziologisch-behavioristisch ...«

Er hatte mindestens 1,5 Promille. Und das ist bei einem Menschen von seiner zart-dünnen Statur erheblich. Ja, nach meiner »Krakowiak'schen Alkohol-Umrechnungstabelle« entsprach das 4 Promille bei einem Profitrinker. Mendelssohn quiekte: »Und jetzt brauche ich eine Massage! *Une massage!* Gehen wir noch mal in die Wohnung, *oh, là, là!* Ich will auch so einen Sessel! *Un fauteuil à massage!* Der Preis spielt keine Rolle!«

Und er wisse gar nicht, wie er bisher ohne einen Massagesessel hätte leben können! Was für ein leeres, ereignisarmes Leben er bisher geführt hätte! Das massagefreie Leben eines Langweilers! Das – er steigerte sich nun – freudlose, verlorene Leben eines »Spiegel«-Lesers!

»Und weißt du was? Ab heute ist Schluss damit! Ich habe – oh ja! Das habe ich! – zu meinen Lebzeiten genug gedarbt! Taxi!«

Zu Hause legte sich Mendelssohn auf das Sofa und beklagte dessen Leblosigkeit. Und ich solle ihm unverzüglich einen

Massagesessel herbeigoogeln! Hätte er »Massagesessel« gesagt? Nichts da! Er meine natürlich: »Massagesofa«! Und wiederholt: »Geld spielt keine Rolle!« Und selbstverständlich dürfe auch ich mir einen solchen Sessel bestellen. Und einen für Cromwell. Und einen Massageküchenstuhl, einen Massagebeistelltisch und, und, und...

»Und was sagen wir jetzt Frau Sternbeck?«

Mendelssohn blieb bequem: »Wir sind und bleiben ohne den Hauch eines Beweises. Die Flasche ist weg, und meine neuen Kumpels haben erklärt, dass sie natürlich niemals eine Aussage machen würden. XXL war ihnen zwar alles andere als sympathisch, aber offiziell wissen sie von nix.«

»Du nimmst jetzt erst mal ein Heißgetränk deiner Wahl zu dir. Sobald du nüchtern bist, rufst du die Sternbecksche an.«

»Warum ich?«

»Sie vertraut dir. Außerdem bin ich nur der Mann fürs Grobe. Ich kletter' in den Müll, du machst die psychologische Feinmechanik.« Der Feinmechaniker rülpste zustimmend.

Nach dem dritten Cappuccino telefonierte er mit Frau Sternbeck. Mit Lautsprecher. Mendelssohn schilderte ihr die Ergebnisse unserer detektivischen Hampelei: Ein klarer Fall, aber auch nicht ein belastbares Indiz. Frau Sternbeck schwieg ausführlich. Kurzfristig glaubten wir sie umgekippt. Dann sagte sie: »Ich muss nachdenken«, und legte auf.

Kapitel 38

In der Psychiatrie herrscht keine irdische Zeitrechnung. Ein Moment, ein Nu hat die Gravitation von Stunden, Minuten beulen aus, ganze halbe Tage vervierfachen sich.

Längst hat Erbse die Insignien des Patientensprechers abgegeben. Der nominierte Cromwell kann sich gerade noch mit dauernder Unpässlichkeit herausreden, und es kommt zu einem Stechen zwischen den Kandidaten Sibi D-Zug und Edgar. Sibi D-Zug gewinnt. Melodisch singend verteilt er die Dienste. Cromwell denkt, wenn Sibi und Edgar stärker klüngeln würden, könnte man Edgars Nachnamen anpassen: Sibi D-Zug und Edgar U-Bahn.

Klingt, als wäre man auf einer Station für Alkoholismus im Kindesalter.

Und dieser Herbstmorgen entstammt einem Bilderbuch für verfressene Kinder; ein Himmel wie Milchreis mit Zimt: gequollen und mit braunen Tupfen. Willi und Erbse werden ordnungsgemäß entlassen. Erbse wird noch mal gesprächig; als müsste sie auf die Schnelle noch einige alte Dämonen bannen: »Als ich elf war, habe ich schon mit meiner besten Freundin Silke besoffen im Park gelegen. Weiß nicht mehr, wie ich nach Hause kam.« Pause. Dann, kichernd: »Vielleicht liegt Silke ja immer noch im Park! Ich würde ja nachsehen, aber ich weiß auch nicht mehr, in welchem Park!«

Nach einer herzlichen Verabschiedung ziehen sie mit ihren Taschen davon; beide erwartungsfroh und zuversichtlich. Wie

Tobi schon erklärte, gibt es genau zwei Sätze, die jeder Entgiftling zum Abschied sagt: »Die sehen mich hier nie wieder!« und »Wenn ich raus bin, mache ich mehr Sport!«

Cromwell fühlt sich verlassen. Man lässt ihn zurück, einsam zwischen dem VIP-Table, XXL und Edgars Beschaffungskriminalität. Jetzt ist Sibi D-Zug sein letzter Halt. Gemeinsam sitzen sie in der Ergotherapie und betreiben Seidenmalerei. Sibi batikt einen Kissenbezug, Cromwell bemalt einen Schal. Für seine Mutter. Oder für Heike. Jedenfalls einen Damenschal. Er zwingt sich zu farbenfroher Floristik. Obwohl er lieber eine Wäscheleine malen würde, an der zwei Erwachsene und drei Kinder aufgehängt sind. Arbeitstitel: »Erweiterter Suizid«. Aber in der Psychiatrie sollte man sich manche krausen Äußerungen verkneifen. Schlomo kann ein garstig' Lied davon singen. Am Ende landet man noch auf der Geschlossenen. Der VIP-Table schneidet Leder zurecht; sie machen sich Handyhüllen. Im Partner- bzw. Gruppenlook. Für solchen Graus gibt's keine Geschlossene. Sollte es aber. Im Gänsemarsch – damit niemand unterwegs abhandenkommt oder krampft – verlassen sie die beruhigend nach Ponal und allen Schnüffelstoffen duftende Ergo und ziehen im Gänsemarsch zurück durch die Psychiatrie. Am Aufzug ein Pulk von Erst- oder Zweitsemestern. Alles junge, gesunde Menschen, die sich später professionell mit solchen pittoresk abgewrackten Gänsemarschierern beschäftigen wollen. Und jetzt schon mal befangen-neugierige Seitenblicke auf ihre Kundschaft von morgen werfen. Wofür die uns wohl halten? Was glauben die, wen sie vor sich haben? Menschen? Oder ein paar Diagnosen auf Beinen? Einen Sonderposten Schüsseln mit Sprung? Mann, Mann. Ich war nicht immer ein Rädchen in der Psychiatrie! Früher war ich auch mal jung und gesund! Obwohl – diesen Gedanken nimmt Cromwell wieder zurück. Er war immer achtzig und hatte Tablette. Und Kreuz. Geistigen Ischias und psychischen Milzriss. Oder so. Das Handy meldet etwas. Verpasste Anrufe. Warum bastelt jemand seinem Handy ein ledernes Mäntelchen? Das ist doch echt krank. Die gehen mit ihren verpissten Handys sorgfältiger um als mit ihren Nachbarn. Cromwell drückt eine Taste, Rückruf, Schlomo ist dran.

»Mein Guter, du warst unterwegs? Wie geht es dir?«

»Ich möchte gerade eine Runde weinen. Hier ziehen Studenten durch die Räume und gucken uns an.« Schlomo lacht: »Oh, wie ich das kenne! Ich hatte dann immer so eine Vision: Also, die Erstsemester werden durchs Haus geführt. Und eine gelangweilte Stimme leiert runter: ›Zweite Etage: Suchterkrankungen. Da links ein typischer Alkoholiker bei der Nahrungsaufnahme. Beachten Sie vor allem das Flattern der Gabel. Vorsicht, entzügige Patienten reihern ins Publikum.‹«

»Ich geh' jetzt.«

»Nein, tust du nicht. Du bleibst. Versprich es mir.«

»Nö. Will nicht.«

»Bleib dran! Apropos: Ist XXL da?«

»Sitzt im Speisesaal und hört NDR 15.«

»Komisch. Weil: Unsere Wanze gibt Laut. Jemand ist in der Wohnung.«

Im Hintergrund hört Cromwell, wie es aus Mendelssohn rumort: »Leg auf! Komm her!«

»Bis gleich!«

Cromwell sitzt einen Moment zusammengefaltet auf der Bettkante. Dann springt er hoch, reißt seinen Schrank auf und packt. Alles ist besser als das hier. Meinetwegen mit einer Überdosis im Chausseegraben liegen. Oder wie ein narkotisierter Müllsack vorm TV. Oder aus dem zwanzigsten Stock: Kurzer Sinkflug, dann Klumpatsch. Ein Prosit der Erleichterung.

Kapitel 39

Um die Wanze herum rauschte und knisterte es. Ein Fall für die Fledermausohren des Chefs. Mendelssohn bekam rote Flecken vor Konzentration. Ich hörte ganz einfach nur – irgendwelche Schritte auf Parkett. »Eindeutig eine Frau«, flüsterte Mendelssohn. Eine Putzfrau? Eine Polizistin, die einer Intuition folgte? Frau Sternbeck? Die Schritte entfernten sich. »Sie ist jetzt in der Küche. Eindeutig Frau. Frauen haben eine ganz eigene Art.« Dann ein altbekanntes Klirren, das mir Mendelssohn nicht übersetzen musste: Flaschen. Dieses für einen Alkoholiker mit starkem Schamgefühl besetzte Klingeln von Glas an Glas. Sogar wenn zwei Rotkohlgläser in seiner Einkaufstüte klirren, oder zwei Marmeladengläser – der praktizierende Alkoholiker bekommt sofort ein schlechtes Gewissen ... Vitaminflaschen? Es folgte eine Reihung von Geräuschen, die mir nur eines sagten: Hausarbeit. Mendelssohn aber erlauschte die Feinheiten: »Mischen. Mixen. Rühren. Klingt fast wie eine Abfüllung.« Wieder Schritte, ansonsten kein Laut. Kein Ächzen, kein lautes Atmen. Hin-und-her-Gehen. Wieder Flaschen. Kamen näher. Mussten jetzt genau unter der Wanze sein, am Beistelltisch. »Wer hat eigentlich dieses dämlichste aller Worte erfunden: ›Beistelltisch‹. Etwa so dämlich wie ›Übergangsmantel‹. Oder ...«

»Kredenz!«, sagte Mendelssohn. »Klingt, als würde wer was kredenzen.« Die Schritte entfernten sich wieder, eine lange Sendepause, dann verließ die Frau die Wohnung. Tür zu. Abschließen.

»Und jetzt gehen wir noch mal rein.«

Wir hatten kaum unsere Übergangsmäntel angezogen, da summte das Firmen-Konferenz-Telefon. Mendelssohn hob ab: Frau Sternbeck. Sie wolle uns danken. Wir hätten ihr sehr weitergeholfen. Aber sie sähe keinen Weg, wie dem XXL polizeilich beizukommen sei, wenn niemand von diesen Dealern aussagen würde. Und sie müsse sich etwas anderes überlegen. Oder sich damit abfinden. Vielleicht würde ja Gott diesen Mann strafen, irgendwie und irgendwann. Und sie würde ihn im Auge behalten. Aber noch mal herzlichen Dank für unsere Arbeit, und wir mögen ihr die Rechnung schicken. Und den Schlüssel. Und weiterhin alles Gute. Mit diesen fatalistischen Förmlichkeiten legte sie auf.

»Und nun?«, ich war ratlos.

»Abschluss erster Fall? Dann holen wir mal unsere Wanze heim.«

Enttäuscht machten wir uns auf den Weg. Enttäuscht von unseren »Fähigkeiten« und enttäuscht, dass ein Spiel hiermit wohl beendet war.

Ich rief Cromwell an: »Ist XXL da? Weil – wir müssen noch ein letztes Mal in die Wohnung. Frau Sternbeck hat storniert.«

Cromwell antwortete sachlich und ohne Verwunderung: »Hier ist alles in Ordnung.«

Schweigend gingen wir zur U-Bahn, denn der ausgenüchterte Mendelssohn war wieder von gehabtem Geiz. Immerhin wusste ich jetzt, dass Alkohol seine Spendierhosen stimulierte.

Die Wohnung lag still und langweilig, die Küche war clean. Mendelssohn taperte geradewegs zum Beistelltisch und tastete ihn vorsichtig ab: »Das ist neu!« Da standen genau neben dem Traumsessel und zwischen den Fernbedienungen zwei Flaschen. Jägermeister. Des Riesen Lieblingsgetränk. Wer zum Teufel hatte dem Blödmann denn eine Minibar errichtet?

Dann fiel bei mir der Groschen: »XXL hat eine Freundin! Eine Geliebte! Ein Trinkerflittchen! Und die hat auch einen Schlüssel! Und aus Liebe und Fürsorge und um die sturmfreie Bude zu feiern, überrascht sie ihn mit einem Willkommenstrunk! Quasi einem *Welcome-Drink*! Später zündet sie noch Kerzen an, sie machen ein *Candlelight-Dinner*, und danach gibt's zur Feier seiner *widowship* noch ein zünftiges *Fuck-up*!« Vor Aufregung wurde mir ganz anglizistisch zumute.

»Meinst du?« Mendelssohn war skeptisch. Ich war mir sicher wie nie. Das war schließlich eine Antwort auf alle Fragen. Ich klemmte unsere Wanze ab. Schade eigentlich: Die Party dieser bösen Menschen wäre sicher ein Ohrenschmaus. Natürlich ohne das Fuck-up.

Kapitel 40

Cromwell steht schon in der dicken Jacke und stopft als Letztes den Hasen Sieveking in die Tasche. So, dann woll'n wir mal. Er muss wohl noch unterschreiben, dass er gegen ärztlichen Rat... darauf ist gepfiffen. Sein ganzes Leben verläuft schließlich gegen ärztlichen Rat! Die sollen sich mal nicht so dicke tun! Denn wenn er sie braucht, wenn sein Leben schwierig, schmerzhaft und so richtig ungesund wird, dann sind sie eh nicht da! Jeder ist alleinigst allein... Davon träumt Cromwell: Er begeht Suizid, und auf seinem Grabstein soll stehen: »Wenn man nicht alles selber macht!«

Es klopft, und die leibhaftige Heike betritt den Saal. Keine Hallu: Die echte Original-Heike steht plötzlich neben seinem Bett und schaut ihn an. Strafend. Böse. »Das ist jetzt nicht dein Ernst, oder?« Er guckt trotzig und beschämt auf seine Tasche: »Doch. Es reicht.«

»Nix da.« Heike drückt ihn auf einen Stuhl, öffnet seine Tasche und beginnt, wieder auszupacken. Als Erstes setzt sie den Hasen Sieveking auf seinem Bett in Positur: »Wenn du jetzt gehst, sind wir geschiedene Leute. Dann hast du Sieveking und mich von hinten gesehen!«

»Ich kann nicht mehr.«

»Oh doch. Das hier und noch viel mehr.« Ungerührt packt sie seine Sachen zurück: »Was glaubst du eigentlich, du Pappschädel! Dass man mit einem zusammen sein will, der sein Hirn ständig mit Mittelchen vollfurzt?«

»Sind wir denn überhaupt zusammen!«

»Ich dachte eigentlich – ja. Schon. Oder brauchst du 'n Schriftstück?«

Cromwell weiß nicht, was er braucht. Vielleicht, dass ihn Heike jetzt beschimpft. Hierzu verfällt sie sogar in einen rheinisch anmutenden Dialekt: »Du ohle Pimmel.«

XXL taucht auf, sagt mit Bambi-Stimme: »Morgen ist die Beerdigung meiner Frau!«, und geht gewichtig weiter, es auch allen anderen kundzutun. Auf dem Flur hört man es:

»Morgen wird meine Frau beerdigt!«
»Dass du so gefasst bist!«
»Morgen ist die Beerdigung!«
»Es tut mir so leid, du Armer.«
»Beerdigung. Morgen.«

Und niemand kann ihn aufhalten oder einlochen. Der hat Nerven. Echte Mördernerven. Aber laut Statistik bleiben etwa hundertzwanzig Prozent aller Morde und/oder Beihilfen unerkannt. Getarnt als Haushaltsunfall, Herzklemme oder Selberschuld. Cromwell ekelt sich vor XXL. Wann geht der endlich? Der treibt sich nur noch auf der Station herum, weil er hier so viel Mitleid und Aufmerksamkeit bekommt. Er betreibt seine gefälschte Trauerarbeit im Akkord. Heike holt zu einem letzten Schlag aus: »Ich schreib' deiner Mutter. Wenn du aber artig das Programm durchziehst, dann...« Heike grinst teuflisch: »Dann führen wir sofort nach deiner Entlassung ein Leben in Freuden. Und in Sünden. Und zwar in jeder Menge Sünden.« Es sticht angenehm in Cromwells Kutteln. Bleibt aber immer noch die eine Sorge: »Was sag' ich bloß Schlomo.«

»Wieso?«

»Na ja. Es ist ja nicht so, dass er dir gegenüber nicht auch zugeneigt oder besser gesagt nicht abgeneigt...«

»Wo liegt das Problem? Dann gründen wir halt einen

Dreier.« Heike grinst noch immer. Aber nicht mehr teuflisch. Sondern fröhlich und aufrichtig.

»Bitte?«

»Ich mag Schlomo. Er ist so weltfremd, dass man ihn ständig knuddeln möchte. Ihn zurück in die Welt knuddeln – das möchte man.«

Aha.

Na dann.

Warum nicht?

Heike muss weg. Sie knutschen im Aufzug. Heike sagt zwischendurch: »Und einen für Cromwell. Und einen für Schlomo.«

Genau.

Wo lag noch mal das Problem?

Kapitel 41

Es gibt Momente im Leben eines Detektivs, da ist er besser allein und unauffällig. Da zieht er sich besser ein Tarnkäppchen über und ist auf keinen Fall in Begleitung einer Krawallschachtel mit Blindenstock.

Unser letzter Besuch auf dem Friedhof Ohlsdorf hatte im Sommer stattgefunden; der Ohlsdorfer Gottesacker ist Hamburgs größte Grünfläche, und der in sich gekehrte Besucher kann dort besinnliche Gewaltmärsche absolvieren oder stumm an einem See sitzen oder sich über die Lebensläufe von fast 400 000 Ehemaligen dumme Gedanken machen. Oder – wie Mendelssohn und ich – in einen groben Streit geraten.

Ursprünglich wollten wir nur bei Gustav Gründgens vorbeischauen und Ida Ehre guten Tag sagen, aber schlussendlich landeten wir beinahe vor dem Scheidungsrichter. Denn Mendelssohn bildete sich ein, uns aus den Erfahrungen seiner sehenden Zeiten zum Grab von Gustav Gründgens lotsen zu können. Passend dazu prahlte er noch: »Das finde ich blind!« Aber als wir zum dritten Mal vor einer breiten Rhododendron-Front standen und mein verstockter Boyscout darauf bestand, »Jetzt nur noch geradeaus!« gehen zu wollen, sagte ich pädagogisch wertvoll: »Okay, dein Wort gilt!«, woraufhin wir zügig in den Rhododendron hineinliefen. Mendelssohn wurde darob nicht etwa kleinlaut und demütig, wie es sich für ein orientierungsloses blindes Huhn gehört hätte, im Gegenteil: Nun hieb er mit seinem Stock auf die Pflanzen ein und gab *mir* die Schuld. Das wollte ich natürlich nicht auf mir sitzen lassen, und ein Wort gab das andere, bis ich ihm androhte, wenn er nicht sein Pöbeln einstellte, würde ich ihn zur Strafe stante pede zwischen Heidi Kabel und Fips Asmussen begraben, und zwar lebendig. Es war dies eine echte Krisensituation in unserer ansonsten so brüderlichen Beziehung.

Jetzt hatte Mendelssohn beschlossen, dass jemand zum Abschluss unserer Arbeit inkognito zur Beerdigung der Sternbeck'schen Tochter zu gehen hätte; Beerdigungsbesuche seien unter Ermittlern üblich. Weder Mutter Sternbeck noch XXL dürften mich erkennen, denn immerhin gelte es, aus dem Hinterhalt etwaig ungewöhnliches Verhalten (mangelnde Trauer/überzogene Trauer) zu ermitteln. Im Glücksfall käme es vielleicht sogar zu schweren Regelverstößen (Mutter Sternbeck haut XXL, XXL wechselt am offenen Grab mit einer falschen Blondine Zungenküsse) – alles war möglich.

Die Trauergemeinde befand sich bereits in der Kapelle, und ich legte in einer neugotischen Nische mein Doppelleben an: den Grämig-Rasputin-Bart und einen Cowboyhut, den ich im Internet aus der Insolvenzmasse einer Faschingsfirma geschossen hatte. Dann setzte ich mich in die letzte Reihe.

Während des ersten Chorals flammte in meinem Gemüt erneut der Grämig-Hass auf, und als die Trauernden von der allumfassenden Liebe Gottes und der himmlischen Geborgenheit sangen, labte sich meine geschändete Schülerseele an extremen Todesarten, die ein Fall für eine Sendung namens »Extreme Todesarten« hätten sein können. Aber gegen meine Erwartungen geriet die Feier so anrührend traurig, dass bald schwere Zähren das rabenschwarze Polyacryl in meinem Gesicht netzten.

Mutter Sternbeck stand schwankend in der ersten Reihe, umgeben von zahlreichen jungen Frauen, die sich in kurzen, tränenerstickten Wortmeldungen als Freundinnen der Tochter auswiesen. Die Freundinnen beschrieben die Tote genau so, wie Cromwell sie wahrgenommen hatte: als eine fast scheue Person mit übergroßem Herzen, eine freundliche, hilfsbereite Naive mit einem fatal schlechten Männergeschmack. In diesem mit Rosen besteckten, sakral nach Endlichkeit duftenden Minigewölbe gerieten die sorgsam metaphorisch verpackten Worte gegen XXL zu einer kraftvollen Anklage. Und da erst bemerkte ich, dass XXL gar nicht zugegen war! Cromwell hatte mir um zehn Uhr gesimst, dass der Saubär sich nun lautstark und für jeden Patienten vernehmlich auf den Weg zum Friedhof gemacht hätte, aber hier und um 11 Uhr 30 war er noch nicht angekommen! Inzwischen schritt der Pastor zur Aussegnung. Er verabschiedete die Tote quasi aus der Gemeinschaft der Lebenden in das herrliche Reich der Ehemaligen, woselbst es angeblich keine Schmerzen gibt, sondern nur noch Wohlgefühl, Liebe und Fettlebe rund um die nicht mehr existierende Uhr, kurz: Man hätte sofort hinterhersterben wollen. Der mit Gebinden überhäufte Sarg wurde aus der Kapelle geschoben, die Gemeinde reihte sich dahinter auf, und mir wurde mulmig in meinem Clownskostüm: Der zunächst sichere Platz in der letzten Reihe wurde plötzlich zum prominenten Freisitz, weil alle, alle Trauernden nun mich, meinen Bart und diesen kretinösen Hut passieren mussten! Mein Körper reagierte mit epileptoidem Zittern und einem Ganzkörperschweißausbruch. Der Hut wurde nass. Ich musste mich wieder setzen. Doch zu meiner Rettung hob eine letzte Musik an; aus einer Konserve schunkelte eine peinlich vertraute Stimme den Text: »In Hamburg sagt man Tschü-üss«. Das allgemeine Schniefen und Schnäuzen wurde schlagartig stärker. Und weil die Stimme Heidi Kabels die Gäste berechtigterweise in verschärfte Verzweiflung trieb, hatte keine der Schluchzenden ein

Auge für meine verkleidete Wenigkeit. Der Kabel'sche Pseudo-Shanty war schlimm. Schlimmer noch als Hip-Hop, Monteverdi und die Wildecker Herzbuben zusammen. Entsprechend tränenblind zog die trauernde Schar vorüber an einem in Auflösung befindlichen russisch-orthodoxen Django, der sich als Letzter aus dem Gebäude stahl, Bart und Hut herunterriss und zum Ausgang galoppierte.

Noch während meines Schweinsgalopps über den Platz der letzten Ruhe fasste ich einen Entschluss: Ich würde kündigen. Ich war kein Detektiv. Dieses Leben zwischen Wanzen und Karnevalsbärten war nicht das meine. Allein die Geschichte mit Grämig: Was für eine unerquickliche, frustrierende Angelegenheit. Sollte so mein weiteres Leben aussehen? Voll des Abhorchens von drögen Menschen und ihrem drögen Leben? Wollte ich von schmierigen XXLs in ihr unappetitliches Leben gezerrt werden? Wenn ich wenigstens hin und wieder einen Bösewicht mit einer Knarre hätte wegputzen können – aber ganz im Gegenteil: Ich hörte was, was andere nicht hörten, konnte aber nicht eingreifen. Ich würde den Rest meines Lebens damit verbringen, vor Wut schäumend irgendwelchen Haderlumpen tatenlos zuzuhören. Nee, ohne mich. Und diese mürrischen Verkleidungen und dieses jämmerliche Auftreten. Eine Lichtgestalt wie Heike würde mich so doch niemals ernst nehmen. Falls sie mich je in Aktion sehen sollte, dürfte sie circa fünfzig Minuten am Stück lachen. Und zwar ohne Drogen!

Wenig später knallte ich Mendelssohn meinen Sherriffstern auf den Tisch.

Kapitel 42

Eigentlich geht es Cromwell gut: Körperlich fühlt er sich bis in die Zehen entgiftet. Er kann sich nicht mehr daran erinnern, jemals lähmendes Gift im Körper gehabt zu haben. Für zusätzliches Wohlbefinden sorgt die Abwesenheit von XXL. Cromwell hat die Suite für sich alleine. Heike hat er zwar ab jetzt nicht für sich alleine, aber das Ergebnis ist letztlich noch besser: Schlomo muss sich weder abserviert noch ausgesetzt fühlen, Cromwell muss kein schlechtes Gewissen haben, er und sein Blutsbruder werden mit dieser unerhörten Person verbunden sein, die so unerhört praktisch mit dieser verkorksten, verderbten Welt umzugehen versteht... Und wenn man mal genauer hinschaut: War die Dreierbeziehung nicht schon immer das Nonplusultra in der Geschichte des Menschen? Triumvirate! Dreigestirne! Dreifaltigkeit! Vatersohnheiligergeist! Tonika, Subdominante, Dominante! Mit Heike als Domina! Jetzt mal Hand aufs gereinigte Herz: Wer wurde denn je in einer bräsigen Zweierbeziehung glücklich? Und zwar glücklich auf Dauer? Na? Niemand! Zweierbeziehung, pah! Cromwell fragt sich, wie er sich je darauf hatte einlassen können. Auf diese hermetische Kleinklein-Veranstaltung! Wo der eine dem anderen den Geist abschneidet und eintütet; wo die Menschen sich gegenseitig so lange auf einen Nenner bringen, bis von zwei reichen, gottgewollten Amplituden nur noch eine durchgehende Nulllinie übrig bleibt... Man nehme nur Cromwell und Mick: Erst gemeinsam ab ins Verlies der Zweisamkeit, und dort unten angekommen, unter Isolationsbedingung und ohne Sauerstoff, blitzschnell von Zweisamkeit zu Zweikampf... *Drei* ist die heilige Zahl! Dieses Feuer brennt für die Ewigkeit! Und wenn mal einer schlapp macht, legt der andere ein Scheit nach! Jesuschristus!

Sibi D-Zug geht alleine im Speiseraum auf und ab. Er behält die Mikrowellen im Blick.

»Na, noch Hunger?«

Sibi wehrt ab: »Das ist nicht für mich. Die haben einen Neuen gebracht, der kann noch nicht aufstehen. Ich bring ihm das Essen. Mann, hat der sich runtergerockt.«

Cromwell schaut auf den Zettel: Zimmernummer und Namen des Neuen. Herrgott, du bist nicht gnädig, sondern ein Scheißkerl.

»Ich kenne ihn«, sagt Cromwell. »Ich bring' ihm das Tablett, ja?«

Mit dem Ellenbogen drückt Cromwell die Klinke runter. Auch in diesem Zimmer ist nur ein Bett belegt. Das Tablett stellt er auf den Nachttisch und wartet ab. Ein Klumpen liegt unter der Decke, dicht an der Wand, als wollte er dahinter verschwinden. Dann dreht sich der Klumpen langsam um. Kein Wunder, dass Sibi D-Zug ihn nicht wiedererkannt hat. Das hier hat nichts zu tun mit dem Mann, der strahlend und energiegeladen die Station verließ. Verbeult, gedunsen, kleine rote Augen, mehrere Tage Bart. Und vor allem: Verzweiflung. Es stinkt nach Schweiß, Penner und riesengroßer Verzweiflung. Der Chief kann kaum sprechen, wie soll er da essen? Er bittet Cromwell um Wasser. Das schwere Glas kann er aber nicht halten, der Tremor seiner Hand droht es durch den Raum zu schleudern.

Cromwell besorgt eine leichte Schnabeltasse und flößt dem Chief Brühe ein. Schlomo sagt, dass Instantbrühe eine Entzugswunderwaffe ist. So viel fettige Brühe, bis einem schlecht wird. Besser gesagt: Bis einem noch schlechter wird; dann geht es bergauf. In einer Brühe ist alles, was der Trinker sich aus dem Leib gesoffen hat: Salze, Fette, Kerosin und Stearin... Der Chief beugt sich nach vorne, nimmt kleine Schlucke und fällt erschöpft zurück.

»Wie konnte das denn passieren?«, fragt Cromwell so zartfühlend wie möglich.

»War alles gut. Nach Hause. Gut. Prima. Zum Essen mit der Frau. Ärger. Plötzlich Ärger. Bin wieder zu Hause. Hasse mich und hasse sie. Die gesunde Kuh. Hat doch keine Ahnung.« Chief macht mit ihr Schluss. Und trinkt wütend auf ex. Beziehungsweise: Auf die Ex. Dann Anruf – Tobi. Wieder in der Stadt. »Ob wir zusammen was machen wollen. Hat mir viel zu erzählen. Und das gab's dann auch: viel zu erzählen.« Der Chief macht typische Geste: Glas ranholen und rein.

Gleich ab dem ersten Abend in Freiheit hat er sich betrunken. Granatenmäßig. Immer auf die Ex. Und auf alles. Ja, vor allem auf alles.

Es geschieht Unglaubliches: Der Chief beginnt zu weinen. Er hatte gedacht, sein Leben sei wieder zusammengesetzt. Und dass er in repariertem Zustand die Station verlassen hätte. Aber nix da. Er kommt raus, und kaum vor der Tür, zerfällt er sofort in Einzelteile. Chief sagt: »Du hattest recht. Aufgemacht und nicht wieder zu.«

Er weint weiter und dreht sich zur Wand.

»Kann ich dir irgendwie helfen? Brauchst du was?«

Kopfschütteln.

»Ich komme heute Abend wieder, ja?«

Kopfschütteln.

Cromwell geht. Er befindet sich in einem Lazarett. Hierher kommt man aus dem täglichen Schützengraben, lässt sich notdürftig die Wunden säubern, und dann geht's wieder zurück in den Schützengraben. Dort ballert es einem so lange um die Ohren, bis der nächste Schuss sitzt. Dann wieder ab ins Lazarett...

Und Cromwell verschickt eine Rund-SMS: Dass er morgen früh definitiv auscheckt.

Kapitel 43

Mendelssohn hob an zu großem Gejammer: Alles hinwerfen, wo die Detektei gerade teuer ausgerüstet sei! Man solle doch wenigstens so lange weitermachen, bis sich die Wanze amortisiert hätte! Und was ich denn bitte schön an Schnüfflers statt zu tun gedächte? Wo ich doch eindeutig – und dies sage er mir in aller Freundschaft – gar nix gelernt hätte? Und wo meine weltlichen Kompetenzen eindeutig – und dies werfe er mir in aller Freundschaft vor – gerade noch für Nachtportier oder einen Hartz-IV-Antrag reichten?

Je nun.
 Sicher.
 Aber – aus der Tiefe meiner derart von Mendelssohn beleidigten Leberwurst-Seele fühlte ich so etwas wie einen trotzigen Pioniergeist emporwachsen. Einen entschiedenen Willen, mein Leben noch einmal herumzureißen und zu bisher ungeahnten kreativen Höhen zu führen. Blieb nur die Frage: Wohin?

Ich verließ den jammernden Geizkragen und fuhr nach Hause. Oben wurde gerade Ländler/Foxtrott/Polka eingeübt. Von unten schlugen Bässe. In meiner Mailbox waren 398 neue Nachrichten, davon zehn Tankgutscheine und vier Penisverlängerungen. Und ich hatte mal wieder eine Reise gewonnen: Drei Tage für zwei Leute am Timmendorfer Strand. Unterkunft: Eine Familienpension mit Klo auf der Etage und Regatta übern Hof. Zum Selbstkostenpreis. Wahlweise ein Candlelight Dinner in Pinneberg. Da kamen mir plötzlich doch die Tränen. Und zwar mit einer Heftigkeit, als hätte ich sie etwa drei Monate lang mit Mühe zurückgehalten. Dann rief Heike an. Ob ich meine SMS gecheckt hätte? Ich sah nach und fand Cromwells eskapistische Botschaft. Heike fluchte und lud sich dann zu mir ein. In einer Stunde sei sie da. Und sie habe bereits einen genialen Plan. Und wenn ich Cromwell auch lieben würde, dann könnten wir beide ihn erretten.

Aus Freude über Heikes Besuch begann ich mit einer Expressreinigung meiner Wohnung, dieses zugelärmten Kobens, geriet dann aber rasch ins weinerliche Grübeln, was sie mit »Cromwell *auch* lieben« gemeint haben könnte. Denn erstens: Wir alle lieben Cromwell. Zweitens: Ich liebe ihn besonders. Drittens: Ich stehe auf Heike. Also bedeutete viertens: Wenn Cromwell und Heike sich zusammenschlössen, wäre ich ja praktisch doppelt gehörnt! Zweifach hintergangen! Verlassen im Quadrat! Und ich bin doch eh schon von Geburt an derart narzisstisch gekränkt, dass ich ALLES übel nehme! Während der Besen Wollmäuse und Stecknadeln aufnahm, liefen mir ein paar abschließende, aus Beerdigung, Hinterhersterben, Zukunftsangst und Weltschmerz gespeiste Tränen über das von Panik entstellte Gesicht. Ich steckte mir zwei Zigaretten auf einmal an, wünschte mir einen schnellen Tod und dann klingelte endlich Heike.

Sie umarmte mich zur Begrüßung. Vor Trauer blieb ich einfach an ihr kleben. Es schien sie weder zu stören noch zu irritieren. Sie strich mir sogar über die Wange und sagte freundlich: »Wollen wir beide in die Welt hinaus? Einen Freund retten?«
»Jawoll.« Ich riss mich zusammen und stellte Kekse auf den unordentlichen Tisch. Egal, was der Mensch so den ganzen Tag über treibt: Er sollte immer etwas Keks im Hause haben.

Langsam schob sich wieder Land unter meine Füße. Heike erklärte ihren Plan: Wenn Cromwell nicht so einsam auf der Station wäre, würde er es länger dort aushalten, was für seine Gesundheit unerlässlich sei. Also müssten wir ganz einfach jemanden dort einschleusen, der die Fähigkeit hätte, ihn zu halten. Sie, Heike, sei zwar auch nach Möglichkeit jeden Tag da – aber Besuche seien offenbar nicht ausreichend. Und ob ich mich in der Lage fühlte?

Peu à peu dämmerte mir die Marschrichtung: Ein obszönes Ansinnen.

»ICH gehe rein?«

»DU gehst rein.«

Ich steckte mir etwa vier Zigaretten auf einmal an: »Du weißt aber schon, dass es da gewisse Voraussetzungen gibt?«

»Und vor allem: Zeitdruck. Morgen ist er weg. Und heute Abend bekommen wir keine Überweisung mehr.« Genau: Die Welt geht ins Wochenende. Jedenfalls die funktionierende Welt. Manche gehen ins Kino. Ich habe von Menschen munkeln hören, die sollen sogar tanzen gehen. Und sich amüsieren.

»Es müsste also noch heute Nacht klappen.«

Heike nahm einen Keks, ich zündete mir die fünfte Zigarette an und dachte so viel auf einen Happs durcheinander, dass mir schwindelte. Den Freund retten – bei aller Liebe – die Generalissima Heike plant – für einen auch geliebten Cromwell – ich bin nur der Fußsoldat? Und gehe freiwillig dahin, where the sun don't ever shine? Na prima! I will shiver the whole night through, my girl.

Was läuft denn hier? Und auf welcher Spur? Sag mir bitte sämtliche Wahrheiten. Jetzt ist doch schon alles egal. Ich würde auch weinen, wenn ich es nicht schon längst täte.

»Schlomo: Keine Angst. Es ist doch gar nichts Schlimmes. Kein Weltuntergang, keine Katastrophe, nichts.«

»Habt ihr was?«

»Jein. Wir sind auf dem Weg.«

»Danke.« Ich stand auf. Ich konnte nichts mehr zurückhalten. Irgendjemand prügelte mir jetzt die Tränen im Akkord aus dem Leib.

Heike stand auf, ging um den Tisch herum und umarmte mich.

»Autsch«, sagte sie. Ich klammerte wohl fester, als ich dachte. Aber andernfalls würde ich durch den Boden rauschen, runter zu den Bässen. »Nichts ist schlimm«, wiederholte Heike. »Vielleicht ist ja sogar alles bestens?« Und Heike flüsterte so lange von der Katastrophenlosigkeit des Lebens, bis ihre Worte in meinem Pappschädel ankamen.

Je nun.

Sicher.

Es geht immer noch bodenloser und grausamer. Dagegen befinde ich mich zurzeit doch in einem der besseren Zustände. Wie kann man nur so ärgerlich ängstlich sein!

»Weißt du was, Schlomo? Ich habe noch nie solche Angsthasen wie euch kennengelernt. Was seid ihr nur für ein paar verdammte Herzchen. Aber immer mit großem Maul dabei.« Sie lachte. Mir wurde etwas wohler. Ich musste sogar lächeln. »Na also«, sagte Heike, »geht doch.«

Sie küsste mich so wie damals, in der Skihütte. Mit dem Unterschied, dass wir diesmal nicht aufhörten. Die Alpen glühten sich in Fahrt. So geht's zu, so unorganisiert: Erst rammt es dich runter zu den Bässen, und dann schießt es dich nach oben, zur Polka. Wie soll sich unsereins da noch auskennen! Und plötzlich bist du im schönsten Küssen deines Lebens. So. So soll es bleiben.

Ich musste an Heike herumschlingen wie ein paar verdammte Algen. Und – wie merkwürdig! – sie auch an mir. Das war der Teil des Abends, an dem ich fast bewusstlos wurde vor libidinösem Zeitraffer. Immerhin hatten wir wohl gerade den Herbst übersprungen und den Winter und den Frühling und befanden uns jetzt im Anflug auf einen Sommerabend. Voll Wärme, voll stichelnder Mücken und mit schwulstig sinkender Sonne – ach so! Jetzt begriff ich auch endlich, warum der Sonnenuntergang romantisch so gefragt ist! Weil: Er besiegelt etwas. Den gehabten Tag nämlich! Es singen die Wasser im Traume noch fort vom Tage! Vom heute gewesenen Tage! Im nächsten Leben werde ich Rezitator! Oder gleich Mörike! Und im Moment war ich bereit, mein Leben wegzuwerfen: »Lass uns zusammen nach Pinneberg gehen!« Der folgende Lachkrampf war Auftakt zu dem Teil des Abends, an dem der Mensch sich froh am Menschen reibt und so mutig wird, als stammte er aus einer alteingesessenen Familie von Helden...

»Und wie hast du dir das vorgestellt? Deinen Plan?«

Wir setzten uns wieder an den Tisch. Plötzlich war überall Ruhe: Oben, unten, sogar die Kekse hielten die Klappe. Heike lächelte gefährlich fein, verschwand unter dem Tisch in ihrer Tasche, tauchte wieder auf und stellte – Klonk! Wusch! – eine Flasche Wodka auf den Tisch des Hauses. Und jetzt begann der Teil des Abends, an dem ich mit widerstrebenden Nieren, sich verweigernden Transmittern und einem überhaupt in toto verwirrten Körper, aber im Dienste einer höheren Liebesmacht die Reise in einen ungewollten Zustand antrat.

Ich bin zwar Alkoholiker, aber das bedeutet nicht, dass ich auch jederzeit könnte oder wollte. Ich hänge an meiner Zurechnungsfähigkeit wie an einer gewissen körperlichen Fitness. In meinem ursprünglichen, drogenfreien Urzustand denke ich gerne geradeaus, ich liebe es plausibel und betreibe auch mit viel Freude den aufrechten Gang. Wenn ich schon mal mutwillig mein Hirn in Alkohol einlege, dann nur, um für einen Tag und eine Nacht nicht mehr unter den Lebenden wandeln zu müssen. Letzteres funktioniert meist auch reibungslos, aber nach circa zwei Tagen der Tollerei im Unbewussten, Vorbewussten oder Außerbewusstsein greift leider ein Mechanismus, den ich kaum noch beeinflussen kann: Der Körper will nicht mehr zurück. Er will im Kurzurlaub verweilen. Er will aus dem alkoholischen Tagesausflug eine Weltreise machen. Nichts soll mehr etwas fühlen oder denken können. Und zwar für Wochen. Wenn dieser Punkt erst erreicht ist, versuche ich mich unkontrolliert durchs All schießenden Kotzbrocken wieder auf eine sichere Umlaufbahn zu bringen. Dies bedeutet: Ich versuche mich runterzutrinken, um schnellstmöglich wieder in die trockene Erdatmosphäre eintreten zu können. Aber dann beginnt meistens der Teil, an dem der Körper nur noch zickt und zittert, wenn ich ihm nicht weiterhin Schluck um Schluck einflöße. Und damit beginnt dann der entsetzliche Teil, der im Krankenhaus seine grausigen Höhepunkte findet.

Auf Grund von im Vorangegangenen bereits behutsam angedeuteter, leidvoller und langatmiger Erfahrungen bzw. einer geht noch, einer geht noch rein bzw. Notaufnahme.

Hier treffen verfeindete Welten aufeinander: Der demütige, zitternde, um Hilfe stöhnende Alki und das saubere, adrette, selbstbewusste Klinikpersonal, das seine teuren Apparate lieber herausgibt, wenn es gilt, ein unglücklich gestürztes Kind oder einen im Dienste der Bürger angeschossenen Polizisten zu versorgen. Denn in einer Notaufnahme gilt das Prinzip der Unschuldsvermutung: Je unschuldiger der Patient, desto freundlicher die Behandlung. Wohl dem, der noch ins Kindchenschema passt. Noch wohler dem, der sich seine Verletzungen bei einer für die Gesellschaft sinnvollen Tätigkeit zugezogen hat. Eine De-luxe-Behandlung kann somit erwarten, wer als Fünfjähriger bei dem erfolgreichen Versuch, einen Nobelpreisträger aus einem lodernden Haus zu retten, zu Schaden gekommen ist. Ein Alkoholiker in der Notaufnahme ist dagegen ein Stück Vieh, das sich aus viehischer Lust zugesoffen hat, ein eigentlich lebensunwürdiges, garantiert arbeitsscheues Stück Fleisch, dem das gepflegte, arbeitsame Personal nur deshalb hilft, weil wir verdreckten Scheißer eine DAK-Chipkarte haben und weil bei unterlassener Hilfeleistung etwas juristisch Unschönes nachkommen könnte.

Je nun. Die in der Notaufnahme haben nun mal ihre Erfahrungen. Bei ihnen stranden zwei Sorten von Alkoholikern. Der Typ A ist beim Saufen vom Baum gefallen, in eine Prügelei geraten, vor eine S-Bahn gekullert oder alles zusammen. Nun ist er alkoholisiert und verletzt, das heißt: Er wird behandelt und hat einen kleben. Einigen Verwundeten schmeckt das gar nicht, und in ihrem zornigen Tran beginnen sie zu pöbeln und zu zetern – damit machen sie nicht nur sich selbst unbeliebt, sondern die gesamte Innung. Mit entsprechend weitreichenden Konsequenzen für den Trinker vom Typ B: Unsereins will aus seiner verwünschten Trinkerschleife aussteigen, schafft es aber nicht allein und in Heimarbeit, denn sein Körper fährt mit ihm bereits Schlitten. Obendrein finden diese Schlittenfahrten meistens an einem Freitagabend oder Samstagmorgen statt, somit ist man darauf angewiesen, von der Notaufnahme direkt zur rettenden Entgiftung weitergereicht zu werden. In unserer wankenden und kotzenden Not schleichen wir also wie Bettler vor eine Notaufnahme-Crew, die noch erfüllt ist von Hass auf den letzten alkoholisierten Pöbler und Zeterer. Entsprechend der Umgangston. Wer gelangweilt ist vom *free-climbing*, *bungee-jumping*, *extrem-fucking* oder ähnlichem Ich-geh-an-meine-Grenzen-Käse, für den ist folgendes Szenario ein *must-have*: Mit starken Entzugserscheinungen und flirrenden Nerven an einem Freitagabend ab in die nächste NA. Nirgendwo sonst, weder auf einem Zweitausender noch im freien Fall, kann der moderne Mensch fundamentale Ohnmachtsgefühle bis zur Neige auskosten; nirgendwo sonst die eigene Abwertung nachschmecken, nachempfinden, ja ein Stück weit auch eintauchen in ein Leben als – zum Beispiel – Kuhfladen. Notwendige Medikamente gegen Krampf oder Delir werden zunächst nicht gegeben. Auf Nachfragen dann so spärlich, als müsste sich der Diensthabende jede Pille vom eigenen Maule absparen. Und egal, wie devot und winselnd das Nachfragen: Einen trinkenden Notfall lässt sich so eine gestandene Notaufnahme nicht bieten. Hier gilt die hippokratische Faustregel: Auf der Matratze im Flur liegen lassen – tritt sich fest. Dies alles gilt natürlich nicht, wenn man eine Heike dabeihat...

Hoffte ich jedenfalls.

Und während ich noch mit Abscheu die Wodkaflasche anstarrte, beruhigte mich Heike, dass es diesmal ja nicht so weit kommen würde. Ich müsste ja nur eine Fahne haben und ein paar Promille, um mir den Zugang zur Entgiftung mit ein wenig gefälschtem Unwohlsein zu ertrotzen. Und: Sie würde von Anfang bis Ende bei mir bleiben, mich vor pampigen Pflegern schützen und dafür sorgen, dass der Vorgang der »Aufnahme« nicht die gewohnten acht bis zehn Stunden verzehrte, denn immerhin wolle man sich ja noch vor dem Frühstück unserem reiselustigen Cromwell als Überraschungsgast präsentieren.

»Aber wir brauchen was zum Verdünnen!«, maulte ich. »Roh und am Stück krieg' ich das Zeug nicht runter!« Alkoholiker sein bedeutet nämlich nicht automatisch, dass man auch vom Geschmack dieses auf Flaschen gezogenen Satans begeistert wäre. Klaro gibt es Alkoholiker, die von »einem guten Gläschen Wein« lamentieren oder von einem »leckeren Bier«, aber nicht wenige Alkis müssen sich genau wie ich den Alkohol als Normalo-Getränk getarnt reinstopfen und runterwürgen, damit die Geschmacksnerven möglichst wenig davon mitbekommen. Also beschlossen wir, dass Heike mir den Barkeeper machen und den Schwedentrunk möglichst geschmacksneutral zusammenmixen würde, während ich aufmerksam mitzählte, damit wir auch keinesfalls auf zu viele Promille kämen. Denn je höher die Promillezahl, desto länger die Wartezeit in der Notaufnahme. Manche Notaufnahmen liefern ihre Alkoholiker ab 1,9 Promille abwärts an die Stationen aus, manche sogar erst bei null. Was bedeutet, dass diese Armen erst auf dem Zenit des Entzuges – wenn gar nichts mehr geht – endlich der rettenden Behandlung übergeben werden.

Wir einigten uns also auf den Promille-Gehalt eines durchschnittlichen CSU-Abgeordneten (1,5 Promi-Promille) und besorgten im spätesten Supermarkt am Platze noch geschwind einige Orangen- und Maracujasäfte. Säfte mit starkem Eigengeschmack, und es mussten unbedingt Säfte sein, die ich weder gerne noch täglich zu mir nehme. Denn nicht nur der Geschmackssinn, auch das jedem Menschen innewohnende Suchtgedächtnis will betrogen sein: Nehmen wir mal an, ich würde mich immer mit Wodka-Cola abschießen. Was passiert? Ich kann nie wieder mein Lieblingsgetränk Cola in aller Unschuld zu mir nehmen, ohne nicht in der geschmacklich unterschwelligen Obertonreihe den vom

Suchtgedächtnis in strammer Erinnerung behaltenen Wodkaton mitzuschmecken. Auf Jahre hinaus wäre mir mein lieber Colageschmack versaut. Heike rumorte mit den Saftflaschen, gab zur Geschmacksverirrung meiner Rezeptoren noch etwas Scharfes wie Tabasco bei, und ich führte das erste Glas zum Munde. Trotz des gut verkleideten Wodkas jaulte mein Körper sofort wissend auf und wollte sich unverzüglich über die Klobrille hängen. Aber ich hielt mir den Mund zu und würgte im Dienste der Sache. Ab dem zweiten Glas hielt ich mir die Nase zu. Eine gemeinsame Kopfrechnung ergab: Wir könnten schon mal meine Sachen packen. Zigaretten, Lieblingsbuch und ein strenges Deo. Und viel Schokolade. Andere haben in ihrer Hausapotheke Notfallpillen oder Sprühverband, bei mir hilft Trauben-Nuss bzw. Weiße Crisp.

»Stofftier?«, fragte Heike wie ein Profipacker.

Den kleinen Bären namens Hanussen hatte ich während des letzten Entzuges weggeworfen. Aus Rache. Weil er hatte mir so gar nicht weitergeholfen, sondern nur glupschäugig und anteilslos einen meiner schlimmsten Entzüge begafft.

»Dann müsst ihr beiden euch eben Sieveking teilen. Warum heißt er überhaupt Sieveking, der Has'?«

Auf meiner Zunge begann die Ansiedlung einer schimmelähnlichen Textur: »Weil – Cromwells Scheidung fand im Gerichtsgebäude am Sievekingplatz statt. Und zum ewigen Gedenken an diesen Befreiungsschlag...«

»Dann ist mir Sieveking ja noch sympathischer.«

Die Tasche stand, die Chipkarte lag vor, das nächste Glas wartete.

»Was sagt eigentlich dein Schädel?«

»Eigentlich will er brechen. Andererseits spüre ich so ein – entspannendes Ziehen. Was sagt die Uhr?«

»Etwa 0,5 Promille.«

»Okay. Weiter im Text.«

Oben setzte eine Nagelschuh-Polonaise ein. Von unten hob Musik an. Jugendliche versuchten, sich über den eigenen Tumult hinweg zu unterhalten, was aber nur schreiend gelang. Meine Wut nahm jetzt nicht mehr den Umweg über die Ratio, sondern schoss mir direkt ins Handelszentrum: Die Hände ballten sich zu Fäusten. Es ist eine befremdliche Erfahrung: Ein wenig Alkohol auf das System gegossen, und die Gewaltbereitschaft findet blitzschnell & schwuppdich den Weg ins Werkzeug. Um es wissenschaftlich-amtlich zu formulieren: Alkohol ermöglicht den barrierefreien Zugang zu allen Gefühlen der Welt. Hass, Liebe, Wut. Und nicht zu vergessen die alkoholische Traurigkeit, die mich gerade ins Schlepptau nahm.

Kapitel 44

Cromwell wartet auf wütende Reaktionen. Aber das Handy bleibt kalt. Kein zorniger Schlomo, keine drohende Heike. Besorgniserregende Stille. Vielleicht hat er es sich jetzt mit allen verdorben? Endgültig das Ende ihrer Geduld erreicht? Freitägliche Feierabendstimmung. Es dunkelt. XXL müsste lange schon zurück sein. Edgar U-Bahn unterweist Sibi D-Zug in der Kartografie von Hamburgs Schwarzmärkten. Tabletten kann man zwar im Bahnhofsmilieu kaufen, sollte sich aber besser um einen Dealer andernorts bemühen. Denn: »Zu teuer. Am Bahnhof nehmen die Apothekenpreise!« Anhaltendes Gelächter.

Zumal die Pillen auf Privatrezept nur den halben Schwarzmarktpreis kosten.

Der VIP-Table spielt zwischen Bergen von Flips und Schokolade Karten. Die neue Patientin im kurzen dicken Wintermäntelchen hat sich erholt; die vormals leblose Hülle schlendert reanimiert durch die Flure und befindet sich im Zustand redseliger Vitalität. Frau Judith wird ihr erstes Opfer. Mit enormer Stimmkraft röhrt es aus dem Mantel: Sie sei hier völlig falsch, denn Alkohol sei nicht ihr Problem: »Ich bin Studienrätin!« Ja dann! Wer hätte je von einem suchtkranken Lehrer gehört? Absurde Vorstellung! Cromwell beschließt, Frau Judith aus den Fängen der Palavermaschine zu retten, und bietet ihr einen Gang zum Raucherpilz an. »Ich rauch' zwar nicht, aber ich komme mit!«, ruft die Frau Rätin und legt auf dem Gang zum Aufzug ein paar Tänzelschritte ein. Am Pilz erfahren Cromwell und Frau Judith, wie es eine völlig gesunde Studienrätin in die Entgiftung verschlagen konnte: Es handelt sich um einen Irrtum seitens der Notaufnahme. Aha. Grund seien ein Haufen missverstandener Indizien. Zum Beispiel hätten die einfach auf Grund einer Fahne auf Alkoholkonsum geschlossen! Lächerlich!

Cromwell gibt Frau Judith Feuer. Ihr scheint es Stunde um Stunde besser zu gehen. Seit zwei Tagen verwechselt sie nicht mehr ihr Zimmer, und jetzt blinzelt sie Cromwell gar verschwörerisch zu. Und scheint Spaß zu finden an den krausen Erzählungen der Frau Rätin, die inzwischen noch mehr Tanzschritte versucht; ein paar peinliche Drehungen um den Pilz herum. Unter dem Hinweis, dass sie übrigens immer Ballett gemacht hätte, was ja nun auch gewaltig gegen einen Alkoholismus spreche.

Cromwell fragt: »Wie bist du dann überhaupt in die Notaufnahme gekommen?«

Je nun: Die Frau Rätin hat es um 4 Uhr früh mit einem solchen Rumms aus dem Bett gehauen, dass die besorgte Nachbarin einen Notarztwagen ruft. Eigentlich hat sich die Rätin in ihrem Bett nur auf die andere Seite drehen wollen, aber da hätte es schon geknallt. Und wie sie noch verwundert vor ihrem Bett liegt, kommt die benachbarte Freundin mit dem Schlüssel und lässt medizinisches Personal in die Wohnung. Und die wiederum verkennen die Situation, bringen sie ins Krankenhaus, und weil Frau Rätin zufälligerweise 3,8 Promille hat und auch nicht mehr gehen kann – von tanzen ganz zu schweigen –, wird sie erst mal an einen Monitor und diverse Flüssigkeiten angeschlossen.

»Wie ist eigentlich der Plural von Tropf?«, fragt Cromwell.
»Tröpfe?« Frau Judith lacht herzlich, nimmt Cromwells Arm,

und friedlich aneinandergelehnt lauschen sie dem, was da an Jägerlatein, Seemannsgarn und Trinkernovelle aus der Frau Rätin heraussickert: Sicher – sie habe nicht mehr laufen können. Aber das sei ja nun wirklich kein Grund, einen Menschen an Tröpfen stillzulegen. Die behaupten sogar, sie hätte einen Krampfanfall gehabt! Und daher auch die Platzwunde am Hinterkopf! »Aber an einen Krampf könnte ich mich ja wohl erinnern!« Frau Judith lacht laut: »Genau das eben nicht!« Frau Rätin ignoriert, schiebt Haupthaar zur Seite, führt eine Kopfnaht vor und fährt fort: Als die Platzwunde versorgt und die Zwangströpfe durch sind, bringt man sie, ohne nachzufragen, auf diese Station. Offenbar würden in diesem Krankenhaus Patientenrechte nicht gerade großgeschrieben! Aber wo sie nun schon mal da sei... und das Essen sei auch nicht schlecht...

»Und du siehst wirklich keinen Zusammenhang zwischen deinem Zustand und Alkohol?«

Ach was! Frau Rätin geht eben gerne zum Portugiesen essen. Der Portugiese ist unten bei ihr im Haus. Dort kennt man sie! Und dort trinkt sie dann gerne ein Gläschen Wein. Aber immer nur zu einem guten Essen! Cromwell flüstert Frau Judith ins Ohr: »Man muss sicher ganz schön viel essen, um auf 3,8 zu kommen.« Der Herbstabend ist lau und milchig. Im Aufzug nimmt Frau Rätin am Handlauf Aufstellung wie an einer Ballettstange: »Und *demi-plié*! Und *changement*!«

Sie tanzt das vor, beim *changement* hopst sie in die Höhe, beim Landen bringt sie den Aufzug aus dem Konzept: Er stoppt kurz ab und wackelt von links nach rechts.

Herr, Deine Schöpfung ist schon etwas sehr, sehr Spezielles.

Cromwell überlegt, ob er wirklich schon morgen gehen will.

Sibi D-Zug will mit einem vollen Tablett an ihm vorbeidampfen: Cromwell nimmt es ihm ab und startet einen zweiten Anlauf beim Chief.

Kapitel 45

Es war nicht schön. Mein Hirn fühlte sich irgendwie – sperrig an. Jedenfalls dehnte es sich aus und stieß an die Schädelknochen. Nach dem Miniatur-Wutanfall entglitt mir nun auch meine Restpsyche. Innere Unruhe mit einem Schlag ins Panische. Eine alkoholbedingte Zerreißprobe: der Körper kurzatmig, die Seele auf vollen Touren. Ich trank zwei vergiftete Säfte in rascher Folge, und das geblähte Hirn schien sich zurückzuentwickeln, den Körper ergriff leichte Entspannung, chemische Ruhe, bei gleichzeitig weiterer Befeuerung meiner werten Psyche: Gedankengänge schossen aneinander vorbei und übereinander hinweg, kollidierten zum Knäuel oder verloren sich in matschiger Hirnweite. Aah, das Hirn. Ich wusste, warum mein Ausflug in die Welt des Detektivismus gescheitert war, und ich versuchte, diese Erkenntnisse philosophisch einwandfrei an Heike weiterzugeben: »Weißte was? Bosheit kotzt mich an! Ich mag es einfach nicht, wenn Menschen widerlich werden! Widerlich und liederlich! Diebischer Neid, Habgier! Ja, wer will sich denn aus freien Stücken damit rumschlagen? Das ist nicht meine Welt!« Eine Welt der Grämigs, der XXLs, der Spekulanten, *Warlords* und *Callcenter* – nie würde ich mich daran gewöhnen!

Somit war ich also kein geborener Detektiv, sondern vielmehr ein geborener – Schöngeist! Ich musste der menschlichen Blödigkeit, der *petitesse humaine,* auf die Schliche kommen und sie dann abstellen! Wie wäre es zum Beispiel, wenn ich – Hirnchirurg würde? Ich wollte doch schon immer etwas mit Menschen machen! Aber nicht mit Menschen und Rechten, sondern mit Menschen und Hirnen! Hier ein Schnitt in den Frontallappen, dort ein stimulierender Stups ins Moralzentrum! Oder vielleicht doch eher Bildhauer? Hatte ich nicht schon immer gerne gebastelt? Pappe und Ponal! Die Welt aus Sperrmüll und Heißklebepistole! Oder was wäre – und diese Option schien mir Knall auf Fall die am meisten realistische, logische, extrem machbare: Therapeut! Ich war doch eigentlich der geborene Therapeut: Ich hatte selber einen fundierten Schuss, wusste auch mit den Schüssen anderer beherzt umzugehen, und das mit der kassenärztlichen Zulassung würde sich schon ergeben... Wie hieß noch mal das Therapiekonzept, das ich mir vor Kurzem aus den Fingern gesogen hatte?

»Habe ich dir schon von meiner PIA erzählt? Meiner ›Paradox-integrativen Autoremission‹?«

Heike mixte mir einen Drink, den sie »Hamburg-Eppendorf-Express« nannte. Dazu fiel mir etwas Unglaubliches auf: »Wie lautet die Adresse unserer Klinik, na?«

»Martinistraße!«

»Kann man einen Martini nach einer gleichnamigen Straße nennen?«

»Martini-Martini? Martini double?«

Wir einigten uns beim nächsten Drink auf den Namen »Hirnforschers Nachtgedanken«. Und so, wie mir die Wut in die Fäuste gefahren war, so übergangslos kam die große Depression. Womit wir an dem Teil des Abends angelangt waren, da der Proband aus tiefempfundener Melancholie freiwillig die nächsten zehn bis zwölf Getränke einfahren würde, hätte er keine Heike, die ihm mahnend nur eine limitierte Dosis zugesteht. Observierendes Servieren, quasi. Es war also der Zeitpunkt gekommen, ab dem ich – ohne Heike – den Sprit nunmehr haltlos und selbstverachtend in mich hineingurgeln würde. Der Trinker-Point of no Return, das Saufen bis zum Totstellen. Das Säufer-Paradoxon: Der alkoholinduzierten Trostlosigkeit muss mit alkoholischer Selbsttröstung begegnet werden.

Heike fragte: »Wie geht es dir jetzt?«

»Schlecht. Ich glaube, ich muss gleich weinen. Über mein missratenes Leben. Was hätte alles aus mir werden können!« Jawoll: ein bildender Künstler mit Hirnforscher-Diplom. Alle meine Schulkollegen (außer Felix) hatten es ja zum Hirnprofessor gebracht! Während mir die Portiersloge blieb und ein abgebrochenes Detektivstudium. Je länger ich daran dachte, desto schwerer wog mein Versagen. Heike als Chirurgin, Cromwell mit seinem Doktortitel, sogar Mendelssohn als Privatier war was Besseres. Nur aus mir Pfeife war etwas geworden, worauf noch nicht mal die liebendsten Eltern stolz sein konnten. Und mir kamen schon wieder die Tränen.

Heike betrachtete mich: »Ich glaub', du bist jetzt weit genug unten.« Sie stand auf und räumte den Tisch ab. Als sie die übrig gebliebenen Zentimeter Wodka weggießen wollte, fuhr ich ihr in die Parade: »Stopp! Einen Riesen nehme ich noch! Ich sitz' doch nicht zehn Stunden in der Notaufnahme und bin am Ende so nüchtern, dass die mich nicht mehr wollen!«

»Apropos: Kannst du denn aus der Lameng einen Entzug darstellen? Musst du dich nicht erst eingrooven?«

Öha. Und mir fiel sofort eine weitere abgebrochene Karriere meiner unwerten Person ein: Mime! Hochgerechnet von meinen Erfolgen auf Schulbühnen müsste ich heute ein internationaler Kinostar sein! Wäre im Ensemble der Burg! Was hatte ich früher nicht alles an die Wand gespielt! Und heute: Was hatte ich inzwischen nicht alles an die Wand gefahren! Mein letzter großer Auftritt: Ein Entzügiger? »Herzrasen kann ich nur mit Hilfsmitteln. Wir müssen Kaffee kochen. Besser noch: Ein paar letale Mokkas!«

Wir brauten einen Kaffee, mit dem man Scheiben hätte einwerfen können. Schon nach der ersten Tasse wurde mein Brustraum zur Trabrennbahn, nach der dritten verfielen die Organe in wilden Galopp. Zittern, Schweißausbrüche.

Unten versuchten sich einige Jugendliche auf einer E-Gitarre. Oben wurde der Squaredance entdeckt. Eine neue Form: Jetzt mit noch härteren Schuhen und noch mehr Absätzen. Ich zog meinen verdammten Übergangsmantel an, Heike nahm die verdammte Tasche und wir verließen dieses Haus der Verdammten. Fast freute ich mich auf eine ruhige, besinnliche Psychiatrie.

In Heikes Auto begann ich erneut, meine hochgeheime PIA-Therapie zu erklären. Heike lauschte aufmerksam, dann bog sie kurz vor der Martinistraße nach rechts ab in die Hoheluftchaussee: »Du kannst mir dein Projekt so klar beschreiben – ich finde es wirklich logisch. Ich könnte mir sogar vorstellen, dass du da einen echten therapeutischen Brecher entwickelt hast! Halt das unbedingt fest! PIA hat Zukunft! *Aber:* So klar, wie du es mir erklärst, bist du immer noch nicht krankenhausreif. Wir müssen nachladen. Hätte nicht gedacht, wie viel Alkohol in dich reinpasst.« Ich entschuldigte mich: »Das ist bloß, weil ich bin Alkoholiker und hab' da 'n Stück weit Toleranz.«

Heike fuhr so, wie sie lebte, liebte und bestimmt auch arbeitete: zielstrebig, schnell und rücksichtslos. Das wird man wohl, wenn man täglich in aufgeklappte Menschen hineingreift. Sie brauste eine Tanke an und kaufte Nachschub. Für eine kurze Gnadenfrist verweilten wir noch auf ihrem Krankenhaus-Parkplatz. Draußen liefen sie herum, die Unvereinbarkeiten von Patientenwelt und Personalkosmos: Kranke und Intakte, gebeugte Lädierte und aufrechte Gesunde. Hier schleichend vor Qual das Fußvolk, dort kerzengerade Befehlshaber von einer schamlos hoffärtigen Routine. Heike suchte nach einer passenden Musik: »Was hört man denn stilecht zu einem Rückfall?«

Ihr Auto war das Chaos. Leere Kaffeebecher, Verpackungen von Müsliriegeln. »Kein Wunder, dass du immer so ekelerregend fit bist. Das ist doch Doping!« Aus einem der Kaffeebecher nahm ich einen Sturztrunk und schob sinnlos Pfefferminz hinterher gegen die Fahne, die ich doch eigentlich gleich als Beweismittel brauchte. Gerne wäre ich jetzt wieder nach Hause gefahren. Ins Bett gelegt und nachgegossen bis zum Hirnstillstand. Das Suchtgedächtnis war zuverlässig angesprungen. Panik. »Tröste mich! Bitte tröste mich irgendwie!«

»Du bist ein Held. Für einen Freund stürzt du dich ins Verderben. Jedenfalls ins kurzfristige Verderben.«

Jawoll: Niemand hat eine größere Liebe gekannt denn die, sein Leben hinzugeben für die Seinen...

Immer wieder peinlich, wie Alkohol mein Archiv der geflügelten Worte und sinnlosen Zitate belebt.

»Ich Wurm! Ich Nichtswürdiger! Ich Handkäs'!« Heike umarmte mich großzügig. Ich schämte mich meiner Fahne. »Fahne macht nichts«, sagte Heike. »Ich weiß ja, woher sie kommt. Und dass ich verantwortlich dafür bin.« Als wir endlich ausstiegen, klappten meine Kniescheiben um. Ich hielt mich am Autodach fest und merkte, dass der verputzte Alkohol zielgerade in die letzten Hirnzellen einfuhr. Wie bei einem leibhaftigen Hau-den-Lukas. Ich sah es vor mir: Jemand haut mir mit dem Holzhammer auf die Zehen, und der ganze Saft schießt in den Schädel.

Ich war krankenhausreif. Nun komm, du hohe Zeit!

Kapitel 46

Der Chief schweigt wie ein Grab. Vielleicht ist er ja eher bereit, über andere zu sprechen. »Und was macht Tobi?«

Der Chief dreht sich nicht zu Cromwell um, presst sich weiter an die Wand, aber immerhin spricht er. Verwaschen:

»Tobi in Kassel. Und der Blödmann trinkt sich Mut an, damit er überhaupt bei der Frau klingeln kann. Nicht rotzbesoffen, aber mit Schlagseite. Das gibt eine Gegenüberstellung: Er und der Mann und die Frau. Und die Frau sagt am Ende: Sie bleibt bei dem Mann. Sie will nichts mehr von Tobi. Er und sein Suff – das hat angeblich keine Zukunft. Stell dir das vor: Die beiden zusammen haben Tobi rausgeworfen! Er konnte es gar nicht glauben. Und weil er nicht gleich geht, rufen sie sogar die Polizei.«

So viel zum Thema Traumfrau. Frau des Lebens. Cromwell denkt: Hätte ich für fünf Pfennig Empathie – mir würde speiübel vor Mitleid. Gibt es irgendein Leben auf diesem Planeten, das verschont bleibt? Gibt es das: Reich, schön, harmonisch und empfindungslos?

»Meinst du, du bekommst das mit deiner Frau wieder hin?«

Der Chief sagt zur Wand: »Melde gehorsamst: Soziales Umfeld erfolgreich zertrümmert.«

Und: »Lass mich bitte alleine, ja?«

Cromwell drapiert das Abendtablett auf dem Nachttisch und bringt das unberührte Mittagstablett in die Küche. Der VIP-Table lässt NDR 19 laufen und brüllt sich Spielregeln zu. Hoffentlich schreitet Schwester Hermann bald ein. Cromwell mag weder mit der Queen noch mit dem Quader oder dem

Baumstumpf aneinandergeraten. Und schon gar nicht mit der Schwarzgefärbten. Sie inspiziert irgendwie heimtückisch unter ihren abrasierten Brauen den Raum. Cromwell fühlt sich bei jeder Bewegung beobachtet. Was befürchtet die Frau? Dass er ihnen die Brezeln klaut? Dass er ihr an die Titten greift? Der Chief hätte den Krawall der Truppe mit einem forschen Nebensatz beendet. Aber im Augenblick sind nur die Schwachen anwesend, und die sind in den Fernsehraum geflohen. Edgar U-Bahn schaut eine Dokumentation über Flohmärkte. Bisweilen kichert er abfällig. Ein unschuldiger bürgerlicher Flohmarkt muss ihn anmuten wie ein Krippenspiel für Doofe. Sibi D-Zug und Frau Judith erklären sich gegenseitig die Bibliothek. Es ist allerliebst: Frau Judiths sanfte Stimme liefert Inhaltsangaben, und Sibi fragt mit polnischem Singsang nach. Cromwell sitzt daneben und lässt sich von den Stimmen beruhigen. So hat er früher in der Klasse gesessen und Referaten gelauscht: freundliches Summen, leises Husten, leichtes Scharren... Die Tür schwingt weit auf, herein tanzt Frau Rätin. »Ah, Bücher!«, schreit sie. »Bücher sind mein Leben!«

»Meins eigentlich auch«, murmelt Cromwell. »Geht jemand mit rauchen?«

Frau Judith und Sibi D-Zug sind dabei. Als sie sich an der Tafel austragen, hat die Frau Rätin sie eingeholt. Wie schüttelt man eigentlich in einer Psychiatrie kreischende Mitpatienten ab? Zerrt sie in eine Ecke und stopft ihnen Pharmaka ins Maul?

Gleich wird das Haupttor geschlossen. Die Jugendpsychiatrie verhält sich heute merkwürdig verhalten. Ein Mädchen beginnt zu schluchzen, die anderen umringen sie tröstend. Handauflegen, Flüstern. Der Junge, der sonst über die Bänke springt, sieht zu ihnen rüber und sagt entschuldigend: »Die Jessica hat sich umgebracht.«

»Wie furchtbar!«, schreit die Frau Rätin. »Das ist ja erschütternd!«

Sibi schaut zum Himmel, sein Körper wird stocksteif, und dann brüllt es aus ihm: »Wenn man was nicht meint, soll man's auch nicht sagen!«

Die Frau Rätin fällt in ihrem Mäntelchen zusammen.

»Morgen gehe ich«, sagt Cromwell.

»Bitte bleib!«, sagt Frau Judith.

Kapitel 47

Weil ich diesmal so geordnet, gerade und schmerzfrei einfuhr, drückte mich überraschend hart ein schlechtes Gewissen. Dieses Mal fühlte ich mich in der Tat wie ein gewissenloser Sittenstrolch, der schandbar den teuren medizinischen Apparat missbrauchte. Andererseits konnte ich mir einreden, dass mein Zustand durchaus und ungelogen nach professioneller Hilfe schrie, denn ohne Heike wäre es nur eine Frage der Zeit, bis ich wieder verzweifelt und abzitternd in meiner Wohnung beziehungsweise Disco/Musicbox/Tanztee säße und überlegte, wie ich möglichst geordnet, gerade und schmerzfrei in die NA käme.

Ich überließ Heike das Reden. Ein fröhlicher junger Mann legte mir das weiße Klinikarmband an, maß den Blutdruck und sagte, dass der zuständige Psychiater gleich käme. Ich musste pusten. Das Gerät zeigte einen erhöhten CSU-Abgeordneten-Wert. Es war etwa 18 Uhr.

Dann saßen wir herum. Es ging sehr ruhig zu. Die Hamburger hatten wohl Besseres zu tun, als sich zu prügeln oder den Darm in Schlingen zu legen. Gegen 20 Uhr erschien ein Typ in blauem Kittel zur Blutabnahme. Er grüßte Heike knapp und stocherte dann übellaunig in meinen Rollvenen. Heike sah ihm nach: »Den hab ich neulich zusammengefaltet. Das ist für uns jetzt natürlich ein taktischer Nachteil.« Mein Blutalkoholspiegel sank. Das harte Licht. Das regelmäßige Piepsen einer Maschine. Ich legte meinen Kopf auf Heikes Schulter ab. Manchmal ging eine übergewichtige Schwester in fluoreszierenden Plastikclogs ganz langsam von ihrem Tresen in ein Zimmer. Kam nach Minuten wieder zurück, stand am Tresen, nahm irgendwas in die Hand, wieder ins Zimmer. Und zurück. Bei ihrem fünften Durchgang murmelte ich: »Beim nächsten Mal hau' ich sie.« Beim zehnten Durchgang fragte Heike, ob es hier eigentlich auch Ärzte gäbe. Die Fluoreszierende fauchte: »Wir haben alle Hände voll zu tun!« Und: »Der Psychiater kommt gleich!« Ich vermutete: »Das ist die Verlobte von dem Blutabnehmer.« Gegen 23 Uhr kam doch noch Schwung in die Bude: Ein frisch begipstes Bein wurde in einem Bett herumgefahren. Der Besitzer hatte zwei pouldardengroße Hämatome um die Augen. Aber das war's dann auch wieder für die nächsten Stunden. Mit einem echten Entzug wäre ich längst aufgeschmissen. »Die alte NA kennst du gar nicht mehr? Ja, das waren noch Zeiten. Cromo und ich haben öfter mal vorbeigeschaut. Da bekamst du für deinen Krankenschein noch was geboten: Null Datenschutz. Alles ganz offen und laut. Ständig brüllte jemand eine Diagnose übern Flur: ›Der Nächste bitte! Ja, der Herr mit der Spontan-Phimose bitte in Raum drei!‹ Oder: ›Der psychotische Studienrat bitte auf die Zwei!‹ Oder: ›Der Clown mit dem Krokodil im After – hier entlang!‹«

Heike meldete uns bei der Fluoreszierenden ab: Wir seien fünf Minuten zum Rauchen vor der Tür. Und wieder. Und wieder. Und Durchmarsch und Piepsen. »Erzähl mir von PIA«, murmelte Heike gegen 25 Uhr.

»Viel darf ich nicht sagen. Sonst klaut's mir noch jemand. Nur so viel: PIA wird mich steinreich machen. Steinreich und furchtbar gesund. Es ist DAS therapeutische Prinzip überhaupt. Von jedem auf alles anzuwenden. Quasi eine Geheimwaffe. Die kommende dicke Berta der Psychiatrie.« Vorbeimarsch Fluor. Sie sah dreißig Prozent wütender drein als vor zwanzig Stunden. »Oioioi«, flüsterte Heike. Dann ging's mir auf: »Ich glaub', sie hat die dicke Berta auf sich bezogen! Noch ein taktischer Nachteil.« Heike legte ihren Kopf auf meinem Kopf ab: »Wenn wir jetzt richtig vom Regen in die Traufe wollen, dann geh' zu ihr und entschuldige dich. Dann fragt sie: ›Wofür?‹ Und du: ›Na ja, ich hab doch eben dicke Berta gesagt. Damit habe ich aber nicht Sie gemeint! Ehrenwort! Überhaupt: Immer wenn ich von etwas spreche, das fett und langsam ist, dann meine ich – auch wenn's anders aussieht – niemals Sie. Wieder Freunde?‹«

Wir kicherten etwa eine Stunde lang. Ich malte Heike mein Leben aus, wenn sich die PIA durchsetzen würde: »Dann steh' ich hier aber gut da! Als Behandler nämlich! Dann geh' ich hier aber in massiv goldenen Clogs auf und ab wie ein Fürst! Und als Erstes stauch' ich die lästigen Alkoholiker zusammen: ›Nehmse gefälligst das Zucken aus dem Gesicht, wenn ich mit Ihnen rede! Hamse überhaupt gedient, Sie Laus?‹«

Gegen 29 Uhr, beim Rauchen vor der Tür, kam endlich etwas Tempo in die schläfrige Situation: Ein Lalü fuhr vor, in Windeseile wurde die Trage herausgezerrt, auf ihre Rollen gestellt, eine ältere Frau in Zivil taumelte vom Beifahrersitz, und ab ging die wilde Jagd; so schnell, dass wir keine Chance hatten, einen Kennerblick auf den Patienten zu werfen. »Wie soll man da noch präzise diagnostizieren?«, meckerte ich. Und: »Ich fürchte, ich habe inzwischen nur noch periphäre Promille. Vielleicht gerade noch so viel wie Margot Käßmann nach einem Pastoralabend!« Um 32 Uhr holte mich der Psychiater vom Dienst zum Gespräch. Einer meiner Lieblingspsychiater, Doc Scherer. Trotz der späten Stunde ein Mann mit dem lobenswerten Humor eines Altsatirikers: »Herr Krakowiak, warum haben Sie so wenig Promille? Und warum sind Sie so gut zu Fuß? Ist was passiert?« Ich überschlug die Lage: Es ginge mir um frühzeitiges Stoppen meiner Trinkmaschinerie (das war noch nicht mal gelogen) und ich hoffe, dass auf der Entgiftung noch ein Bett frei sei (auch keine Lüge), damit ich die ersten getrockneten Tage auch garantiert trocken bliebe – kurz: Alles nicht wirklich gelogen. Den wahren Anlass meiner alkoholischen Exkursion verschwieg ich natürlich. Doc Scherer machte meine Überführung ins Psychiatriegebäude so weit klar, schüttelte uns herzlich die Hand und verschwand in der piepsigen Stille der Station. Wir kamen wieder bei der dicken Stationsberta zu sitzen und betrachteten nun etwas besser gelaunt ihre zähen Rundgänge. »Vielleicht verschwindet sie, weil sie sich alle zehn Minuten einen Schuss setzen muss?«

»Die sieht mir aber nicht nach Heroin aus. Eher nach Cholesterin.«

Um etwa 39 Uhr kam mein »Transport«. Den Rollstuhl lehnte ich ab: Nein, den kurzen Weg zum Wagen könne ich laufen. In extremis sogar barfuß.

Heike, die auch endlich etwas Müdigkeit zeigte, verabschiedete sich, küsste mich kurz, aber innig und stieß mich dann in den Transporter. Adieu! Bis morgen! Oder heute! Egal: Adieu, jedenfalls!! »Und sag Mendelssohn Bescheid, wo ich bin! Und er soll sich keine Sorgen machen! Nicht dass er mich noch übers Rote Kreuz suchen lässt!«

Ich wurde festgezurrt, wir zockelten über das Klinikgelände. Zwischen Milchglasstreifen sah ich den Himmel. Künstlich und glatt klebte er da oben. Lebloses Linoleum. Von dem war jedenfalls kein Mitleid zu erwarten, wenn Cromwell mich wegen dieses uneleganten Erpressungversuches schlagen würde. Das Portal der Psychiatrie öffnete sich. Hier herein und zu dieser Nachtzeit wollte ich doch nimmermehr…

Kapitel 48

Schwester Hermann unterbricht die Partie: »Wir kriegen noch eine Aufnahme. Schade, dass ich diesen Triumpfh nicht auskosten kann.«

»Welchen Triumph? Ihnen steht das Wasser bis zum Hals!«

»Wo sehen Sie *das* denn? Haben Sie jetzt tatsächlich ein Delir?«

»Dann geh ich mal packen.«

»Wozu?«

»Ich will morgen weg.«

Schwester Hermann verzieht das Gesicht: »Normalerweise: Gute Reise. Aber Ihnen ist schon klar...«

»Egal.«

»Was bricht Ihnen aus der Krone, wenn Sie noch eine lausige Woche bleiben? Außer dass Sie dann wenigstens einigermaßen stabil ausgeschlichen sind?«

»Ich kann nicht mehr. Ich *will* nicht mehr.«

»Darf ich Sie und Ihren sagenhaft starken Willen an Ihre Beinahe-Hallus erinnern? Was wollen Sie machen, wenn Sie die zu Hause bekommen?«

Cromwell benagt schweigend seine Unterlippe.

Schwester Hermanns Ton wird unfreundlich: »Dann kann ich Ihnen ja nur noch wünschen, dass es nicht zur chemischen Entgleisung kommt. Und selbst wenn: Wir leben ja dank iPhone und Headset in einem guten Zeitfenster für Psychotiker. Heute kann jeder auf der Straße laut vor sich hin labern, ohne eingeliefert zu werden. Sie müssen sich halt nur einen Knopf ins Ohr stecken. Dann klappt das auch mit der Psychose.«

»Jaja.«

Es klingelt. Schwester Hermann bedient den Türöffner und sagt: »Darüber sollten wir nachher noch mal reden.« Cromwell verlässt mit schlechter Laune und noch schlechterem Gewissen den Glaskasten. Hinter ihm tritt auch Schwester Hermann auf den Flur, und Cromwell hört ihn zu dem nächtlichen Besuch sagen: »*Sie* hier? Und auf den eigenen Beinen? Dass ich das noch erleben darf, Herr Krakowiak!«

Cromwell schießt um die eigene Achse. Da stehen zwei Transportmänner, übergeben Hermann einige Papiere, und dahinter, mal versteckt, mal hervorlugend, hin und her und im Großen und Ganzen wie ein Kasperle – Schlomo.

Kapitel 49

Schlomo Krakowiak war ein fröhliches Kind, das die Natur liebte und gerne im Gras lag, um sich Spielkameraden einzubilden, die etwa halmhoch und von tierhafter Herkunft waren. Die Bevölkerung seiner Spielwiesen entsprang den Kinderbüchern, die er bei schlechtem Wetter so konzentriert studierte, als wären es Gebrauchsanleitungen fürs Leben. Ansonsten schwor er auf Schokolade und war ein entsprechend pummeliges Kind, obwohl er Anteile seiner Rationen regelmäßig den eingebildeten Naturfreunden opferte, indem er Schokoladenstücke feierlich und andächtig in die Astgabeln oder auf Krebsknubbel von Bäumen legte. Damit hätte aus Schlomo ein ruhiger, buddhistisch-pummeliger Erwachsener werden können, aber ab seinem zwölften Lebensjahr tauchte die garstige Vettel Depression an seinem Horizont auf; sie wurde mit den Jahren immer größer und habgieriger, so dass Schlomo noch vor seiner Volljährigkeit in täglichem Kampf gegen diese schwarze Pest lag. Zwanzig Kampfjahre später drehte sich sein Leben wie ein bösartiger Kreisel nur noch um die Abwehr der schwarzen Wolkenwand und der zeitweiligen Kapitulation vor ihr: Wenn Schlomo das bekam, was er seinen »Schwächeanfall« nannte, hieb er sich wild entschlossen so viel Droge in den Leib, dass diese Ausflüge in die Besinnungslosigkeit auf Krankenstationen endeten. Mal war's die Entgiftung, mal wegen (leichtfertig unterstellter) Suizidalität die Geschlossene. Und genau dort lernten sich Cromwell und Schlomo kennen. Es traf sich zu gut: Von früher geblieben war Schlomo die vergebliche Suche nach den ehemaligen Freunden im Gras, und weil der zerstörte Cromwell, der irgendwie halmhoch und tierhaft durch seine Zerrüttung kroch, auf der Suche nach Verständnis oder einem Notausgang oder seinesgleichen war, dockten die beiden aneinander an und blieben in diesem Zustand seit nun zehn Jahren. Keine siamesischen Zwillinge, doch von nicht minder starker Haftung und Haltbarkeit immerhin neurotische Zwillinge. Und sie teilten von da an miteinander fast alles: die Launen, die Schwächeanfälle und die Schokolade. Was beider Leben erleichterte und verschönte.

Als Cromwell hinter Schwester Hermann und den beiden Krankenspediteuren das Kasperle Schlomo entdeckt, treffen ihn nicht nur Sorge, Freude und Déjà-vu, sondern auch die blitzartige und prophetische Erkenntnis, dass man miteinander nicht nur Launen, Schwächen und Schokolade teilen würde, sondern – und dies ganz selbstverständlich, einvernehmlich und zum Wohle aller – auch eine Heike.

Die beiden Spediteure verabschieden sich von Schwester Hermann, der Schlomo in den Glaskasten bittet. Schlomo sieht Cromwell erst ängstlich und abwartend an, aber als er hinter Schwester Hermann an ihm vorbeigeht, blinzelt er ihm plötzlich so frech zu, so aufgekratzt und lasziv, dass Cromwell lachen muss. Er setzt sich neben den Kasten und wartet.

Kapitel 50

Schwester Hermann begann das Gespräch mit einer traditionellen Messung: »Ich müsste Sie eigentlich ausschimpfen, oder? Aber Sie machen so einen – normalen Eindruck! Gar nicht wie sonst. Sogar Ihr Blutdruck ist normal. Ich fass' es nicht.«

Ha! Dass ich das noch erleben darf! Ich fühlte mich zwar nicht wirklich wohl, aber ausgerechnet dem losen Maul Hermanns in einem fast stabilen Zustand mit einem ebenfalls losen Maul begegnen zu können, hatte was von einem späten Sieg. Apropos: Da stand sogar das unvermeidliche Schachbrett. »Wie sieht's aus? Zieht Jordan Sie wenigstens ab?«

»Die Herren kennen einander?«

»Und wie.«

»Zusammenlegen kann ich Sie aber nicht. Obwohl der Zimmergenosse Ihres Freundes abgängig ist.«

»So viel Schwein hätte ich jetzt auch nicht erwartet.«

»Sie kommen zu jemandem, den ich nachts noch ein paarmal messen muss. Aber das kennen Sie ja. Und was machen wir mit den Oxas? Was hat man Ihnen denn verschrieben?«

Doktor Scherer hatte nur eine prophylaktische Zahnfüllung notiert. Ein Klacks von 10 Milligramm für jemanden, der früher mit einem halben Kilo ins Rennen gegangen ist.

Kapitel 51

Cromwell überlegt, was das nun wieder für ein himmlisches Zeichen sein soll. Warum hat die Hand des Herrn Schlomo am Kragen gepackt und ihn über der Entgiftung abgeworfen. So geschwind – von gestern auf heute – konnte sich noch nicht mal ein tierisch durstiger Schlomo zum Pflegefall trinken. Also musste er theoretisch gar nicht hier sein. Und wenn es nicht aus körperlichem Zwang geschah, dann kam der Kompagnon aus anderen Gründen. Und der erste Grund, der Cromwell einfällt, ist er selbst. Und wenn das tatsächlich so ist, würde Cromwell gleich vor Rührung weinen.

Schwester Hermann verlässt den Glaskasten, um Schlomo aufs Zimmer zu bringen; am Ende des Ganges. Cromwell geht hinterher. Und tritt Schlomo vor Freude in den Hintern.

Sie landen im Zimmer des Chiefs. Das Essen steht noch immer unberührt, der Chief liegt auf der Seite, schaut nur kurz hoch, als die Polonaise eintritt, und schließt wieder die Augen. Schwester Hermann stellt ihm Schlomo vor und nutzt die Gelegenheit, den Chief erneut zu messen. Schlomo stellt nur die Tasche ab, hält wortlos seine Zigaretten hoch, und unverzüglich gehen sie rauchen.

Erst am Aufzug findet Cromwell Worte: »Du Teufel. Du Pinsel. Deshalb also die Funkstille? Wie soll ich so viel Freude jetzt bewältigen? Ich bin ja quasi traumatisiert vor Freude!«

»Man tut, was man kann«, antwortet Schlomo stolz. »Jetzt musst du noch bleiben! So oder so!«

»Und du bist wirklich über die NA gekommen? Alle Achtung!«

»Eigentlich war das Heikes Idee. Sie ist hier der Teufel. Sie hat mich abgefüllt und hingefahren.«

Cromwell lacht. Er stellt sich vor, wie Heike einen großen Trichter der Marke »Gänsestopfleber« in Schlomos Rachen stößt und ihn auftankt. »Nur dass du es weißt: Gelohnt hat sich das nicht! So ein fader, mieser kleiner Minirausch… macht nur traurig und dämlich.«

Sie sind alleine im Hinterhof. Der Himmel ist leer bis auf das nimmermüde Hintergrundrauschen der Stadt. Vielleicht hat eine Stadt ja riesengroße Drüsen, aus denen es vor allem nachts unentwegt brummelt und zischt. Schlomo raucht, sieht in diesen Himmel und beschwert sich darüber, dass er jetzt dank Cromwell im kalten Freien rauchen muss: »Ich könnte es so schön haben, zu Hause. Gemütlich im Bett eine nach der anderen angesteckt, dazu im Fernsehen eine schöne Doku über den Mossad – es könnte so lauschig sein.«

Und Schlomo erzählt vom heute gewesenen Tage: Friedhof, Aussegnung, Kündigung. Cromwell rutscht ein wenig Ballast vom Herzen: »Kann ich nur unterschreiben: Wir sind ganz einfach keine gebürtigen Detektive. Obwohl ich was drum geben würde, zu wissen, wo XXL gerade ist und was er gerade macht.«

»Ich tippe auf Kneipe oder Puff. Oder Party daheim, in der frisch ergaunerten Wohnung.« Schlomo greift sich an den Kopf: »Bah! Jetzt wird mir doch etwas übel.«

»Womit hat Heike dich denn betankt?«

»Mit so geschmacklich abgefälschten Drinks. Druckbetankung. Maracuja *forte*… Weiß inzwischen nicht mehr, warum ich da mitgemacht habe. Aber wir kennen ja unsere Heike.«

Cromwell drückt seine Zigarette aus und sieht Schlomo an: Was weiß er? Hat Heike ausführlich erzählt? Oder nur ein bisschen? Cromwell befindet, dass es genau der richtige Ort und die günstigste Zeit ist, die Karten auf den Tisch zu legen und die Hosen runterzulassen. »Heike...«, beginnt er vorsichtig. Schlomo verbessert: »Unsere Heike.« Und dann sagt er genau den Satz, der eine angespannte Beziehung von einer glücklichen trennt: »Schatz, ich glaube, wir müssen *nicht* reden. Oder?«

»Gott sei Dank!« Cromwell fühlt den zweiten Ballast des Tages rutschen. Wenn's so weitergeht, ist er spätestens beim Zubettgehen schwerelos. Er spürt den dringenden Wunsch, Schlomo zu umarmen. Aus Erleichterung, aus Dankbarkeit, im besten liebevollen Affekt. Keine Frage: Das Leben tut zurzeit so, als wollte es vielleicht ja noch richtig schön werden! Die Glastür schwingt auf; Frau Rätin hat sich widerrechtlich ohne Mitpatienten auf den Weg gemacht. Da sie nicht raucht, hat sie den gesamten Körper zur Verfügung, um Cromwell und Schlomo anzustarren.

»Nicht schon wieder.« Cromwell hält Schlomo fest und flüstert: »Schlimme Frau auf 12 Uhr.« Wieder schwingt die Tür, und plötzlich steht der gesamte VIP-Table auf dem Plan. Cromwells Hirn checkt ratternd die Situation: eine gaffende Frau Rätin, die lustig-misstrauische Schar vom VIP-Table und in der Mitte des Hinterhofes zwei erwachsene Kerle in trauter Umarmung. Cromwell flüstert: »Auf 12 Uhr jetzt Gedränge.«

Wenn er Schlomo zu eilig loslässt, könnte man meinen, sie fühlten sich ertappt. Auf frischer Tat; auf heimlicher, bestimmt irgendwie schmutziger Tat. Der Himmel ist ja schon gar nicht mehr auszumachen, weil sich die einschlägigen Unterstellungen in einer handfesten Wolke über den Köpfen des Publikums ballen. Cromwell läßt die Arme sinken, Schlomo wirft seine Kippe weg und sie gehen. Der VIP-Table schweigt. Die Blicke bilden ein Spalier. Vor allem die Schwarzgefärbte übt sich im bösen Blick. Cromwell meint gar ein Stechen und Ziehen im Nacken zu spüren. Was befürchtet die Frau denn dieses Mal? Dass er ihr *nicht* an die Titten greift? Im Aufzug klärt er Schlomo über die herrschenden Verhältnisse auf, über die aktuelle Gruppendynamik. Und über den dramatischen Fall des Chiefs in die neuerliche hilflose Haltlosigkeit. »Noch ein Grund, warum ich gehen wollte. Ich will das nicht auch haben: Aufgemacht und nicht wieder zu.«

Schlomo sagt langsam: »Wie wäre das – du kommst erst mal ordnungsgemäß runter von den Pillen, und den Rest erledigen wir später? Nirgendwo steht geschrieben, dass man alles auf einmal erledigen muss. Deswegen versucht hier ja niemand, dir auch gleich noch das Rauchen abzugewöhnen. Immer eins nach dem anderen.«

Gut so. Ein guter Plan. Wie Schlomo das sagt, klingt es leicht und ungefährlich.

»Abgemacht. Jetzt würde mich aber doch interessieren, wie das mit Heike gelaufen ist.«

»Du Spanner. Solltest mehr Hagebuttentee trinken!«

Kapitel 52

Wir saßen in Cromwells Zimmer, auf seiner Bettkante. Na prima: Bin ich in genau dem Gebäude angekommen, wo ich nie wieder ankommen wollte. Und vor Augen habe ich, was diese nie wieder sehen sollten; jedenfalls nicht aus der Patientenfroschperspektive: Leselampe, rollbarer Nachttisch. Zum Ausklappen, für das Tablett mit Speis und Trank; auch gerne aus der Schnabeltasse. Und am schlimmsten: das Krankenbett. Ein extrem stoisches Möbelstück! Nimmt jeden auf. Was hat da vor uns nicht schon alles dringelegen: Vom Beinbruch über den Magenkrebs bis zum Borderliner. Von der Einweisung über die Entlassung bis zum Exitus. Da kommt Heimweh auf. »Leihst du mir für heute Nacht Sieveking?«

Cromwell tat empört: »Sieveking ist doch keine Nutte!«

»Gib mir den Has'! Das bist du mir schuldig!«

Cromwell schob mir widerstrebend den Hasen zu, der treu aus seinem Persianerfell äugte. Ulkig seine Füße: zwei lange plüschene Läufe. Damit kommt er aber nicht weit, der Sieveking. Schon gar nicht durch einen herbstlichen Park. Das wäre ja so, als wollte unsereins auf Socken durch die Stadt. Obwohl: Barfuß habe ich es ja... damals, zwischen Notaufnahme und Psyche, wurde mir vor Entzug so schwächelnd, dass ich eine des Weges kommende, sehr nette Hamburger Familie nach einer Zigarette fragte. Vater, Mutter, erwachsene Tochter. Größenordnung Blankenese. Natürlich Nichtraucher. Aber die Tochter sucht in ihrer Tasche und bietet mir ein in Stanniol verpacktes Stück Kuchen an. Den ich leider aus Gründen interner Magenverstimmungen höflich ablehnen muss. Daraufhin hält der Vater (Typ pensionierter Großreeder) einen Passanten an und organisiert mir eine Zigarette.

Ich dankte heftig. Gerne hätte ich meiner Gastfamilie erzählt, dass auch ich Angehöriger einer wunderbaren Familie bin. Und dass wir normalerweise alle in Schuhen unterwegs sind. Aber auch ohne Erklärung war die Reederfamilie noch nicht mal von oben herab. Leute gibt's! Ich vermute, dass die Welt mit unglaublich vielen wirklich schönen Menschen gesegnet ist. Sie lässt es sich manchmal halt nur nicht anmerken.

»Her mit dem Has'! Damit ich mich nachher nicht in den Schlaf weinen muss.«

»Wieso nicht? Jetzt, wo die Detektivnummer vorbei ist, dürfen wir doch wieder! Weinen, Schiss haben, Plack kriegen... – also: Ich fühle mich regelrecht befreit. Das hat mir gar nicht gefallen, im Kram von XXL zu schnüffeln. Oh nein, war ich schmutzig!«

»Bruder, wenn hier jemand nicht schmutzig ist, dann sind wir das. Hab doch ein bisschen Stolz! Stolz – vielleicht erinnerst du dich von früher? Da war doch mal was...«

Ich merkte, dass es existentiell wurde. Die Entgiftung hat diese Wirkung auf mich: Alles wird wichtig. Und alles steht auf einer Schneide und kann umkippen: Zuversicht wird zum Fleischwolf und Selbsthass zu Hoffnung.

Cromwell holte seine Tablette ab; er legte sich prophylaktisch ins Bett, ich zog den Besucherstuhl ran: »Und wenn wir hier raus sind, werde ich dich heilen. Final heilen. Mit PIA. Erzähl mir aus allen deinen Stockwerken – ich werde sie sanieren.« Cromwell murmelte, dann wurde aus dem leisen Murmeln ein charmantes Schnarchen.

In meinem Zimmer schwieg der Chief. »Stolz – du erinnerst dich?« Diese Predigt sollte ich ihm halten. Ich ging ins Bad – nirgendwo duscht es sich so existentiell wie in einer Entgiftung. Alles geht ab. Ich strich durch die Flure und die Nachtruhe schlich sich ein in meine gewaschenen Gebeine. Das ist der Unterschied zwischen Cromwell und mir: Ich liebe die Nacht und möchte sie festhalten, er will sie nur überstehen.

Kapitel 53

Na prima: Sieben Uhr. Eine Uhrzeit ohne menschliches Antlitz. »Herr Krakowiak, kommen Sie bitte auch messen?«
»Können Sie nicht einfach schreiben: Hundertzwanzig zu neunzig? Ich geb' Ihnen mein Wort: 120:90!«

Der Chief bekam zwar keine Tröpfe mehr, wurde aber weiter im Bett belassen. Sieben Uhr – da bin ich normalerweise in der zweiten REM-Phase. Blutdruck auf Halbmast, Augen dito. Im Speiseraum hatte mir Cromwell einen Platz frei gehalten. Der VIP-Table warf das Radio an. NDR 150 pöbelte Schlagzeilen, hie und da etwas Finanzkrise, etwas Bombenzerfetztes, schlechtes Wetter und Plastikmusik des Satans. Blutdruck auf 999:666. Die da oben wissen schon, warum der Waffenbesitz auf Station untersagt ist. Wir packten ein Tablett und trugen es zum Chief. Diese Ruhe. Dieser Permafrost, den der Chief ausatmete. Wir setzten uns an den Tisch und frühstückten weiter. Cromwell nahm das zweite Brötchen: »Hiermit erkläre ich meinen Hosenbund für eröffnet.«

»Ja, du hast wirklich ganz entsetzlich zugen–«

»Oh, halt die Schnauze! In drei Tagen bist du auch zirkusreif.«

»Und du bist schuld. Die nächsten Joule gehen auf dich.«

Der Chief taute an: »Welchen Tag haben wir heute?«

»Samstag. Der schlimme Samstag.«

Chief taute weiter: »Bekommt ihr Besuch?«

»Wir hoffen.«

Dann sackte der Chief wieder ab. Cromwell fragte mit einem Anflug von Unwillen: »Wie lange soll das mit dir so weitergehen? Gibst du jetzt ganz auf?« Schweigen, der Chief nahm Anlauf: »Was denn aufgeben? Ich hab' schon verloren. Alles.«

»Darüber sprechen wir noch«, sagte Cromwell gereizt.

Vor uns: ein ganzer langer Samstag ohne Freigang und Waffenbesitz. Das totale Wochenende. Immer noch kein Zeichen von XXL. Alle Freigänger gingen. Ohne VIP-Table konnte das Leben so ruhig sein. Kraftvolles Tackern auf dem Flur. Heikes Stimme, Mendelssohns Lachen. Das Leben zum Irrewerden schön. Im Tagesraum schauten Sibi D-Zug und Edgar U-Bahn diebische Dokumentationen über trickreiche Schwarz- und Flohmärkte im In- und Ausland. Also saßen wir im Speisesaal am langen abgedeckten Tisch und hielten Konferenz.

»Hiermit erkläre ich die Woche der Brüderlichkeit für eröffnet«, sagte Cromwell.

»Ihr Vögel«, sagte Heike und betrachtete uns, abwechselnd und fröhlich.

»Ich will hiermit noch mal feststellen...«, begann ich formell, »...dass es sich bei meinem Aufenthalt hier keineswegs um eine von mir selbst eingebrockte Notsituation alten Zuschnitts handelt...«

Mendelssohn: »Aber was wird jetzt aus meiner Wanze?«

Ich gab zu bedenken, dass Mendelssohn, so er sich die Wanze wohin steckte, eine interessante Reise durchs eigene Gedärm anstellen könnte. Quasi eine akustische Darmspiegelung im privaten Kreise. Millionen Analfixierter würden es ihm neiden! Heike tippte mir an die Stirn: »Ihr Vögel! Hört zu: Ihr müsst euer Leben neu ordnen. Wenn ihr hier rauskommt, muss ein neuer Abschnitt beginnen. Eure alten Schwächen und Macken müssen über Bord. Ihr glaubt doch nicht im Ernst, dass ich mich mit zwei weinerlichen alten Fensterledern abgebe. Ich stehe auf den Typ ›zupackender Lebenskünstler‹. Ich will dynamische Menschen um mich haben! Meint ihr, dass ihr das hinkriegt?«

Wir weinerlichen Fensterleder sahen uns betroffen an: Die Frau hatte recht. So ging es nicht weiter.
Ich, zaghaft: »Wir könnten ein Gelübde ablegen?«
Heike: »Ihr könntet auch zwanzig Gelübde ablegen.«
Cromwell: »Warum nicht? Jetzt aber mal im Ernst: Wir schwören uns ein paar Sachen – so dies und das – und halten uns eisern daran. Wer trotzdem einen Rückfall baut, wird von den anderen gezüchtigt, und weiter geht's!«
Das klang gut. Neuanfang. Alle Zähler auf null. Und ich schwafelte begeistert los in einem Laberanfall von leninschem Ausmaß: »Ab jetzt nur noch prospektiv! Volles Risiko voraus! Aber niemand für sich alleine, als kläglicher Heimwerker im eigenen Psycho-Atelier. Sondern gemeinschaftlich, so wie wir hier zusammensitzen, an diesem Kliniktisch: Freunde, Brüder, Lüstlinge! Kanaillen des Herrn! Es gibt keinen Gott! Ich läute nun das Ende unserer Krisenkarrieren ein! Schluss mit der schmerzlichen Erinnerung! Wenn ich bloß daran denke: Wie viel tote Zeit haben wir damit verbracht! Cromo, mein Freund! Ich hatt' einen Kameraden! Ständig dachten wir an unser rasend schönes Leben, in dem sich ein zweifelhafter Höhepunkt an den anderen reihte! Aus die Maus! Oder wie schon Kaiser Wilhelm in so einem Fall immer sagte: Das Schwert scharf, das Pulver trocken! Hoch die interneuronale Solidarität!«
Alles quarkte durcheinander:
Cromwell: »Jawoll, ein feierliches Gelöbnis muss her!«
Ich: »Richtig eins mit schummerigem Kerzenlicht und Opfergaben! Und heiligem Schwur an heiligem Ort!«

Heike: »So gefallt ihr Vögel mir besser!«

»Aber was wird aus den Visitenkarten? Außerdem haben wir noch die Sternbeck'schen Schlüssel!«, jammerte Mendelssohn taktlos in unser entschlossenes Pathos hinein.

»Apropos: Wie hieß euer XXL mit Nachnamen?«, fragte Heike. Sie nannte etwas, das nach XXL klang, und fuhr fort: »Der ist übrigens tot.«

Wie jetzt?

»Gestern, der Typ in der Notaufnahme. Der am Schluss kam – Schlomo, erinnerst du dich?«

Aber sicher doch! Und die alte Frau, die hinter dieser langen Trage herhetzte: Das war seine Mutter? Aber wie, wo und was?

»Könnte ein Suizid gewesen sein«, erklärte Heike, »oder ein Trinkunfall. Immerhin hatte der Typ fast 5 Promille. Aber – und das macht den Kohl richtig fett: Betablocker. Und zwar in richtig hoher Dosis. Gleich grammweise. Sogar für einen Zweimetermann zu viel.«

Schlagartig Stille. Ich konnte mir so viel Mensch am Stück gar nicht tot vorstellen. Obschon – es wollte partout kein Mitgefühl aufkommen. Ich hörte sogar noch einmal seine Stimme. Und dann sein Detlef! Ob er sogar noch im Tod seinen Detlef getragen hatte? Und ob man den Detlef bei der Obduktion auf einem extra kleinen Nebentisch obduzieren würde? Vielleicht mussten das die Sezierer im ersten Lehrjahr machen? Oder hatte man als Erstes seinen Knopf im Ohr freigelegt?

Dann pochte Mendelssohn mit seinem Stock erst auf den Boden, dann in mich hinein, und seine Stimme überschlug sich: »Mord! Seine Jägermeister! Seine Minibar! Die war vergiftet!«

So konnte ein Schuh draus werden: »Na klar! XXL schafft es gar nicht zur Beerdigung, weil er noch davor zu Hause einen nimmt! Er musste ja quasi einen nehmen, so wie das Zeug da rumsteht und lockt! Also ich an seiner Stelle: Es ist so viel passiert und gleich wird meine Alte beerdigt und da steht mein Lieblingsgesöff und aus der Sperre bin ich auch raus – wer könnt denn da nein sagen?? Er lässt also Beerdigung Beerdigung sein und brennt sich erst mal einen! Und noch einen brennt er sich und etc. pp., das alte Lied und volle Saufkraft voraus! Hätte da nicht jemand was reingerührt!«

Mendelssohn war der Einzige, der dafür plädierte, die Polizei einzuschalten.

»Was hast du immer mit deiner Polizei? Die müssen auch nicht alles wissen!«

Wir beschlossen, den delikaten Vorgang aus sicherer Nähe zu verfolgen und uns nicht weiter die Finger daran schmutzig zu machen. Außerdem befand sich der gesamte Casus nun in einem Schwebezustand und man würde erst abwarten müssen, was die involvierten Schwebeteilchen (Mutter Sternbeck, Muddi XXL) als Nächstes umtreiben würde.

Ich sagte verlogen-feierlich: »Egal, wie hart uns auch der Tod von XXL anweht…«

Mendelssohn: »Ach nee! Hört, hört!«

»…so müssen wir jetzt nach vorn blicken! Und zwar: Sein Bett ist frei geworden. Wäre es nicht nur logisch, wenn ich zu Cromo ins Zimmer zöge? Und ich glaube jetzt im Sinne aller zu sprechen, wenn ich sage: XXL hätte es so gewollt!«

»Leichenfledderei!«, meinte Mendelssohn.

»Pragmatik!«, hielt ich dagegen und begab mich zum Glaskasten.

Man hatte die Sachen von XXL bereits in zwei Reisetaschen und einen großen Wäschesack der Klinik verpackt.

»Herr Krakowiak, woher wissen Sie denn schon Bescheid?«
»Ich hab' meine Leute. Überall. Auch in der NA.«

Cromwell und ich schoben mein Bett und meinen Nachttisch heraus aus des Chiefs bedrückender Höhle und hinein in Cromwells paradiesische Suite. Dort tagte unsere schwupps gegründete »Partei zur sofortigen Verbesserung der Lebensqualität« weiter. Ich klopfte an die Hagebuttentee-Tasse und bat um Gehör: »Unser Projekt braucht ein paar offizielle Statuten. Und Mitgliedsausweise.«

»Warum nicht gleich neue Visitenkarten? Ich hab's ja!«

Mendelssohn wirkte teils eingeschnappt, teils eifersüchtig. Das war verständlich: Drohte unserer jungen Partei nicht eine Aufspaltung drei zu eins? Andererseits: War es so verwunderlich, dass die heterosexuelle Parteibasis frischweg und ungeniert kungelte? Ich beruhigte Mendelssohn mit der Aussicht darauf, dass er ja nun quasi als *Elder Statesman* unserer Bande an der Spitze stünde; als der Mann, der immer alles im Blick habe. Als Mann des Augenmaßes. Als Garant für innerparteiliche Vermittlung und Proporz. Trotz Heikes schallendem Lachen geriet Mendelssohn ins Grübeln. Er vergrübelte etwa neunzig Prozent unserer Aufsichtsratssitzung. Als es zum Mittagessen läutete und Heike und Mendelssohn gingen, war er wieder mit sich und unserer Parteiwelt im Reinen. Heike verabschiedete sich gleich für drei Tage: Sie müsse auf eine Tagung und wir sollten uns solange zusammenreißen, ihr keine Sorgen machen, und wenn sie zurückkomme, wolle sie erste Fortschritte in unserem Verhalten sehen, nämlich unstillbare Heiterkeit sowie eine an Verantwortungslosigkeit grenzende Lebensfreude. Und wir sollten schon mal unser feierliches Gelöbnis vorbereiten; sie wünsche sich da eine trocken-rauschende Feier von enormer Sprengkraft, sowohl auf kulinarischem wie sexuellem Gebiet.

Den Rest des tödlichen Wochenendes verbrachten wir mit der Konzentration auf Essen, Rauchen und die Leichtlebigkeit unseres kommenden Lebens. Preisfrage: Kann sich der Mensch qua Willenskraft aus dem Käfig seiner Grübelei in eine heitere Freiheit entlassen? Ich lieh mir einen Stift und begann, auf der Rückseite abgelaufener Speisepläne den großen Bogen von PIA zu entwerfen. Gelungene Stellen las ich Cromwell vor, der meinte, dass sich damit in der Tat der bedrückte, verhärmte Teil der Menschheit in eine lichte Gegenwart überführen ließe. Um unsere kognitiven Fähigkeiten für den Tag unserer Entlassung zu trainieren, spielten wir Stadt-Land-Fluss mit neuen Sparten: Zum Beispiel »Berufstätige Tiere« oder »Sinnlose Erfindungen« – *Blindenhund, Laborratte, Tanzbär* – den Preis für die sinnloseste Erfindung aller Zeiten erhielt Cromwells *Bierharfe*. Aber zwei Tage auf einer stillgelegten Station sind sogar in bester Gesellschaft schwer zu ertragen. Zeit spielt keine Rolle beziehungsweise – paradox – spielt nur die Zeit eine Rolle: Die Uhrzeiger schieben sich antriebsarm über ein Zifferblatt aus Kleister; alle Dinge, Menschen und Gedanken scheinen in sich selbst stecken zu bleiben. Sonntagabend, mit der Rückkehr der Freigänger, atmeten alle auf. Obwohl der Ärger damit erst richtig losging.

Kapitel 54

Cromwell sitzt schlaftrunken am Frühstückstisch und bekommt Ahnungen. Stimmung herrscht ausschließlich im rückwärtigen Teil des Raumes, am VIP-Table. Das trockene Wochenende und die baldige Entlassung lassen die Queen und ihren Hofstaat in Spitzenform krakeelen. Schlomo schaut unglücklich drein, da erhebt sich der Quader und stellt das Radio an. Schlomos Bewegungen werden ruckartig, schließlich wirft er sein Messer auf den Tisch, räumt den Teller ab und verschwindet. Als Cromwell seinen Hefter für die Gruppensitzung holt, sitzt Schlomo geknickt auf der Bettkante: »Kindergeschrei – macht mir nichts aus. Wenn jemand egal wie kreischend ein Instrument übt – macht mir nichts aus. Aber laute Scheißmusik – bringt mich um.«

»Jetzt hast du erst mal zwei Stunden Ruhe.«

In der Gruppe wird von trockenen Wochenenden in der Wildbahn gesprochen, und wie leicht es allen gefallen sei: »Mein Mann hat neben mir was getrunken, aber das hat mir gar nichts ausgemacht!« Laut Schlomo ein so gerne genommener Satz wie »Die sehen mich hier nie wieder«. Die Therapeuten versuchen vorsichtig darauf hinzuweisen, dass es auf Dauer nicht gut sei, wenn in der gemütlichen abendlichen Fernsehstunde genau neben dem Alkoholiker, in enger Sofa-Nachbarschaft, Flaschen geleert und Gläser gefüllt würden. Aber das will sich niemand so recht vorstellen. Zu viel Spielverderberei. Wie zur Bestätigung der schlechten Prognosen wird nun offiziell der Tod von XXL bekannt gegeben. Dass es einen Kollegen während des Freigangs erwischt hatte, löst erstaunlicherweise nicht die angemessen betroffene Stimmung aus. Cromwell scheint es, als fühlten sich alle im Raum gegen einen solchen »Unfall« gefeit – das offiziell beglaubigte Totsaufen findet weit abseits statt und ist Ausnahmen vorbehalten. Cromwell rechnet den Stand seiner Medikation aus: Noch fünf Tage, und er ist aus der Sperre. Mit Schlomo wird er es schaffen.

Die Gruppe löst sich auf, und von XXL wird gesprochen, als sei er ein Alien gewesen – der etwas andere Trinker mit einem unüblichen, seltenen Trinkerende.

Schlomo sitzt noch immer auf dem Bett. Die Frau, die sich am ehemaligen Schrank von XXL zu schaffen macht, erkennt Cromwell nicht sofort: Das ist doch – Muddi. Dafür, dass sie gerade den Sohnemann an die Pathologie abgegeben hat, wirkt sie verblüffend patent. Nachdem sie zum dritten Mal den Schranktresor abgetastet hat (»Die Schwestern haben sicher was vergessen«), wird sie doch noch gefühlvoll: Ihr Großer habe sich bestimmt nicht umgebracht, schon gar nicht aus Kummer über den Tod der schrecklichen Frau, die ihn sage und schreibe zweimal von der Polizei habe rauswerfen lassen, bloß, weil ihm mal die Hand ausgerutscht sei, obwohl die Schreckliche sogar damit angefangen habe! Es müsse sich hier um eine Art Unfall handeln, denn normalerweise habe ihr Sohn auch nicht stark getrunken, und wenn, dann nur, weil die Schreckliche ihm das Leben so schrecklich gemacht habe! Und da der Große so große Stücke auf ihn, Cromwell, und seine Detektei gehalten habe – kurz: Ob man den Fall übernehmen wolle, was dies koste und vor allem: was nun mit der Wohnung geschähe? Sie habe sich bereits erkundigt: Die Mutter der Schrecklichen hätte nach dem Tod der Tochter Anrecht auf fünfundzwanzig Prozent der Wohnung, aber jetzt, wo auch Muddis Erbteil ins Spiel käme – wie viel Prozent würden denn dabei rauskommen? Würde sie jetzt zum Beispiel hundert Prozent von fünfundsiebzig Prozent erben? Oder auch nur fünfundzwanzig Prozent? Aber dann blieben ja noch fünfzig Prozent über? Und ob sie sich darum kümmern könnten?

Schlomo schaut hilfesuchend zu Cromwell. Die von Muddi losgetretenen Zahlenwirbel bewirken das ihre: Cromwell hebt und senkt mehrmals die Schultern, stammelt eine Entschuldigung und dass die Detektei nicht mehr existiere, aus und vorbei, der Chef habe den Laden dichtgemacht, Muddi möge sich an jemand anderen wenden und viel Glück und gute Reise... Muddi schultert die Habe ihres Sohnes und verschwindet.

»Lass uns jetzt sehr, sehr viel rauchen.«

Kapitel 55

Die Stunden zogen sich. Messen, essen, rauchen. Gedanken an die Freiheit und wie sie konsumfrei zu ertragen wäre. Heike sandte uns regelmäßig verwackelte Fotos von ihrer Tagung. Man konnte den Eindruck bekommen, sämtliche Chirurgen Deutschlands frönten dem Dauersuff. Ich dagegen war bereits nach zwei Tagen wie neu, ohne weitere Tabletten, ohne alkoholische Erscheinungen. Mein Körper hatte gerade noch die Kurve gekriegt: »Wenn ich daran denke: Ein, zwei Tage länger gesoffen – und ich wäre wieder im Orkus. Und der Orkus – das ist der Ort, wo man von Moët & Chandon zu Industrialkohol übergeht. Quasi vom analogen zum digitalen Saufen. Himmel, bin ich dankbar! Ich weiß nur nicht, wem.«

Cromwells Dosis wurde spärlicher. Er bestätigte den Niedergang innerer Unruhen zugunsten einer nicht sorglosen, aber immerhin stabilen Grundstimmung. Wenn er in seinen Sitzungen war, malte ich weiter an meinem Therapiesystem. Es wurde unaufhörlich imposanter, logischer, und nachdem zwanzig Blatt vorlagen, war ich mir sicher: Diese Psychopraktik namens PIA würde mein Leben verändern und die Suchttherapie revolutionieren. Vielleicht sprang dabei sogar ein kleiner Lehrstuhl raus? Eine Privatdozentur? Nach dreißig Blatt war ich überzeugt: Ich musste den ganzen Ramsch nur noch auf Papier übertragen, auf dessen Rückseite nichts von »Schwere Schonkost« oder »Schweinenackensteak mit Prinzessbohnen« stand, und die Weltherrschaft war mir sicher.

Aber die Herrschaft über die Lautsprecher der Welt hatten andere, und im Vergleich zu meiner von oben und unten belärmten Wohnung war die Station keine Verbesserung. Wie konnte in etwas, das man früher »Nervenheilanstalt« nannte, solch eine nervenzerfurchende Lautstärke herrschen: Im Tagesraum saßen die immer selben Patienten, angekettet an die Fernbedienung, und aus dem Gerät traten Miasmen von Trailern und Blabla. Im Speiseraum hatte das auf dem Wasserspender stehende Radio Verstärkung erhalten: Ein gebogener Kleiderbügel an der Antenne sollte für eine größere Auswahl bei den empfangbaren Bumms-Kanälen sorgen. Wenn Cromwell und ich nicht in unserer Suite lagen oder schweigsam am Raucherpilz standen, kamen wir kaum zur Ruhe. Und hinterhältig zog durch die Hintertürchen am Hinterkopf wieder das in unser Großraumgehirn ein, was Heike verboten hatte: Niedergeschlagenheit und Zukunftsangst.

Mendelssohn rief an und referierte, dass Frau Sternbeck den Wohnungsschlüssel abgeholt hätte. Man habe gemeinsam etwas herumgedruckst und sei dann doch auf das Ende des Langen zu sprechen gekommen. Beziehungsweise habe Mendelssohn gesprochen, die dazugehörigen Gesichtsausdrücke von Frau Sternbeck konnte er nur erahnen, sei sich aber sicher: Sie wusste, dass er wusste und dass er von seinem Wissen keinen Gebrauch machen würde. Dann habe sie einen Scheck ausgestellt. Da sein Vorlesegerät keine Handschriften annimmt, könne er den Betrag nur vermuten. Aber auf Grund der Sternbeck'schen Stimmlage und dem eigenen Zahleninstinkt folgend wette er auf eine höhere Summe. Und er habe jedenfalls kein Problem damit, auf seine alten Tage etwas Schweigegeld anzunehmen...

Kapitel 56

Messen, Frühstück, und Cromwell bekommt ein schlechtes Gewissen. Schlomo an der Seite, der Minute um Minute zu altern scheint. Nein, die Psychiatrie ist nicht der richtige Platz für ihn. Er sollte nicht hier sein.

In der Gruppensitzung werden die Mitglieder des VIP-Table feierlich verabschiedet. Sie erzählen, was sie draußen machen werden (»Mehr Sport« bzw. »Nie wieder trinken«), und jeder soll dem Scheidenden ein Wort mit auf den Weg geben (»Du schaffst das« bzw. »Du schaffst das ganz bestimmt«). Also das Übliche: freundliche Übertreibungen, gezähmte Lügen. Cromwell fühlt, wie der große Missmut in seinen Schädel klettert und sich dort breitmacht wie am ersten Tag. Jeder hochfliegende Gedanke geht zu Boden. Sein Hirn erstarrt im alten Gilb. Nichts wird sich ändern. Sie alle, alle werden hier rausmarschieren mit erhobenem Kopf und frischem Mut, und an der nächsten Straßenecke warten schon die alten Schläger. Knüppel aus dem Sack und heidewitzka aufs Gemüt. Cromwell hört sich selbst zum Quader sagen: »Du schaffst das«, während seine Gedanken johlen: »Es bleibt alles, wie es ist! Wir Blödmänner!«

Kapitel 57

Cromwell hatte recht: Es drohte alles beim Alten zu bleiben. Einen Blick hatte man uns gewährt: Einen kurzen euphorischen Blick auf ein rundum erneuertes Leben. Neue Felgen aufgezogen, den Lack poliert – und kaum waren Mendelssohn und Heike weg und der Alltag zurück, stotterte drinnen der Motor. Vor Enttäuschung kamen mir die Tränen. Schnüffelnd setzte ich mich neben Cromwell; da wurde kein Hosenbund neu eröffnet, wir stocherten in den Königsberger Klößen und weinten in uns hinein. Eine Neuaufnahme schloss mit der Frau Rätin Freundschaft. Die Neue hatte flammrot gefärbtes Haar, unter dem wilden Schopf ein alkoholisch gedunsenes Gesicht, und sie sprach nicht wirklich laut, aber auf einer Frequenz, die von Physikern nicht zugelassen sein kann, denn sie stach spitzig durch das Trommelfell, schnitt Glas und ließ Milch umkippen. Die Neue hatte eigentlich kein Alkoholproblem, genauso wenig die Frau Rätin. Allerdings sei sie keine Studienrätin, dafür aber ebenso oft in der Toscana. Mir fiel der Klops von der Gabel. Das hier konnte nicht die Realität sein. Irgendein hinterhältiger Therapeut hatte die beiden Weiber bei einem Schauspielerverleih engagiert, damit sie uns auf spielerische Weise alles über Selbstbetrug, Realitätsverlust und stereotypen Humbug beibrächten; und die beiden machten ihre Sache gut. Auf der tödlichen Frequenz von Stacheldraht marterte es unsere Ohren: »Bei Siena, da gibt es ein Olivenöl! Ein Öl ist das! Und ich habe Rotwein immer nur im Zusammenhang mit dem Olivenöl zu mir genommen, deswegen sind die Südländer auch so gesund!«

»Ich war ja mal beim Ballett. Aber da haben wir nie getrunken! Auch nicht ein Glas!«

»In der richtigen Region ein gutes Glas Rotwein – das ist der Himmel! *Il cielo!*«

Da hängen Menschen am Tropf, fliegen vor Krampfanfall aus dem Bett, verlieren Wohnung und Kinder, stehen jeden Tag mit einem Bein im nassen Tod – und mir kollabiert das Trommelfell vor lauter *cielo*. Das ist keine Stimme, das ist Messerwerfen. Am VIP-Table feierte man den Abschied vor, der Quader stand auf und ging zum Radio. Aus dem Lautsprecher blubberte ein junger Mann, der aus seinen dreizehn Lenzen als *DJ* jetzt eine Autobiografie gebastelt habe, damit alle teilhaben könnten an seinem medialen Leben, und dann erfolgte Musik, nein, keine Musik, sondern ein in Form gebrachter Tinnitus. Ich ging am Quader vorbei zum Radio und fragte: »Können wir das wenigstens während des Essens auslassen?« Ich fragte weder freundlich noch böse, nur etwas heiser von der Anstrengung, weder freundlich noch böse zu klingen.

»Nee! Wir wollen das hören!«

»Aber *ich* will das nicht hören!« Warum zwingt man mich nicht gleich, Erbrochenes zu fressen. Ich schaltete das Radio ab.

»Du spinnst wohl!«

»Du kannst hier nicht einfach bestimmen! Wir wollen das hören!«

Der Quader schaltete das Radio wieder an.

An dieser Stelle setzte mein präfrontaler Cortex aus.

Wir wollten einen Eid leisten und einen Schwur ablegen, Bruder: Unsere Gefühle sind nicht abendfüllend, auch wenn sie sich so anfühlen sollten. Warum fahren wir dann also durch diese dunklen Wüsten, wir kommen ja doch nirgends an, an keinem Meer, an keinem Wasser der Ruhe, noch nicht mal an einer Lache der Ruhe. Und niemand bereitet mir einen Tisch vor den Augen der Feinde oder salbt mein Haupt mit Öl, das Recht ist ungerecht: Wir gelernten Depressiven, wir Könner der Selbstverstümmelung – warum drehen wir immer und immer unsere Scham und Angst nach innen, gegen uns selbst, warum drücken wie sie nicht rücksichtslos nach draußen gegen die Welt der Gesunden und Lauten, auf die ich spucken möchte? Warum sind wir in diesem Bürgerkrieg des Lärms, der Berieselung, der Warteschleifen die ewigen Verlierer? So fremd, so unversehrt gehen die Feinde satt und ungebrochen durch ihre von Müllmusik durchdudelten Leben und die Chroniken ihrer Rücksichtslosigkeit; da unterscheidet sie nichts mehr voneinander, die verlogenen Normalen oder die von erlogener Lebensart durchdröhnten Kranken: Das letzte Referenzsystem ist keine Moral, sondern Lautstärke und Label; allesamt käufliche Käufer, satte gentrifizierende Bastarde, diese Alessi-Schwänze und ihre Macchiato-Nutten, denen ich noch nicht mal eine Stunde null an den Hals wünsche, weil sie selbst zur Stunde null oben schwimmen würden, so patent, so verdorben und gierig; in aller Form verroht, fressen sie und fressen, das Menu du jour, unsere abgestumpfte Erregungskultur; sie fressen den Radiodreck oder die Wohlfeil-Wohlfühl-Kultur in ihren Literaturhäusern: Balsamico-Texte, Gammel-Prosa, Gammel-Lyrik, Wohlstandshumor, aseptische Hagebau-Fertig-Boheme, lüstern-verklebt die Tabubruch-Ekstase: Das hätten sie gern, in ihrer entfesselten Geschmäcklerei, den Exzess mit Messer und Gabel fressen, mit spitzem Finger gewürzt und mit spitzem Finger aufgegabelt; sie beißen zu und malmen überkronte Komik und implantiertes Schmunzeln, zwischen Aufheizen und Verlöschen im Kampf gegen die bleierne Gravitation ihrer inneren Leere – lass mir doch meine kindische Wut und meinen kindlichen Zorn, gib mir Kindersoldat eine Kalaschnikow, oder besser noch: Lass sie mich alle lobotomieren, diese effizienten formschönen Matschbirnen, die seit Jahren nur ihresgleichen in die Augen geschaut haben, so depriviert und depraviert in ihrem Peer-Pool, in ihren Schlafzimmern mit 18 Grad, diese BMW-Wichser! Seit Jahren niemandem in die Augen gesehen, aber wissen, wie das Leben zu laufen und wie Musik zu klingen hat und wo Bartel den Most holt und den besten Tageszins, in ihren Schlafzimmern bei minus 18 Grad… Eine dieser Gucci-Masken und Gentrifotzen sagte mir mal – ernsthaft wie ein philosophisches Credo: »Ich sehe einem Menschen als Erstes auf die Schuhe, dann weiß ich, wen ich vor mir habe« – wie blöd kann man sein, ohne beim Stehen umzufallen, wie roh, ohne sofort zur Hölle zu fahren! Diese asozialen Chefparasiten mit mehr Bosheit im Leib, als Gott lieb ist: Sie wohnen ganz oben, aber sie stehen nicht dreimal am Tag auf dem Fenstersims und wissen nicht, dass alles Nahe und Tägliche so hoch ist, so schwindelerregend; ihnen gehört die Welt und das Nervenkostüm ihrer Nachbarn, wenn sie ihre Musik aufdrehen, die mit an Verwesung grenzender Wahrscheinlichkeit ihr Hirn durchpflügt zur Brache! Wo steht es geschrieben, Bruder, dass wir nach innen leiden sollen, auf Zehenspitzen? Ein Ungestilltes, Unstillbares ist in mir, das will laut werden! Lass es uns rauslassen, Freund! Gib mir meine Kalaschnikow!

Ich riss den Radiostecker aus der Wand. Der Quader drängte mich ab, brachte den Tortur-Roboter wieder in Gang, und ihrer aller Rede wiederholte sich, nur diesmal auf der Frequenz der Flammroten: »Du spinnst wohl! Du gehörst doch in die Klapse!«

Ich sah, wie Cromwell sich erhob und zu mir eilte; mit wehender Mähne angeflattert, mir zur Seite. Der brüllende Quader, zwischen uns das nörgelnde Radio. Quader brüllte etwas Beleidigendes, »geisteskrank« und »Spinner« – Beschimpfungen, die ausgerechnet in einem Psychiatrie-Building und ausgestoßen von Patient zu Patient wundersam deplatziert wirkten. Diesmal zog Cromwell den Stecker, hob das Radio sorgsam auf, reckte es in die Luft wie eine Trophäe und dann schmetterte er es zu Boden. Es traf an dem einzigen Punkt auf, der aus dem Quader hervorschaute, nämlich auf seinen Schuhspitzen. Der Quader hüpfte, als hätte es ihm die Sohlen versengt.

In all dem Kreischen, Zischen und Dröhnen hörte ich nur noch Frau Judiths sanfte Stimme: »Das wurde aber auch Zeit.«

Kapitel 58

Wir saßen wie zwei bösartige Klassenclowns im Glaskasten und ließen uns ausschimpfen. Okay, dass die nervenzerreißende Musikmaschine auf der Strecke geblieben sei – eigentlich gut. Gar nicht gut: Gewalt gegen Mitpatienten.

»Das war aber Gewalt gegen Gewalt!«, sagte ich trotzig. »Das war Notwehr! Damit würden wir sogar in Den Haag durchkommen!«

»Herr Krakowiak, das ist nicht lustig! Gewalt ist Gewalt!«

Und Herr Jordan hätte mit dem Entgiftungsvertrag auch die Gewaltklausel unterschrieben, wenn wir uns erinnern wollten.

Der Quader saß vor der Tür und ließ sich mit aufgeblasenem Gesicht die angeblich geschundenen Füße bewundern. Böse Blicke nonstop.

»Und jetzt?«, fragte Cromwell.

Jetzt – leider, leider – da wäre nix zu machen: Cromwell müsse gehen. Und er bekäme noch die Medikation für einen Tag mit, danach müsse er zu seinem Hausarzt. Und falls es ambulant nicht klappe, müsse er ein anderes Krankenhaus aufsuchen. Man gebe ihm die Telefonnummern. Und es sei zwar insgesamt schade, aber eben doch unhaltbar.

Es war allen klar, dass ich gleich mitgehen würde. Aber ich sei ja schon über den Berg, da bekäme man kein Magengrimmen.

Wir packten. »Tut mir leid«, sagte Cromwell halbherzig.

»Ach was. Du bist mein Held!«

»Bajuschki baju.«
»Genau.«

Unsere Taschen warteten am Glaskasten auf die Entlassbriefe, und wir gingen zum Chief.

Er murmelte: »Macht's gut«, drehte sich zur Wand und weinte.

Cromwell legte seine Hand auf die zur Decke zuckende Schulter: »Chief. Sag, dass du es schaffst. Du musst noch so viele Clowns abknallen. Steh auf und geh. Bitte.«

Der Chief zog die Decke über den Kopf, wir standen auf und gingen.

Unser Auszug aus Ägypten wurde zum großen Bahnhof. Vorne der VIP-Table, Frau Rätin und die flammende Frequenz, hinten Frau Judith, Edgar U-Bahn und Sibi D-Zug. Eine Mischung aus Spießruten und Spalier. Am Raucherpilz die letzte Zigarette.

»Was werdet ihr jetzt machen?«, fragte Frau Judith.

Cromwell grinste: »Also, ich mache auf jeden Fall mehr Sport.«

Wir nahmen den Schleichweg zum Bus. Cromwell übermannten die Gefühle: »Oh, du liebe, liebe Haltestelle. Ich könnte mir vor Freude in den Schritt fassen.«

In Cromwells Wohnung errichteten wir unser Privatlazarett. Ich fuhr nach Hause, überhörte das Stampfen, Bummern und Vögeln und radelte mit frischen Sachen und meinem Blutdruckmessgerät zurück zu Cromwell, der inzwischen bei einem seiner Hausärzte das Rezept für die Restmedikation abgeholt hatte.

Ich errechnete seine Abschiedsdosis, während er sich um den Brief an seine Mutter kümmerte.

Ich schlug vor: »Liebe Mama, ich melde mich sehr spät, aber das heißt nicht etwa, dass ich zum Beispiel wegen Tablettenmissbrauchs in einer Entgiftung gewesen wäre!«

Ich sah eine Dokumentation über Internet-Betrug, Cromwell putzte seine Küche und bereitete das Abendessen. Wir legten uns auf sein breites Bett, aßen, rauchten und hin und wieder sagte einer »ich fass' es nicht« oder »der pure Luxus«. Ich maß Cromwells Blutdrücke und gab Tabletten aus. »Platonische Doktorspiele«, meinte Cromwell und küsste mich. »Ich sag' so was nur ungern, aber: Ich liebe dich.«

»Nur keine Umstände.«

Dann täuschten wir für alle gehbehinderten Nachbarn einige etwa zehnminütige, quasi thermonukleare Orgasmen vor und aßen Chips, bis die Nacht kam.

Coda

Die Nacht ist der übersichtliche Teil des Tages. Amerikanische Wissenschaftler haben herausgefunden, was die Menschheit um Mitternacht herum treibt: Zwanzig Prozent schlafen und/oder sind betrunken, zwanzig Prozent sehen fern. Zehn Prozent sitzen in Portierslogen, weitere zehn Prozent schenken alkoholische Getränke aus – und zwar an zwanzig Prozent der Bevölkerung, von denen wiederum achtzig Prozent tanzen. Drei Prozent sitzen in einer Notaufnahme, vier Prozent fahren einen Lalü. Acht Prozent backen die Brötchen für den nächsten Tag auf, vier Prozent betreiben eine Apotheke und der Rest geht spazieren. So wie wir.

Mendelssohn war auf einen Abendimbiss vorbeigekommen und hatte sich danach in die Oper begeben. Heike mailte, dass sie laut ihres Navigationssystems, dem sie nicht über den Weg traue, gegen ein Uhr in Hamburg eintreffen, uns aufsuchen und ein üppiges Begrüßungsdiner erwarten werde. So nutzten wir die verbleibende Zeit für eine beschauliche Herbstwanderung.

Die Luft war lind und der Himmel hatte etwas von einem schwarzen Käsesahnekuchen; sahnige Dessert-Wölkchen zogen dahin. Die Stadt sah handlich aus. Schwach illuminierte Bauklötzchen übereinander, nebeneinander. Übereinander, nebeneinander und zeitgleich auch die Biografien der Mitbürger, die wir nicht zu sehen bekamen: eine verlorene Tischleuchte hier, ein entsetzlicher Holz-Jute-Lüster da, kaltes Fernsehgelichter an blauen Decken. Dazu die Stadtgeräusche;

Fiepen und Brausen, das über die Silhouetten hinwegrollt. Entfernte Autos wie Wasser über Kieselstrand, nächtliche Maschinen und Aggregate als gedämpftes Staccato, darüber wehend etwas Pizzageruch an Döner.

Frisch geduscht und frisch entgiftet durch die Dunkelheit zu marschieren, auf den eigenen Extremitäten, weder gebückt noch gebeutelt und schon gar nicht auf der Suche nach einer letzten Tränke, sondern ebenso sinnfrei wie geradeaus – das ist quasireligiöse Geborgenheit. Ich habe auch eine wissenschaftliche Erklärung für dieses Gefühl: Da wir alle aus der Finsternis stammen, aus der lichtlosen Tiefsee beziehungsweise einer sehr düsteren Ursuppe, haben wir alle einen dunklen Kern. Und wenn wir diesen dunklen Kern in die Nacht hineintragen, ist das wie ein Wiedersehen alter Bekannter. Ein Treffen alter Freunde, die behutsam miteinander umgehen. Wir werden von der Nacht in Watte gepackt, in schwarze Watte. Cromwell sagte: »Es geht schon auf Mitternacht. Lass uns umdrehen.«

Wir waren auf gleicher Höhe mit dem Krankenhaus. Die Fensterfront der Psychiatrie war schwarz bis auf kleine Tupfen von Nachtlicht. Alles schlief? Alle gequälten, zermarterten Hirne auf Stand-by? Schweißausbrüche? Blutdrücke? Metabolismus?

»Kleine Gedenkminute?«

»Für die Opfer von Militarismus und Alkoholismus präsentiert das Gewehr!«

Mich überkam ein leichtes, beinahe lässiges Gefühl, eine Gewissheit: Ich würde nie wieder scheitern. Wir drehten um und spazierten mit unserem schwarzen Kern hinein in das neue helle Leben.

Simon Borowiak

Du sollst eventuell nicht töten
Eine rabenschwarze Komödie

224 Seiten, btb 74753

Wie verwandelt man einen verpfuschten Totschlag in einen perfekten Mord?

Neues Heim, neues Glück? Als Schlomo und sein blinder Freund Mendelssohn ihr neues Domizil in einer vornehmen Hamburger Villengegend beziehen, sind beide ganz verzückt von ihren Nachbarn: Ritchie, Laura, Katharina und das sehr, sehr hübsche Nesthäkchen Marvie erweisen sich als blitzgescheites Geschwisterquartett. Dumm nur: Ein wurstförmiger Theaterarsch stört Schlomos zartes Werben um Marvie. Er ist ihr Freund, doch auf einmal ist er tot. Da muss man sich zu helfen wissen …

»Aus Hüttenzauber wird Horrorshow, erzählt von einer Stimme, die an Humor und an Sprachbrillanz unverwechselbar ist. Simon Borowiak hat einen Roman geschrieben, der zum Weinen komisch und weise ist.«

Neon

btb